Gate 13

Jane Hunt

1. Auflage
Copyright © 2020
Spurlos von Jane Hunt
All rights reserved.
Alle Rechte vorbehalten
ISBN: 9781657975194

Das Werk darf – auch teilweise – nur mit Genehmigung des Urhebers wiedergegeben werden

Bisher als E-Book oder Taschenbuch erhältlich:

-Flucht
-Dunkelheit
-Nachtschicht
-Rote Rosen
-Mitten in New York
-Kein Weg zurück
-Eiskalt
-Engel aus Stein
-Kein Vergessen
-Abschied
-Eingesperrt
-Der Anruf
-Spurlos
Niemals wirst du Ruhe finden

Besuchen Sie sie mich auf meiner Facebook-Seite

oder

schreiben Sie mir unter JaneHunt@gmx.de

Wie immer brauchte ich auch für dieses Buch einen ersten Impuls. Zusammen mit meiner Freundin wartete ich auf den Abflug unseres Flugzeugs, der sich um einige Stunden verzögerte. Während ich die Menschen und das bunte Treiben beobachtete, fragte ich mich, wie es wohl wäre, wenn hier jemand verschwinden würde. Einfach so. Und dann trat Lina in mein Leben.
Ich wünsche allen Lesern viel Spaß mit dem vierten Teil der Hendrik-Baur-Reihe.

J.H.

1.

„Letzter Aufruf für die Passagiere Lina und Robert Waller. Bitte kommen Sie zu Flugsteig C13."

Robert drehte sich um die eigene Achse. Die Halle hatte sich schlagartig geleert. Wo gerade noch Dutzende Menschen, mit ihren Pässen und Flugtickets in den Händen standen, sah er jetzt nur noch zwei Angestellte der Fluglinie in ihren blauen Uniformen. Sie fingen seinen Blick auf und sahen ihn fragend an. Er freute sich auf diesen Urlaub. Nur Lina und er. Die letzten Monate, wenn nicht gar Jahre waren schwer gewesen. Er hatte sich verändert. Das wusste er. Was er nicht wusste war, warum es zu dieser Veränderung gekommen war. Die Firma zerrte an seinen Nerven. Doch das hatte sie schon vorher getan. Warum brachte ihn seine Frau aber immer auf die Palme? Diese Frage stellte er sich jeden Tag aufs Neue. Dann nahm er sich vor, dass er mehr Geduld mit ihr aufbringen sollte. Doch diese Vorsätze verpufften, wenn Lina dann wieder so etwas tat, wie gerade eben. Sie ging zur Toilette und kam nicht wieder heraus, obwohl der Flug doch gleich ging. Warum tat sie so etwas?

Robert schluckte die Wut, die in ihm aufstieg, hinunter, wandte sich von den neugierigen Blicken ab und stieß die Tür zur Damentoilette auf, neben der er seit gut fünf Minuten stand. Ohne auf die Stimmen zu achten, die sich hinter ihm erhoben, betrat er den Raum. Dabei fragte er sich, was in Lina gefahren war. Sie musste die Durchsagen doch auch gehört haben! Warum, zur Hölle, kam sie also nicht aus den Waschräumen heraus?

Glaubte sie, das Flugzeug würde warten, bis sie es einrichten konnte? Nacheinander stieß er die Kabinentüren auf und rief ihren Namen. Wo steckte seine Frau? Vom Eingang her hörte er, wie mindestens zwei Personen aufgeregt hinter ihm hergekommen waren. Robert ließ sich nicht beirren. Rechts, links, rechts, links. Er gab jeder Tür einen Tritt, sodass sie aufflog und krachend gegen die Wand schlug und wieder zufiel.

„Lina, was soll der Scheiß, wo bist du?", rief er in den Raum hinein und kam sich dabei total bescheuert vor. Das würde sie bereuen, dachte er und ballte die Hände zu Fäusten.

„Was tun Sie da?"

Robert ignorierte die Stimme und gab der letzten Tür einen Stoß. Auch sie knallte gegen die Wand und krachte wieder zurück. Die wenige Zeit, in der sie offen stand hatte genügt, um zu sehen, dass auch die letzte Kabine leer war.

Als er eine Hand auf seiner Schulter spürte, fuhr er herum.

Der Mann, der hinter ihm stand, machte einen Satz zurück. Er hatte sich aber schnell wieder unter Kontrolle und fragte: „Was, bitte schön, tun Sie hier?"

Hinter dem Mann stand eine zierliche Frau, allem Anschein nach seine Kollegin, in sicherem Abstand. Sie sah Robert mit großen Augen an. Beide warteten auf eine Antwort.

„Ich suche meine Frau", sagte Robert knapp und fragte sich, was die beiden dachten, was er hier tat. Glaubten sie, er war hier hineingegangen, um Frauen zu belästigen? Wieder kochte die Wut in ihm hoch.

„Sind Sie Robert Waller?"

„Sehe ich aus wie der Papst?", fragte Robert und überlegte, wen er anrufen könnte, damit diese Pfeife hier demnächst beim Arbeitsamt in der Schlange stehen würde. Was für ein Idiot, dachte er und sah auf den Mann hinab, der gute zehn Zentimeter kleiner war als er selbst.

„Antworten Sie auf meine Frage!", herrschte der Uniformierte ihn an.

Robert hielt dem Blick stand. Mut hatte der Kerl, das musste man ihm lassen, ging es ihm durch den Kopf. Als würde er zu einem kleinen Kind sprechen, sagte er langsam, und betonte dabei jede Silbe: „Hören Sie zu, Sie Neunmalkluger, meine Frau ist auf diese Toilette gegangen. Sie ist nicht wieder rausgekommen und hier drin ist sie offensichtlich auch nicht mehr."

„Vielleicht haben Sie sie verpasst?", sagte die Frau und sah ihn freudestrahlend an.

Ein Blick von Robert genügte, um sie zum Verstummen zu bringen. „Genau, das ist die Lösung! Dass ich darauf nicht schon vorher gekommen bin", seine Stimme triefte förmlich vor Sarkasmus. „Vermutlich hat sie längst eingecheckt. Sie sitzt auf ihrem Platz in diesem bescheuerten Flieger und wartet auf mich. Das ist auch der Grund, warum sie mittlerweile zum dritten und damit wohl letzten Mal ausgerufen worden ist."

Die Frau ging hinter ihrem Kollegen in Deckung. Das Lächeln war ihr vergangen.

„Ich denke, Sie kommen jetzt erst einmal mit uns", forderte der Mann ihn auf und deutete mit dem Kinn in Richtung Ausgang.

2.

Hendrik Baur fuhr gerade seinen Rechner runter. Der Bildschirm, über den zuvor noch Pinguine watschelten, wurde schwarz, und mit einem letzten Surren, herrschte Stille in seinem Büro. Seine Kollegen hatten schon vor einer Stunde Feierabend gemacht. Er hatte noch einen Abschlussbericht fertig geschrieben, den er nicht bis zum nächsten Tag hatte aufschieben wollen. Jetzt freute er sich auf seinen Feierabend. Er würde zu Hannah in den Sender fahren. Das hatte er schon am Mittag beschlossen, als abzusehen war, dass sie heute pünktlich würden Schluss machen können.

Es war lange her, seit sie zuletzt einen Abend für sich gehabt hatten, dachte er. Mit Schwung rollte er seinen Stuhl zurück und stand genau in dem Augenblick auf, in dem sein Telefon klingelte. Ein Blick auf das Display genügte, um zu wissen, dass in wenigen Sekunden seine Pläne für den Abend über den Haufen geworfen werden würden. Hendrik sackte wieder zurück auf seinen Stuhl und griff nach dem Hörer. Dabei drückte er auf den kleinen Knopf an seinem Rechner, der die Maschine wieder zum Leben erweckte.

Camilla hatte mit dem Gedanken gespielt, in ihre Wohnung zu fahren. In den letzten beiden Wochen war sie nur einmal dort gewesen, um ihre Blumen zu gießen.

Den gelben Blättern nach zu urteilen, nahmen sie es ihr übel, dass sie sich so schlecht um sie kümmerte. Wenn man es genau nahm, wohnte sie eigentlich bei Samuel. Sie hatten es nur noch nicht offiziell gemacht. Was immer damit auch gemeint war, dachte sie und lächelte dabei. Schon vor ein paar Wochen hatte er ihr einen Schlüssel für sein Haus gegeben. Er wäre nicht Samuel, wenn er darum ein Aufheben gemacht hätte. Sie fand den Schlüssel eines Tages an ihrem Schlüsselbund. Zudem hing ein kleines silbernes Kleeblatt daran. Es war seine Art, ihr ein Geschenk zu machen. Heute würde er erst spät nach Hause kommen, überlegte Camilla, während sie an einer roten Ampel anhielt. Es gab also nicht wirklich einen Grund, warum sie nicht in ihre Wohnung fahren könnte. Die Ampel schaltete auf Grün und Camilla bog rechts ab. Damit war die Entscheidung gefallen. Sie würde heute wieder nicht in ihre Wohnung fahren. Der Tag war herrlich. Nach dem langen und grauen Winter war endlich die Sonne zwischen den Wolken durchgebrochen. Sie genoss die Wärme auf ihrer Haut. Draußen war es zwar noch empfindlich kalt, aber in ihrem Auto spürte sie davon nichts. Die ersten Sonnenstrahlen des Jahres waren immer etwas ganz Besonderes für Camilla. Sie drehte das Radio ein wenig lauter.

Ein paar Minuten später parkte sie vor dem alten, großen Backsteinhaus, das Samuel gehörte und in dem sie sich so wohlfühlte. Sie nahm die Einkäufe aus dem Kofferraum. Noch war der Garten kahl und trist, doch in ein paar Wochen wäre auch hier alles grün und würde blühen. Samuel hatte wahre Wunder bewirkt, wenn sie sich vorstellte, wie der Garten ausgesehen hatte, als sie das Grundstück zum ersten Mal betreten hatte. Sie ließ ihren Blick schweifen und sah im Haus gegenüber, ihre Nachbarin am Fenster stehen. Weil sie keine Hand mehr freihatte, rief sie ihr einen Gruß zu. Die alte Dame grüßte winkend zurück. Es gab wirklich nichts, was dieser Frau entging, dachte Camilla und schmunzelte. Trotz aller Neugierde war sie ein herzensguter Mensch. Sie würde ihr später einen kleinen Besuch abstatten und bei der Gelegenheit gleich nach dem Rechten sehen, beschloss Camilla. Sie und Samuel kümmerten sich fast täglich um ihre Nachbarin, die sonst niemanden hatte.

Mit einem lauten Seufzer schloss Camilla die Haustür auf, balancierte die Einkaufstaschen in die Küche und stellte sie auf dem Esstisch ab. Sie beschloss, ein leckeres Abendessen zu kochen und Samuel damit zu überraschen. Während sie leise vor sich hin summte fing sie an, die Lebensmittel in den Schränken zu verstauen. Der Klingelton ihres Handys, der die Stille durchbrach, verhieß nichts Gutes. Ich bin nicht da, dachte Camilla und nahm dennoch das Gespräch entgegen. Dabei lächelte sie. Selbst wenn sie am anderen Ende der Welt wäre, würde sie einen Anruf von ihrem Chef nicht ignorieren. Sie waren ein Team. Und wenn er sie brauchte, war sie da, egal welche Pläne dabei zunichte gemacht werden würden.

„Hendrik, womit willst du mir heute den Abend verderben?", fragte sie und lachte dann.

Auch Hendrik musste grinsen. „Wir haben eine Vermisste", fing er an.

„Was du nicht sagst."

Sie arbeiteten beim Vermisstendezernat. Da hatten sie es ausschließlich mit vermissten Menschen zu tun. Seit knapp drei Jahren arbeitete sie nun an Hendriks Seite. Sie waren ein gutes Team. Alle sechs Beamte aus der Abteilung ergänzten sich ausgezeichnet, obwohl sie unterschiedlicher nicht sein könnten, dachte Camilla. Dann konzentrierte sie sich wieder auf das, was Hendrik ihr zu sagen hatte.

3.

Knapp eine Stunde später parkte sie vor dem Flughafengebäude im Halteverbot. Als sie ausstieg, fuhr hinter ihr Hendrik heran. Wenigstens würden sie beide einen Strafzettel bekommen, dachte sie und ging zu Hendriks Auto, um ihn zu begrüßen. Sie überlegte, ob es nicht sinnvoller wäre, wenn sie auf einen regulären Parkplatz fahren würden.

„Könnten wir die Parkgebühren abrechnen?", wollte Camilla wissen, als Hendrik aus seinem Wagen ausstieg. Sie hatte beim Einfahren auf das Gelände die Preise gesehen, wobei ihr wieder einmal beinahe schlecht geworden war. Womit rechtfertigten sie diese Abzocke?, fragte sie sich. Aber das tat sie jedes Mal. An des Preisen würde das nichts ändern.

„Was denkst du denn?", antwortete Hendrik ernst.

Camilla grinste. Es war also klar, dass sie hier stehen bleiben würden. Sie ging neben Hendrik in Richtung Terminal. „Womit haben wir es zu tun?", hakte sie nach. Am Telefon hatte er ihr nicht allzu viel gesagt. Sie hatten den Treffpunkt ausgemacht und dann aufgelegt. Das Abendessen würde wohl warten müssen, hatte sie gedacht und Samuel einen Zettel geschrieben.

„Robert und Lina Waller. Seit drei Monaten verheiratet. Er ist fünfunddreißig, sie neunundzwanzig Jahre alt …"

„Warte mal", unterbrach Camilla ihren Chef. „Du meinst nicht etwa *den* Robert und *die* Lina Waller?"

„Kommt drauf an. Welche meinst du denn?"

„Lina war mit meiner Schwester in der Jahrgangsstufe. Hast du ein Bild von ihr gesehen? Sie ist unglaublich schön."

Hendrik sah seine Kollegin an. Sie erwähnte ihre Schwester so gut wie nie. Diesen Teil ihres Lebens blendete sie aus, so gut es ging. Zumindest in der Öffentlichkeit. Er wusste, dass ihre Schwester abgehauen war, als sie beide noch sehr jung waren, nachdem ihr Stiefvater sie immer wieder misshandelt hatte. Heute hatte sie ihre Schwester zwar erwähnt, jedoch nur in einem Nebensatz. Tatsächlich galt ihre Aufmerksamkeit der Vermissten. Ihre Begeisterung über diese Frau, brachte ihn zum Schmunzeln. Dennoch musste er ihr recht geben. Er hatte die Vermisste noch im Büro überprüft. Auch ihm war aufgefallen, dass sie ziemlich hübsch war. Trotzdem fehlte ihr etwas von der Natürlichkeit, die zum Beispiel Camilla hatte. Auf den aktuellsten Bildern, die er gefunden hatte, hatte Lina sogar etwas gehetzt gewirkt, hatte Hendrik gefunden. In ihren Augen lag kein Glanz und die Züge um ihren Mund wirkten verkrampft.

„Sieh mich nicht so an", sagte Camilla, „ich bin selbst eine Frau. Ich habe die Konkurrenz im Blick und ich weiß, wann jemand schön ist."

„Ja, da hast du recht." Bei welchem Teil er ihr recht gab, behielt er jedoch für sich.

„Jedenfalls konnte es keiner verstehen, als sie mit diesem Robert zusammenkam. Er war bekannt dafür, dass er Frauen schlecht behandelte. Vielleicht änderte sich das, als er Lina kennenlernte. Aber unter uns, ich glaube nicht daran, dass ein Mensch sich ändert. Er kann sich eine Zeit lang verstellen. Dann fällt er wieder in alte Muster zurück."

Hendrik nickte zustimmend, während sie nebeneinander hergingen.

Sie betraten den Teil des Gebäudes, in dem die Flughafensicherheit ihre Räumlichkeiten hatte. Camilla hätte dem Treiben, das im Terminal herrschte, gern ein wenig zugesehen, da sie jedoch einen Fall hatten, musste ihr Privatvergnügen hinten anstehen. Sie liebte es, Menschen zu beobachten. Und sie liebte den Flughafen. Vielleicht würde sie Samuel fragen, was er von einem gemeinsamen Urlaub hielt. Es musste ja nichts Großartiges sein. Einfach nur sie beide. Weg vom Alltagsstress. Er hatte erst kürzlich seine Arbeitsstelle gewechselt. Ob er eine Urlaubssperre hatte, wusste sie gar nicht, überlegte sie. Da er jedoch früher schon bei der Firma gearbeitet hatte, ging sie davon aus, dass man bestimmt eine Ausnahme machen würde.

„Da vorne geht es rechts", unterbrach Hendrik ihre Gedanken.

„Woher kennst du den Weg?" Camilla war zwar schon einige Male hier gewesen, die Tatsache, dass ihr Orientierungssinn jedoch hoffnungslos verkümmert war, machte es ihr hier jedes Mal schwer, sich zurecht zu finden.

„Ich war hier schon mal. Ein Kind wurde vermisst. Wir haben es aber beim Softeisstand gefunden."

Camilla lachte und war wieder einmal überrascht darüber, dass Hendrik nie etwas vergaß. Vermutlich wusste er die Namen sämtlicher Aktieninhaber des

Flughafens und die der gesamten Belegschaft. Kopfschüttelnd bog sie neben ihm ab. Sie kamen in einen engen Flur, dessen Ende fast nicht auszumachen war, so lang war er. Es war, als wären sie in eine andere Welt eingetaucht. Wo gerade noch Hunderte von Menschen herumwuselten, waren sie jetzt allein. Camilla studierte die Schilder neben den Türen, an denen sie vorbeikamen. Doch die gaben nicht wirklich Aufschluss darüber, was sich dahinter befand. Es kam ihr vor wie eine Ewigkeit, bis sie zu einer Glastür kamen, an der Hendrik stehen blieb. Ein Schild wies sie darauf hin, dass hier nur Berechtigte Zutritt hatten.

Fragend sah Camilla Hendrik an. Er drückte auf einen kleinen Knopf, der sich fast nicht von der Wand abhob. Wieder konnte Camilla sich ein Lächeln nur schwer verkneifen.

Sie mussten nicht lange warten, bis sich eine Tür öffnete und ihnen ein Uniformierter entgegenkam. Er hielt einen Transponder über das Türschloss und mit einem leisen Summen öffnete er die Glastür.

„Peters, Flughafensicherheit", stellte der Mann sich vor.

„Baur, Vermisstendezernat. Meine Kollegin, Frau Sanders." Hendrik erwiderte den Händedruck.

Dann reichte der Mann Camilla die Hand. „Freut mich, dass Sie so schnell gekommen sind."

Die Erleichterung war ihm förmlich anzusehen, bemerkte Camilla.

Er führte sie in das Büro, aus dem er zuvor gekommen war. Camilla sog leise Luft ein, als sie den Raum betrat. An einer Wand waren über die gesamte Fläche Monitore angebracht. Auf allen herrschte dasselbe bunte Treiben, durch das sie sich auf dem Weg hierher gekämpft hatten. In der Mitte war ein großer Monitor, auf dem ein Standbild zu sehen war. Es zeigte den Bereich einer Wartehalle, in dem Passagiere warteten, bevor sie an Bord ihrer Maschine gehen durften. Camilla sah, dass es sich um Gate 13 handelte. Die großen, weißen Buchstaben waren an jeder Säule der Halle angeschrieben.

„Das wurde auch Zeit!"

Hendrik und Camilla drehten sich in die Richtung, aus der die Stimme kam. Zwischen zwei Tischreihen, auf denen Computer standen, kam ein Mann auf sie zu. Beide erkannten sofort, mit wem sie es zu tun hatten.

„Herr Waller", begrüßte Hendrik den Mann, der sich vor ihm aufbaute. Da beide Männer jedoch gleich groß waren, wirkte die Geste beinahe lächerlich.

„Lassen Sie sich immer so viel Zeit, wenn Sie gerufen werden?", herrschte Waller Hendrik an.

„Darüber könnten wir jetzt diskutieren oder wir kommen gleich zur Sache", antwortete Hendrik in einem Ton, der allen im Raum zeigte, dass ihm keiner das Ruder aus der Hand nehmen würde. Bei all den Vernehmungen, die Hendrik in der Vergangenheit geführt hatte und bei denen Camilla mit im Raum gewesen war, hatte sie es nie erlebt, dass Hendrik sich aus der Fassung hatte bringen lassen. Er bekam, was er wollte. Immer. Oft reichte sein Blick, um ans Ziel zu kommen. Wehe dem, wenn Hendrik leise wurde. Camilla war immer froh, dass sie auf Hendriks Seite stand.

Auch dieses Mal erreichte Hendrik, was er wollte. Zwar sah Camilla, dass Wallers Kiefer aufeinander mahlten, doch Hendrik hatte ihm den Wind aus den Segeln genommen. Sie spürte auch, dass Herr Peters von der

Flugsicherheit sich neben ihr entspannte. Dann räusperte er sich und wies auf den großen Monitor.

„Das ist der Bereich von Gate 13. Hier sollten Herr und Frau Waller um sechzehn Uhr dreißig an Bord gehen. Wenn das Boarding abgeschlossen ist, werden uns die Passagiere angezeigt, die nicht an Bord gegangen sind. Wir rufen diese Passagiere dann drei Mal aus. Danach startet das Flugzeug."

„Kommen Sie zum Punkt. Ich denke, dass hier jeder schon geflogen ist und keine Einweisung über das Procedere benötigt", fuhr Robert Waller dazwischen.

„Wäre es Ihnen lieber außerhalb dieses Büros auf uns zu warten?", fragte Hendrik und blickte Waller an, ohne eine Miene zu verziehen.

„Was glauben Sie, wen Sie hier vor sich haben? Ich bezahle mit meinen Steuern Ihr Gehalt! Ich werde dafür sorgen, dass Sie ab morgen wieder Streife laufen!"

„Das können Sie gerne tun. Aber heute bin ich der, der dafür zuständig ist, dass wir Ihre Frau wiederfinden. Sie werden mich also meine Arbeit machen lassen. Es steht Ihnen frei, sich zu beschweren, das wird Ihnen Ihr Anwalt bestimmt erklären. Es ist mir herzlich egal, ob Sie mit der Art und Weise, wie ich arbeite, ein Problem haben oder nicht, wenn Sie mich aber daran hindern, werde ich dafür sorgen, dass ein weiterer Teil Ihres Geldes an den Staat überwiesen wird."

Im Raum war es totenstill geworden. Alle Augen waren auf Hendrik gerichtet und wanderten nun weiter zu Robert Waller.

Camilla hätte darauf wetten mögen, dass Hendriks Herzschlag sich, während der Ansprache, um keinen Schlag beschleunigt hatte. Dass Waller jedoch um

Fassung rang, entging keinem der Anwesenden. Alle sahen die pochende Ader an seinem Hals. Vermutlich war Waller einer der Menschen, die immer alles bekamen, was sie wollten und denen nie widersprochen wurde.

„Wir sind noch nicht fertig miteinander", stieß Waller zwischen zusammengebissenen Zähnen hervor.

„Fahren Sie fort", bat Hendrik den Sicherheitschef und ignorierte damit Waller komplett.

„Auf den Aufzeichnungen der Kameras sehen Sie, wie Frau Waller um sechzehn Uhr siebzehn die Toilettenräume betritt." Er nickte einem der Techniker zu und der große Bildschirm erwachte zum Leben. In der Halle waren zahllose Menschen zu sehen. Am unteren rechten Bildschirmrand wurde die Uhrzeit und die Nummer der Kamera eingeblendet. Aus der Menge heraus löste sich eine Frau mit auffallend rotem Haar – Lina Waller.

4.

Zum dritten Mal sahen sie sich das Band jetzt schon an. Hendrik ließ es stoppen, als Waller die Toilettenräume betrat.

„Können Sie mir die Sequenz auf CD brennen oder auf einen USB-Stick ziehen?", fragte er den Techniker.

„Sofort", antwortete der junge Mann und machte sich an die Arbeit.

„Und jetzt?", wollte Waller wissen.

Hendrik ignorierte ihn zunächst. An den Sicherheitschef gewandt meinte er: „Haben Sie ihr Bild an Ihre Kollegen ausgeteilt?"

„Ja, das habe ich sofort veranlasst. Jeder Mitarbeiter des Flughafens müsste im Besitz einer Kopie sein."

„Dann fahren wir jetzt zu Ihnen nach Hause", sagte Hendrik und wandte sich damit wieder an Waller.

„Ich wüsste nicht, warum wir das tun sollten."

„Wir werden nachschauen, ob wir einen Hinweis finden, wo ihre Frau hingegangen sein könnte."

„Das werden wir ganz bestimmt nicht."

Hendrik sah Waller einen Moment schweigend an. Er fragte sich, was in der Kindheit dieses Mannes falsch gelaufen war, dass er als Erwachsener so ein Mistkerl geworden war. Es lag doch immer an der Kindheit, oder?, überlegte er weiter. Wenn es nach ihm ginge, würde jeder, der sich auf seine schlechte Kindheit bezog, einen Tritt in den Hintern bekommen, der ihn auf den Mond verfrachten würde. Wessen Kindheit war schon perfekt? Trotzdem gab es Menschen auf dieser Welt, die sich an die Regeln hielten und solche, die es nie tun würden. Der Kerl vor ihm, war ein Paradebeispiel für einen Menschen, der bestimmt einen großen Freundeskreis sein Eigen nennen konnte, dachte er sarkastisch. Es würde ihn brennend interessieren, wie viele Menschen dieser Mann genau jetzt anrufen konnte, die nicht auf seiner Gehaltsliste standen und die ihm helfen würden, entweder indem sie bei der Suche nach seiner Frau halfen, oder ihm einfach Trost spendeten. Sicher gab es keinen einzigen. Was für ein erbärmliches Leben.

„Lassen Sie uns nach draußen gehen", sagte Hendrik zu Waller. Er brauchte keine Zeugen. Zudem würde es für Waller schwer werden, von seiner Meinung abzurücken, wenn so viele Menschen im Raum waren. Er würde das Gefühl haben, sein Gesicht zu verlieren, wenn er schließlich doch einwilligte, dass die Beamten in sein Haus kämen. Und genau das würden sie tun.

Camilla fragte sich zum wiederholten Mal, was Lina an diesem Mann gefunden hatte. Was hatte sie über Jahre an ihn gebunden und zum Schluss sogar zu einer Eheschließung geführt?

Vor dem Abfertigungsgebäude blieb Hendrik stehen. Die Sonne war mittlerweile untergegangen, und es war empfindlich kalt geworden.

Camilla zog den Reißverschluss ihrer Jacke hoch. Sie war froh, dass sie sich für die warme Jacke entschieden hatte, als sie vorhin das Haus verlassen hatte.

„Es liegt uns nichts daran, in Ihre Privatsphäre einzudringen. Zumindest nicht tiefer als notwendig. Aber wir müssen die persönlichen Sachen Ihrer Frau durchsehen. Wir müssen schauen, ob es Anhaltspunkte dafür gibt, dass sie aus eigenen Stücken verschwunden ist oder eben nicht."

„Sie glauben doch nicht ernsthaft, dass Lina hier etwas inszeniert?", fauchte Waller.

„Ich glaube nur an Fakten. Die bekomme ich nicht, wenn ich rumstehe. Je schneller wir die Sache hinter uns bringen, desto schneller sind Sie uns wieder los."

„Ich rufe jetzt meinen Anwalt an." Waller zog sein Handy aus der Innentasche seiner Jacke und entfernte sich einige Schritte.

„Was für ein schrecklicher Mensch", sagte Camilla und sah ihm nach.

„Da hast du recht. Zum Glück haben wir es nicht jeden Tag mit Leuten dieses Schlags zu tun", stimmte Hendrik ihr zu.

Sie beobachteten, wie Waller wild gestikulierend im Kreis lief. Es schien ihm nicht zu gefallen, was er von seinem Anwalt zu hören bekam.

Das Gespräch zog sich in die Länge. Als er sein Handy endlich wegsteckte, hätte man denken können, er wolle die Beamten, die seine Frau suchen sollten, mit Blicken töten.

„Kommen Sie mit. Aber Sie verschwenden nur Ihre und meine Zeit. Zeit, in der Sie lieber meine Frau suchen sollten."

5.

Das Anwesen war wie aus einem schlechten Hollywood-Film, dachte Camilla, als sie die lange Zufahrt entlangfuhren.
  Sie waren zuvor auf der Dienststelle vorbeigefahren, wo Tim, ihr Kollege sie in Empfang genommen hatte. Ihm hatte Hendrik den USB-Stick mit dem Filmmaterial gegeben. Er würde es sichten und die weiteren Maßnahmen in die Wege leiten. Die anderen aus dem Team hatte Hendrik noch nicht erreichen können. In seinem Auto waren sie dann zu den Wallers nach Hause gefahren.
  „Was für ein Kitsch", entfuhr es Hendrik, als das Haus in Sicht kam. Zwei Löwen thronten rechts und links des Eingangsportals. An der Tür hing ein massiver Türklopfer. Hendrik zweifelte keine Sekunde daran, dass er nicht aus echtem Gold war. Bronze wäre hier nicht würdig. Alles roch nach Geld.
  Waller hatte sich am Flughafen noch um das Gepäck gekümmert, das ohne ihn und seine Frau mit dem Flugzeug weggeflogen war. Das hatte offensichtlich etwas länger gedauert, denn er kam erst die Auffahrt entlanggefahren, als Hendrik und Camilla bereits aus ihrem Wagen ausstiegen.
  „Wie ich sehe, hat man sie hereingelassen", sagte Waller und ging auf die Eingangstür zu.

Camilla fragte sich, was er gedacht hatte. Etwa, dass das Personal sie vor dem hässlichen schmiedeeisernen Tor auf der Straße stehen lassen würde?

Ohne ein weiteres Wort öffnete er die Tür und trat ins Haus. Dabei überließ er es seinen Besuchern, ihm zu folgen.

Als sie direkt hinter ihm die Eingangshalle betraten, bekamen sie gerade noch mit, wie Waller einen älteren Mann, der mit einer Livree bekleidet war, anbrüllte, ihm aus den Augen zu gehen. Der Mann duckte sich förmlich unter den Worten und eilte davon, so schnell sein Alter es zuließ. Camilla tat der Mann schrecklich leid. Sie fragte sich, was er dafür bezahlt bekam, dass er das ertrug. Hatte er das nötig?

„Folgen Sie mir!", herrschte Waller jetzt Hendrik und Camilla an.

Die beiden gingen hinter ihm eine Treppe hinauf. Sie war aus massivem Holz. Hendrik ging davon aus, dass es sich hierbei um eine Maßanfertigung handelte. Und zwar eine, die keinesfalls so alt war, wie sie vorgab zu sein. Wie ein junger Mann einen solchen Geschmack haben konnte, war ihm schleierhaft. Doch alles, was er bisher von dem Haus gesehen hatte, bediente das Klischee, das Waller offenbar lebte. Massiv, schien sein Lebensmotto zu sein. Obendrein setzte man hier alles daran, dass nichts persönlich wirkte. Hendrik kam sich vor wie in einem Museum. Die schweren Gemälde an den Wänden zeigten allesamt Männer in Uniform. Da es laut Wikipedia aber keinen Ahnenstamm gab, auf den Waller zurückblicken konnte, waren die Gesichter der Menschen auf den Bildern wohl alle erfunden. Der große Teppich, der die Eingangshalle säumte war sicher echt und kostete mehr, als Hendrik in einem Jahr verdiente. Dennoch würde er ein Jahresgehalt darauf verwetten, dass dieser Mann nicht glücklich war. Geld allein reichte eben doch nicht.

Camilla fröstelte, als sie sich ihre Umgebung ansah. Wieder bekam sie Mitleid mit Lina. Sie hatte sie als lebensfrohen Menschen in Erinnerung, der immer lachte und andere mit ihrer Fröhlichkeit in den Bann zog. Hier drin musste sie doch verkümmert sein. Camilla zog Vergleiche mit dem Haus, in dem Samuel lebte. Dieses Haus strahlte Wärme und Geborgenheit aus. Es war nicht nur ein Haus, es war ein zu Hause. Noch dazu eines, in das man gerne kam. Hierher konnte niemand gerne kommen, dessen war sie sich sicher.

„Das ist der Bereich meiner Frau", sagte Robert Waller und stieß eine weiße doppelflügelige Tür an deren goldener Klinke auf.

Da er keine Anstalten machte, sie zu begleiten, fragte Camilla: „Kommen Sie nicht mit herein."

„Wozu? Sie werden es mich wissen lassen, wenn Sie das große Geheimnis gelüftet haben. Sollten Sie etwas mitnehmen, erwarte ich eine detaillierte Auflistung." Damit drehte er sich um und ließ die beiden zurück.

„Ich bleibe dabei, er ist ein Ekel", flüsterte Camilla.

Hendrik nickte und lächelte. Dann betrat er das Zimmer. Seine Sohlen versanken förmlich in dem hohen Flor des Teppichs. Wie der Rest des Raumes war auch er ganz weiß.

„Ich brauche eine Sonnenbrille", sagte Camilla, als sie sich umdrehte, um den Raum auf sich wirken zu lassen.

„Ja, Schneeblindheit bekommt hier drin eine neue Bedeutung."

Die Oberflächen der Möbel waren alle in Hochglanz. Das Licht der zahlreichen Spots an der Decke spiegelte sich darin und erzeugte ein Funkeln wie von Diamanten. Nichts, aber auch gar nichts Persönliches, befand sich in diesem Raum. Hendrik dachte an Hannah. Er hatte ihr eine kurze Nachricht geschrieben, dass es bei ihm später werden würde. Nun sah er ihr Gesicht vor sich. Wo Hannah war, war Leben. Sie hatte eine Vorliebe für bunte Blumensträuße und bunte Kissen, von denen ihrer Meinung nach gar nicht genug auf einem Sofa liegen konnten. Sie hatte Geschmack und ein Händchen für Deko. Auch in seiner Wohnung hatte einiges ihren Stempel aufgedrückt bekommen, seit sie regelmäßig bei ihm schlief. Er überlegte, ob er schon einmal in einem solchen Mausoleum wie diesem Haus hier gewesen war.

„Sie scheint hier alleine zu schlafen", unterbrach Camilla seine Gedanken.

Hendrik folgte ihrem Blick zum Bett, auf dem zwar viele kleine Kissen lagen, aber nur ein großes. Selbstverständlich waren die Bezüge weiß. Genauso wie der Rest des Himmelbettes.

„Ich frage mich, ob Waller hier schon einmal drin gewesen ist. Wahrscheinlich hält er nur Lina hier drin."

„Das sind aber harte Worte", meinte Hendrik.

„Stimmt doch. So steril wohnt doch niemand. Hier kann man doch nicht leben. Hier vegetiert man vor sich hin. Ich würde nach einem Tag verrückt werden. So ein farbloses Leben kann doch keiner wollen."

„Vielleicht hat es ihr gefallen. Sonst hätte sie doch etwas ändern können", gab Hendrik zu bedenken.

„Ich glaube nicht, dass hier irgendjemand etwas tut, das den Herrn des Hauses in seiner Autorität untergraben könnte. Und die Ausstattung des Hauses obliegt sicher ihm. In was hat er denn sein Geld gemacht?", wollte Camilla wissen.

„Derzeit ist sein Steckenpferd, dass er Kliniken aufkauft. Dann eröffnet er Gesundheitszentren. Die Ärzte, die dort angestellt sind, sind dazu angehalten, ihren Patienten nicht das zu verordnen, was gut für sie wäre, sondern das, was teuer ist. Er bewegt sich in einer Grauzone."

„Lieber Grau, als gar keine Farbe", entfuhr es Camilla. „Aber wie ist er an das große Geld gekommen? Kein Mensch kann einfach so eine Klinik kaufen, auch wenn die nur rote Zahlen schreibt, oder?"

„Irgendetwas im Internetsektor. Ich habe es nur überflogen. Wir werden uns später genauer damit befassen", antwortete Hendrik.

Camilla hatte vergessen, dass Hendrik nicht viel früher als sie von dem Fall erfahren hatte. Dafür hatte er ziemlich viel recherchiert, dachte sie anerkennend. Sie ging auf einen Schrank mit weißen Lamellentüren zu und öffnete ihn. „Wow!", entfuhr es ihr. „Da kommt Farbe ins Spiel."

Hendrik war hinter sie getreten und stieß einen leisen Pfiff aus.

„Ob der Gemahl davon weiß? Ich bezweifle es", sagte Camilla leise.

Sie blickten in einen begehbaren Schrank, der noch einmal so groß wie das restliche Schlafzimmer war. In ihm stand eine bunt gemusterte Couch. Die Kleidung, die ordentlich an den Stangen hing, war ebenfalls kunterbunt. Genauso die Schuhe, die gegenüber eine gesamte Wandfläche einnahmen. Camilla musste kurz an den Raum mit den Monitoren am Flughafen denken.

Neben dem Sofa stand ein hellgrüner Beistelltisch, auf dem eine Lampe stand, deren Schirm aus Tiffany-Glaskunst gefertigt war. Daneben lag ein Buch, aus dem ungefähr auf der Hälfte ein Lesezeichen herausragte. Camilla betrat den Raum und sah, dass noch mehr Bücher in einem Regal standen. Sie überflog die Titel und stellte fest, dass Lina gerne Liebesromane las. Offensichtlich flüchtete sie sich damit in eine heile Welt, überlegte sie. Warum sie die Bücher hier im Verborgenen las und aufbewahrte, konnte sie sich fast denken.

Sie sah einige gerahmte Bilder, die ihre Aufmerksamkeit auf sich zogen. Es waren Schnappschüsse und Erinnerungen an Linas Jugend und als junge Erwachsene. Auf keinem einzigen Bild war sie mit Robert zu sehen. Nicht einmal ein Hochzeitsfoto war aufgestellt. Was sagte das über ihre Beziehung aus? Obwohl sie und Samuel erst seit einigen Monaten ein Paar waren, hingen sowohl in seinem Haus, als auch in ihrer Wohnung einige Bilder, auf denen sie beide zu sehen waren. Da war die Fahrt mit der Wildwasserbahn, bei der beide klatschnass geworden waren und das Selfie, das sie am Lagerfeuer in seinem Garten gemacht hatten, dachte Camilla.

In diesem Teil des Schlafzimmers schien Lina jedoch keinen Platz für ihren Mann zu haben. Er war komplett verbannt worden. Die viele Farbe verdrängte sogar das Weiß der Regale, in denen sich ihre Kleidung befand. Über dem weißen Teppich hatte sie farbenfrohe Läufer drapiert. Camilla fragte sich, wie viel Zeit Lina in diesem *Schrank* ohne einen Hauch von Tageslicht verbracht hatte. Sie überlegte, ob Lina arbeiten ging. Vermutlich war ihr das nicht gestattet. Sie machte sich in Gedanken eine Notiz, dass sie das abklären würde.

„Lass uns anfangen, den Raum zu durchsuchen", schlug Hendrik vor.

„Gute Idee." Je schneller sie hier wieder rauskamen, desto besser, dachte Camilla und zog die erste Schublade auf.

6.

Die Liste mit den Gegenständen, die sie mitnehmen würden, war kurz. Sie hatten zwei Tagebücher gefunden und, zwischen den Seiten eines Buches versteckt, das Foto eines gutaussehenden jungen Mannes. Es war, dem Anschein nach, schon einige Jahre alt, sie packten es dennoch ein, da das Buch, in dem es steckte, erst im Vorjahr erschienen war. Zudem hatten sie ein Tablet und die Liste mit den Hochzeitsgästen eingepackt.

Sie fanden Waller im Erdgeschoss, wo der Butler sie hinführte, nachdem sie sich lautstark geräuspert hatten, um auf sich aufmerksam zu machen. Er saß an einem, wie sollte es anders sein, massiven Schreibtisch aus Holz in einem holzvertäfelten Arbeitszimmer. In diesem Raum war nichts in Weiß. Trotzdem wirkte er so kalt wie ein Leichenschauhaus. Waller unterzeichnete das Formular, auf dem sie die Gegenstände aufgelistet hatten, die sie mitnahmen, schwungvoll und ließ sich einen Durchschlag aushändigen. Sie zur Tür zu begleiten, kam ihm nicht in den Sinn, weshalb Hendrik und Camilla allein zurück in den Flur gingen. Dort trafen sie auf den Butler, der sie zur Haustür geleitete und augenblicklich hinter ihnen die Tür ins Schloss drückte.

Mit einem lauten Seufzer ließ Camilla sich in den Beifahrersitz sinken. „Bin ich froh, da wieder raus zu sein. Wenn es nicht unbedingt sein muss, bekommen mich keine zehn Pferde mehr da hinein."

„Das nächste Mal schicken wir Harald und Tim oder Max und Natalie", stimmte Hendrik zu und beide lachten. Es war ein gutes Gefühl, nach den letzten Stunden der Anspannung.

„Woran denkst du als Erstes, wenn du das Haus beschreiben müsstest?", fragte Hendrik und fuhr in Richtung Hoftor, dabei blickte er im Rückspiegel auf das Haus, in dem sie die letzten Stunden verbracht hatten.

„An ein Mausoleum. Man kann nicht glauben, dass da drinnen wirklich Menschen leben", antwortete sie.

„Das ist auch mein Eindruck", stimmte Hendrik ihr zu.

„Weißt du, was mich wirklich getroffen hat?", fragte Camilla. Bevor Hendrik antworten konnte, fuhr sie fort: „Lina hat sich ihre Welt in ihrem Kleiderschrank aufgebaut. Das war der einzige Ort, an den sie sich zurückziehen konnte, vermute ich. Ich glaube nicht, dass er jemals ihr Zimmer betreten hat. Trotzdem hat sie es gelassen, wie es sein Wunsch war. Ihr Stil war das nicht, das erkennt man an der Art, wie sie ihren Rückzugsraum gestaltet hat. Die Farben, die Bilder. Kannst du dir vorstellen, in einem Schrank zu leben? Einem Schrank? Selbst wenn es ein begehbarer ist?" Camilla fröstelte plötzlich und drehte die Heizung weiter auf.

„Ist dir das Bild aufgefallen, auf dem sie alleine abgelichtet war?"

„Das, das ganz hinten in dem Regal stand?", hakte Camilla nach. Als Hendrik nickte, sagte sie: „Ja, das habe ich gesehen."

„Sie ist wunderschön. Dieses rote Haar und die Haut, die aussieht, als wäre sie aus Porzellan, findest du nicht?"

„Doch, da hast du recht. Sie war schon immer wie eine Puppe, irgendwie wirkte sie zerbrechlich."

Der Verkehr auf der Straße war dicht. Noch hatte Hendrik keine Gelegenheit gefunden, aus dem Grundstück herauszufahren. Weit und breit war keine Lücke in Sicht. Während er beobachtete, wie ein Auto am anderen, an ihnen vorbeifuhr, sagte er: „Hören wir mal, was es Neues gibt", und zog sein Handy aus der Tasche. Das Gerät fing sofort an zu brummen und zu piepsen. „Ich hatte wohl keinen Empfang in dem Kasten", sagte er und deutete auf das Haus hinter ihnen.

Auch Camilla überprüfte ihr Telefon. Sofort wurden auch ihr zahlreiche Nachrichten zugestellt. „Ich auch nicht."

„Tim hat versucht mich zu erreichen. Die anderen sind auch auf der Dienststelle. Zumindest waren sie es. Ich ruf ihn während der Fahrt an", fügte Hendrik hinzu, nutzte eine Lücke, die eigentlich gar keine war und bog in die Straße ein. Camilla hielt sich am Türgriff fest und kniff die Augen zusammen. Als kein Aufprall folgte, blinzelte sie ein wenig, sah, dass sie es tatsächlich geschafft hatten und löste einen verkrampften Finger nach dem anderen vom Griff.

Kurze Zeit später meldete sich Tim auf Hendriks Handy. Er nahm das Gespräch über die Freisprecheinrichtung entgegen und begrüßte seinen Kollegen.

„Hallo Chef", grüßte Tim zurück. Dann fragte er: „Wie steht es bei euch? Wir haben euch nicht erreichen können."

„Grüß dich, Tim. Wir sind gerade im Haus der Wallers fertig geworden. Seid ihr noch im Büro?"

„Harald ist schon gegangen. Er musste doch zu dem Geburtstag und für ihn gab es sowieso nichts zu tun."

„Stimmt, das hatte ich vergessen", räumte Hendrik ein.

„Alle anderen sind noch hier. Wir warten noch, bis ihr kommt, dann können wir uns austauschen, oder?"

„Wird noch eine viertel Stunde gehen", antwortete Hendrik, bevor sie sich voneinander verabschiedeten.

„Ich frage mich, wo sie ihre persönlichen Sachen aufbewahrt", sprach Camilla ihre Überlegungen laut aus.

„Was meinst du?"

„Nichts von dem, was wir gefunden haben, ist doch älter als ein paar Jahre. Es ist, als hätte sie zuvor gar nicht existiert."

Das ist mir gar nicht aufgefallen, dachte Hendrik und ärgerte sich, dass ihm dieses Detail entgangen war. Umso mehr freute es ihn, dass Camilla so einen scharfen Verstand besaß. Wieder einmal überkam ihn ein Gefühl des Stolzes, mit so einem Team arbeiten zu können.

„Du hast recht", sagte er zu ihr. „Vielleicht hat sie aber auch nur alles in Kisten verpackt und auf den Dachboden geräumt."

Camilla nickte, glaubte aber nicht so recht an diese Theorie. In Gedanken machte sie sich eine weitere Notiz, dem nachzugehen.

„Ich frage mich, was hier los ist. Warum ist denn der Verkehr so dicht?", murmelte Hendrik.

Camilla sah die Schlange aus roten Rücklichtern an und versank wieder in Gedanken. Wieder fragte sie sich, was Lina dort gehalten hatte. Ihre Überlegungen drifteten ab, zu Samuel. Sie schaute auf die Uhr und überlegte, ob er wohl schon zu Hause war. Für gewöhnlich schrieb er ihr, wenn er Feierabend hatte. Bislang hatte er jedoch nicht einmal ihre Nachricht gelesen, als sie ihm geschrieben hatte, dass sie noch einmal zurück zur Dienststelle musste. Sie beschloss, ihm zu schreiben, dass es wohl noch eine Stunde dauern würde, bis sie zum zweiten Mal an diesem Tag Feierabend machen konnte. Gerade, als sie die Nachricht abgeschickt hatte, traf eine Nachricht von Samuel ein. Lächelnd las sie, dass er den Lkw im Depot abgestellt hatte und sich jetzt auf den Heimweg mache.

Sie schickten sich ein Herz, und Camilla steckte lächelnd ihr Handy wieder in ihre Tasche.

„Läuft gut mit dir und Samuel, oder?", fragte Hendrik.

Camilla lächelte noch immer, als sie sich zu Hendrik drehte. Dass sie so eine Frage von ihrem Chef zu hören bekam, war für sie nicht ungewöhnlich. Wenn man so viele Stunden am Tag wie sie auf engstem Raum miteinander verbrachte und so viel Unheil erlebte wie ihr Team, wuchs man automatisch zusammen. Man erzählte sich Dinge, die eigentlich privat waren. Man war nicht nur ein Kollege, man war ein Freund. „Ja, es läuft toll", sagte sie deshalb und unterstützte ihre Aussage, indem sie nickte. „Und bei dir und Hannah?"

„Ja, Hannah und ich", antwortete Hendrik. „Wer hätte das gedacht. Hab ich dir schon mal erzählt, dass wir schon von ein paar Jahren einmal eine Beziehung hatten?"

„Nein, aber ich habe es mir gedacht, weil ihr so vertraut miteinander umgeht."

Klar, dass ihr das nicht entgangen ist, dachte Hendrik. „Es läuft sehr gut. Wir sind beide älter geworden und wissen jetzt, was wir wollen. Die Pause hat uns gutgetan, denke ich. Ich weiß nicht, ob wir früher auch schon dieses Verständnis, zum Beispiel für die jeweiligen Arbeitszeiten des anderen, hätten aufbringen können."

Da hatte er wohl recht, überlegte Camilla. Auch in ihrer Beziehung herrschte da großes Verständnis. Anders würde es aber auch nicht gehen, dachte sie weiter und zählte in Gedanken die Beziehungen auf, die allein wegen ihrer Arbeitszeit gescheitert waren. Es war schwer für jemanden zu begreifen, dass ein Wochenende keine Bedeutung hatte, der nicht selbst so arbeitete. Der eine sture 5-Tage-Woche hatte und nach acht Stunden ausstempeln konnte. Einzig mit Manuel hatte sie eine lange Beziehung gehabt. Sie dachte an ihren Kollegen, der zwei Etagen über ihr arbeitete. Wieder musste sie lächeln. Das Dezernat, in dem Manuel untergekommen war, war ein rotes Tuch für jeden Polizisten. Keiner hatte freiwillig Kontakt zu jemandem, der in der Inneren Abteilung arbeitete und dessen Job es war, das Einschreiten von Beamten unter die Lupe zu nehmen. Manuel war ihr jedoch, trotz ihrer Trennung, ein guter Freund geblieben. Sie hatte ihm vermutlich ihr Leben zu verdanken, dachte sie und fröstelte sofort wieder.

„Was ist los?", fragte Hendrik sofort.

„Trübe Gedanken."

„Schieb sie weg, erzähl mir etwas", forderte Hendrik sie auf.

Camilla war dankbar für die Einfühlsamkeit ihres Kollegen. Hendrik übte keinen Druck auf sie aus. Er wusste, was sie durchgemacht hatte und hatte Verständnis für sie. Zumindest, solange es keine

Auswirkung auf ihre Arbeit hatte. Sie wusste, würden ihre Angstattacken wieder zunehmen, würde er mit keiner Wimper zucken und sie in den Krankenstand schicken. Er konnte es sich nicht leisten, dass jemand aus seinem Team in Gefahr kam, weil er oder sie nicht voll einsatzfähig war.

Die letzten Kilometer verfielen sie in einen Small Talk. Als sie auf den Parkplatz an ihrer Dienststelle einbogen, lag das Gebäude nahezu im Dunkeln. Der Kollege, der an der Pforte saß, hatte eine kleine Lampe eingeschaltet, deren Licht einen Schatten auf sein Gesicht warf. Zudem brannte im sechsten Stock noch Licht. Dort warteten ihre Kollegen auf sie.

„Dann wollen wir mal sehen, was sie herausgefunden haben", sagte Hendrik und holte die Plastiktüten von der Rückbank, in denen die Sachen von Lina verpackt waren.

7.

Robert Waller saß in seinem Büro und sah auf das Bild, das auf seinem Schreibtisch stand. Es war das einzige Bild im Haus, auf dem er und seine Frau abgelichtet waren. Kurz fragte er sich, ob es in anderen Häusern auch so wenig Fotos gab, wie in ihrem. Es kam eigentlich nicht vor, dass er in die Häuser seiner Bekannten kam. Man traf sich zum Essen, zumeist waren es Geschäftspartner, mit denen er sich traf. Es war lange her, seit er zuletzt jemanden privat besucht hatte. Damals hatte er nicht auf Fotografien geachtet. Robert nahm den Rahmen in die Hand und strich mit dem Daumen über Linas Gesicht. Wo bist du nur?, fragte er sich im Stillen. Und bevor er richtig wusste, wie ihm geschah, kochte blinde Wut in ihm auf. Lina war es zu verdanken, dass die Polizei bei ihm im Haus war. Und dann noch ausgerechnet so ein überheblicher Bulle, wie der, der die Ermittlungen leitete. Was bildeten sich diese *Supercops* ein, einfach in sein Haus zu spazieren und es auf den Kopf zu stellen? Warum, zur Hölle, hatte er das überhaupt zugelassen? Dieser Typ war gut, musste er zugeben, obwohl es ihm schwerfiel. Er schlug mit der Faust auf den Tisch. Dann noch einmal. Wo steckte dieses Miststück von seiner Ehefrau? Es konnte ja nicht sein, dass sie sich einfach in Luft auflöste. Sobald sie wieder zu Hause war, würde er ihr zeigen, was er von solchen Aktionen hielt, dachte er aufgebracht. Niemand spielte mit Robert Waller. Schon gar nicht eine Frau.

Er griff zum Hörer. Als sich jemand meldete, stellte er sich mit knappen Worten vor und schilderte dann, was er wollte. Ohne Abschiedsgruß legte er auf und wählte eine andere Nummer. Zwischendurch suchte er im Internet nach weiteren Telefonnummern. Dieses Prozedere wiederholte er einige Male.

Dann klingelte er nach dem Butler. Der Mann war Sekunden später zur Stelle. In gebeugter Haltung fragte er, wie er behilflich sein könne.

„Schicken Sie mir dieses Mädchen, das sich um die Räume meiner Frau kümmert", bellte Waller, ohne den Mann, der in der Tür stand, anzusehen.

„Sehr wohl, gnädiger Herr."

Waller wusste, dass er nicht lange warten musste. Er war es gewöhnt, dass seine Anordnungen umgehend befolgt wurden. Trotzdem trommelte er mit den Fingern auf die Tischplatte und zählte die Sekunden, bis das Mädchen endlich erschien.

„Sie wünschen, gnädiger Herr?", fragte sie, dabei war ihre Stimme so leise, dass er sie fast nicht verstehen konnte. Wenn er in dieser Stimmung wie gerade war, gefiel es ihm, diese Wirkung auf Menschen zu haben, obendrein auf Menschen, die bei ihm in Lohn und Brot standen.

„Was hat meine Frau gesagt?"

Der Kopf der jungen Angestellten fuhr hoch. „Entschuldigung?", fragte sie mit bebender Stimme.

„Als du ihre Koffer gepackt hast, was hat sie da zu dir gesagt? Was verstehst du an dieser simplen Frage nicht?" Er sah die Angst in ihren Augen. Das war gut.

Wer Angst hatte, sprach die Wahrheit, dachte er und lächelte triumphierend.

„Sie hat sich gefreut. Sie war ganz aufgeregt."

„Lauter!", herrschte er seine Angestellte an.

Maria starrte ihn an. Was wollte er von ihr?, fragte sie sich. Er kannte nicht einmal ihren Namen, ging es ihr durch den Kopf. Seine Frau hatte recht, als sie kein gutes Wort an ihm gelassen hatte. Sie musste all ihre Kraft und Entschlossenheit aufbringen, um vor ihm stehen zu bleiben. Ihre Knie waren nur noch Wackelpudding und sie zitterte am ganzen Körper. Zudem war ihr Mund wie ausgedörrt und die Zunge wollte am Gaumen festkleben. Sie bekam kaum noch einen Ton heraus.

„Sie hat sich auf die Reise gefreut", sagte sie nun mit etwas festerer Stimme.

„Ich will wissen, was sie gesagt hat!"

„Sie hat mir gesagt, was ich alles einpacken soll und wie das Wetter dort wird. Sie freute sich, Sie endlich ein paar Tage ganz für sich zu haben."

Robert trommelte wieder mit den Fingern auf die Tischplatte. Er fragte sich, seit wann dieses Kind bei ihnen arbeitete und wer es eingestellt hatte. Wie hieß sie überhaupt?

„Sonst nichts?"

„Nein."

„Du kannst verschwinden."

„Sehr wohl." Vermutlich war sie noch nie in ihrem Leben so froh, irgendwo wegzukommen, wie in diesem Moment, von diesem Mann. Sie fragte sich, wie Lina es bei ihm hatte aushalten können. Noch immer zitterte sie am ganzen Leib, als sie die Treppe hinaufstieg, um wieder im Zimmer ihrer Arbeitgeberin aufzuräumen. Die

Polizisten hatten keine große Unordnung gemacht. Doch wenn der Hausherr die Räume betreten würde, würde hier im wahrsten Sinne des Wortes kein Stein mehr auf dem anderen liegenbleiben, wenn er sah, dass nichts mehr an seinem Platz stand, auch wenn sie ihn bislang noch nie in den Räumen seiner Frau gesehen hatte. Sie wollte nicht riskieren, dass sich sein Zorn noch weiter gegen sie richtete. So schnell sie konnte, huschte sie in das Schlafzimmer und drückte die Tür zu. Einen Moment lehnte sie sich dagegen, bis sie ihren Beinen wieder trauen konnte, dann machte sie sich an die Arbeit. Dabei dachte sie daran, was Lina ihr tatsächlich erzählt hatte. Sie hatte Angst gehabt. Angst davor, mit ihrem Ehemann alleine irgendwo zu sein. An einem Fleck, wo sie ihm ausgeliefert war. Wo sie nicht einfach nach Hause fahren konnte. Sie hatte Lina gefragt, warum sie sich nicht von ihm trennte. Das Lachen, das sie darauf zu hören bekam, verursachte ihr noch immer eine Gänsehaut. Maria strich sich über die Arme und blickte zu dem Sofa, das in der Mitte des begehbaren Schrankes stand. Dort hatte Lina gesessen. Dort hatte sie ihr auch davon erzählt, wie Robert früher gewesen war. Schwer, diese Beschreibungen mit dem Mann von heute in Einklang zu bringen, dachte Maria, doch gesagt hatte sie damals nichts.

Robert Waller hatte hinterhergesehen, bis sie aus seinem Blickfeld verschwunden war. Irgendetwas passte ihm nicht an ihr. Mit zusammengekniffenen Augen, die Stirn in Falten gelegt, überlegte er, was das sein könnte. Er kam nicht drauf. Erneut klingelte er nach seinem Butler, der binnen Sekunden in der Tür stand. Wie so oft fragte Waller sich, wie der Mann das machte.

„Wie heißt die Kleine, die für die obere Etage zuständig ist?"

„Das ist Maria."

„Seit wann arbeitet sie hier und wer hat sie eingestellt?"

„Sie ist seit ungefähr einem Jahr hier. Sie ist meine Nichte. Ihre Frau hat sie, auf meine Empfehlung hin, eingestellt. Im nächsten Jahr beginnt ihre Ausbildung. Bevor sie sozusagen ins Arbeitsleben eintreten würde, wollte sie noch etwas praktische Erfahrung sammeln."

„Sie können wieder gehen!"

Waller kaute auf seiner Unterlippe herum. Sein Blick fiel auf die Liste mit den Gegenständen, die die Polizisten aus dem Zimmer seiner Frau mitgenommen hatten. Sie war sehr kurz. Mit einem Ruck griff er nach dem Schriftstück und presste dann die Lippen zusammen. Er reckte das Kinn vor und sog laut Luft ein.

Wieder griff er zum Telefon.

8.

„Wir haben das Band der Überwachungskamera wahrscheinlich hundert Mal angeschaut", berichtete Max. Weil Harald schon Feierabend gemacht hatte, war er der älteste Kollege, obwohl er mit fünfundvierzig Jahren sicher nicht als alt bezeichnet werden konnte.

Sie saßen in Hendriks Büro. Jeder hatte sich einen Stuhl mitgenommen. Einzig Camilla hatte es sich auf dem kleinen Sofa bequem gemacht, das Hendrik irgendwann mal angeschleppt hatte. Jemand aus dem Team hatte schon auf die Tafel, die immer im Büro stand, die wichtigsten Fakten geschrieben. Ein Foto von Lina und ihrem Ehemann hingen daran, darunter deren Namen und ganz am unteren Rand die Zeitlinie, wann Lina zuletzt gesehen worden war.

Hendrik überschlug die Stunden im Kopf. Schon so viel Zeit war vergangen, dachte er und zog die Augenbrauen zusammen.

„Es ist zum Verrücktwerden. Man sieht, wie sie die Räume betritt, aber sie kommt nicht wieder raus. Sie scheint sich einfach in Luft aufgelöst zu haben", fuhr Max fort.

„Vielleicht ist sie über die Deckenverkleidung geklettert", sagte Tim.

„Vielleicht schaust du zu viel fern", antwortete Max.

„Ich finde, wir sollten das prüfen." Tim blieb beharrlich bei seiner Theorie. Lina Waller konnte sich schließlich nicht in Luft aufgelöst haben.

„Das kannst du morgen mit Harald machen. Hol die Pläne der Klimaanlage und finde den Fluchtweg", mischte sich Hendrik ein.

„Ich weiß, dass du mich auf den Arm nimmst, auch wenn du ein Pokerface hast", sagte Tim und sah seinen Chef an.

„Ich halte deine Theorie für nicht realisierbar. Aber du wirst keine Ruhe geben, bis du es nicht überprüft hast, also tu es", antwortete Hendrik.

Tim wusste nicht, ob er schmollen oder sich bedanken sollte. Deshalb nickte er nur.

„Ich habe die Personen überprüft, die auf der Liste standen, die du uns gegeben hast", mischte Natalie sich jetzt ein. Sie war ganz neu im Team.

Hendrik grinste sie an. Sein jüngster Zugang hatte ein Gespür dafür, wenn die Stimmung am Kippen war, stellte er wieder einmal fest. Sie hatte die Situation gerettet. Seine Leute waren überarbeitet. Er musste sie nach Hause schicken. Doch zuvor wollte er wissen, was Natalie herausgefunden hatte. Er hatte ihr die Namen gegeben, die von Herrn Waller aufgeschrieben worden waren, als er ihn nach den Freunden seiner Frau gefragt hatte. Die Liste war lächerlich kurz.

„Ich denke, dass es eigentlich nicht ihre Freunde sind. Die wenigen Frauen, die auf der Liste standen, sind die Freundinnen oder Ehefrauen der Männer, mit denen Waller verkehrt. Ich würde sie nicht als Freunde bezeichnen. Es sind wohl eher Geschäftspartner. Bei keinem hat Lina sich in den letzten Tagen oder gar

Wochen gemeldet. Seit der Hochzeit hatten sie keinen Kontakt mehr."

„Apropos Hochzeit", mischte sich Camilla ein. „Hat Waller die Liste der Gäste geschickt?"

„Seine Assistentin hat sie vor ein paar Stunden gemailt. Wir haben noch nicht alle Namen durch. Die Liste umfasst über zweihundertfünfzig Gäste", sagte Max.

Hendrik und Camilla sahen ihn mit großen Augen an. „Echt jetzt?", fragte sie.

„Das waren nur die, die gekommen sind. Ursprünglich eingeladen waren wohl einige mehr", klärte Max sie auf.

„Na, wer lässt sich denn so ein Ereignis entgehen?" Der Sarkasmus in ihrer Stimme war nicht zu überhören.

Natalie grinste ihre Kollegin an.

„Dann lasst uns Schluss machen, für heute", schlug Hendrik vor und erntete damit einige Begeisterungsrufe.

Wenig später waren nur noch Hendrik und Camilla im Büro. „Gehst du nicht nach Hause?", fragte Hendrik.

„Gleich, ich möchte nur noch kurz einen Blick in Linas Tagebücher werfen."

„Der Tag war lang, das könnte auch bis morgen warten."

„Ich weiß, aber ich würde keine Ruhe finden, wenn ich es nicht täte."

„Soll ich so lange noch hierbleiben?", schlug Hendrik vor.

„Das ist lieb von dir, aber nicht nötig."

„Wie du meinst. Dann gute Nacht."

„Dir auch, grüß Hannah von mir."

„Mach ich", Hendrik trat in den Flur hinaus. Er würde dem Kollegen an der Pforte Bescheid geben, dass

Camilla noch im Haus war. Er sollte ein Auge auf sie haben.

Als sie allein war, setzte Camilla sich auf ihren Stuhl und öffnete die Plastiktüte, in der sich die beiden Tagebücher und das Foto des unbekannten Mannes befanden. Linas Mann hatte nicht einmal wissen wollen, was sie mitgenommen hatten. Er schien überhaupt kein Interesse am Leben seiner Frau zu haben, dachte sie traurig.

Eine Zeit lang betrachtete sie das Foto. Wer bist du?, fragte sie sich. Die Aufnahme war augenscheinlich doch nicht so alt, wie sie zunächst angenommen hatte. Der Mann hielt eine Angel in der Hand. Er stand am Ufer eines Sees. Neben ihm lag im Gras ein kleiner Plastikkoffer, in dem er seine Köder und Haken verstaut hatte, wie es aussah. Er lachte in die Kamera, obwohl er nicht einmal einen Fisch an der Angel hatte. Sofort musste auch Camilla lächeln. Der Mann strahlte eine vollkommene Zufriedenheit aus. Er war in ihrem Alter, also Ende zwanzig, schätzte sie. Sein Haar war kurz geschnitten und strohblond, die Sonne hatte es an einigen Stellen nahezu komplett ausgebleicht. Er hatte blaue Augen und einen Dreitagebart, der ihm ein etwas verwegenes Aussehen verlieh. Sein Oberkörper war nackt und zeigte kräftige Muskeln, die Shorts, die er trug waren am Saum nass, sodass Camilla davon ausging, dass er damit ins Wasser gewatet war. Sie fragte sich, wen er da anlächelte. Wer hatte das Foto aufgenommen? War es Lina?

Behutsam legte Camilla das Bild auf den Schreibtisch und griff nach dem Tagebuch. Sie schlug es auf und stellte fest, dass das erste Datum, das ihr ins Auge stach, aus dem letzten Jahr stammte. Ein Blick in das andere Buch verriet ihr, dass sie mit diesem beginnen musste, da es aus dem Jahr war, in dem Lina und ihre Schwester ihren Schulabschluss gemacht hatten. Es war das Jahr, in dem Lina Robert kennengelernt hatte.

Wer hätte gedacht, dass ich einmal etwas in ein Tagebuch schreiben würde. Ist das nicht etwas für pubertierende Mädchen? Aber ich habe das Gefühl, dass ich platze, wenn ich nicht loswerde, was ich heute erlebt habe. Ich habe mir einen Kaffee gekauft, was ja an sich nichts Besonderes ist. Jedenfalls ging ich mit dem Becher hinaus auf die Straße und nahm einen kräftigen Schluck. Himmel, wie bescheuert! Ich habe mir so heftig den Mund verbrannt, dass es mir fast schlecht geworden ist. Keine Ahnung, warum ich die heiße Brühe dann auch noch runtergeschluckt habe. Der Kaffee hat meinen Körper vermutlich bis hinunter in den Magen verbrüht. Mir schossen die Tränen in die Augen. Jemand nahm mir den Becher weg und drückte mir eine Flasche in die Hand. „Trink das!" Mein Blick war von den Tränen noch getrübt, sodass ich nicht richtig sehen konnte. Aber diese Stimme werde ich nie vergessen. Ich erinnere mich noch, dass ich nickte und dann trank ich. Das kalte Wasser war ein Segen für meinen Mund und meine Speiseröhre, ich wollte nie wieder aufhören, beides zu kühlen. So trank ich einen Schluck nach dem anderen. „Soll ich dir noch 'ne Flasche kaufen?" Erst als ich die Stimme wieder hörte, fiel mir ein, dass ich ja mitten auf der Straße stand und von einem Fremden etwas zu trinken angenommen hatte. Sämtliche Alarmglocken schrillten in meinem Kopf los. K.o.-Tropfen. Drogen. Gift. Ich blinzelte einige Male und sah dann den Mann an, der mir gegenüberstand. Er grinste mich an, was mich zum Erröten brachte. Ich weiß nicht, wann ich das letzte Mal rot geworden bin. Ich stammelte eine Entschuldigung und gab ihm seine Flasche zurück, die so gut wie leer war.

Innerhalb kurzer Zeit war Camilla vertieft in die Geschichte, wie Lina Robert begegnet war. Wie die beiden sich besser kennengelernt hatten und schließlich ein Paar wurden. Zwischendurch bekam sie ein schlechtes Gewissen, weil sie im Tagebuch einer anderen Frau las, doch sie schüttelte das Gefühl ab. Es musste getan werden, wenn man dadurch auch nur den Hauch einer Chance hatte, zu erfahren, was mit Lina geschehen war. Und es wäre Lina sicher lieber zu wissen, dass eine Schulfreundin das tat, statt ein ihr fremder Polizist. Bisher war nichts Ungewöhnliches in dem zu erkennen, was Lina aufgeschrieben hatte. Robert hatte sie umworben. Er war mit ihr Essen gegangen und ins Kino, sogar ins Theater hatte er sie ausgeführt. Er hatte alles getan, um einem achtzehnjährigen Mädchen zu imponieren. Lina hatte nicht regelmäßig in ihr Tagebuch geschrieben. Mal fehlten einzelne Tage, dann aber ganze Wochen. Alles in allem war jedoch kein halbes Jahr vergangen, bis die beiden zusammenzogen. Offensichtlich missbilligten Linas Eltern diese Entscheidung und drohten sogar damit, den Kontakt zu ihrer Tochter abzubrechen, doch damit erreichten sie nur, dass die Tochter erst recht ihren Willen durchsetzte.

Dann beschrieb Lina die erste Zeit, in der sie mit Robert zusammenlebte. Sie waren in sein Penthouse gezogen. Camilla überlegte, dass Robert eigentlich der Traum eines Schwiegersohns für alle Eltern sein müsste, warum also, stellten sich Linas Eltern so stur? Leider konnte sie sie nicht mehr fragen, da beide mittlerweile gestorben waren. Irgendetwas schienen sie jedoch erkannt zu haben, wofür ihre Tochter blind geblieben war. Seitenlang las Camilla davon, was die beiden miteinander unternommen hatten und davon, dass Robert Lina offensichtlich jeden Wunsch von den Lippen abgelesen hatte. Sie fragte sich, was geschehen sein mochte. Dieser Robert, den sie kennengelernt hatte, war nicht derselbe Mann, den Lina einst kennengelernt hatte. Was war im Leben dieses Mannes geschehen, dass er so verbittert geworden war?

Er hat mich einen ganzen Tag eingesperrt. Ich habe die Wohnung nicht verlassen dürfen und das nur, weil ich im Supermarkt an der Kasse, den Mann, der vor mir stand, angeblich angelächelt habe. Verdammt, ich weiß nicht einmal mehr, dass ein Mann vor mir gestanden hat. Doch kaum waren wir zu Hause, da flogen die Fetzen. Robert hat mich angeschrien und beschimpft. Noch nie in meinem Leben hat jemand solche Dinge zu mir gesagt.

Die Tinte auf der Seite war zerflossen. Camilla musste schlucken. Hatte Lina geweint, als sie diese Zeilen geschrieben hatte? Grund genug dazu hatte sie ja gehabt. Erst jetzt merkte Camilla, dass auch ihr eine Träne über die Wange lief. Sie fragte sich, ob Eifersucht hinter der Veränderung stand, die in Robert vorgegangen war. Sie wusste, dass Eifersucht der Killer vieler Beziehungen war. Ein Räuspern aus Richtung der Bürotür, ließ sie aufschrecken.

„Himmel, was ist mit dir los?", rief Samuel und war mit wenigen Schritten bei Camilla.

„Samuel, was tust du hier?" Camilla wischte sich mit dem Handrücken über das Gesicht, das noch feucht von ihren Tränen war. Sie verstand gar nicht, was gerade geschah. Was machte Samuel hier? Doch bevor sie ihn fragen konnte, hatte er sie in seine Arme gezogen. Sie schmiegte sich an seinen warmen Körper und atmete seinen Duft ein.

„Was ist passiert?", fragte Samuel leise. Dabei hatte er das Gesicht in ihrem Haar vergraben.

„Ich habe etwas gelesen."

„Und das hat dich so traurig gemacht?"

Camilla nickte. Sie spürte, dass sie schon wieder heulen könnte. Was war denn mit ihr los? Warum ging ihr dieser Fall so an die Nieren? Lag es daran, dass Lina eine Freundin ihrer Schwester gewesen war? Ihre Schwester. Das Bild von Cassandra drängte sich in ihr Bewusstsein und ließ sich nicht mehr vertreiben. Um nicht die Kontrolle zu verlieren, fragte sie erneut: „Warum bist du hier?"

„Du hast mir vor drei Stunden geschrieben, dass du demnächst heimkommen würdest. Am Telefon hab ich dich nicht mehr erreicht. Ich dachte, dass ihr hier halb verhungert sein müsst und hab beschlossen, dass ich mal nachsehe, ob ich euch versorgen soll. Aber offensichtlich ist nur noch meine Freundin hier."

Ein wohliges Gefühl durchfuhr ihren Körper, als sie die Worte *meine Freundin* hörte. Camilla löste sich ein wenig aus der Umarmung und sah Samuel an. Er war einige Jahre älter als sie. Eigentlich sollte sie Bedenken haben, ob diese Beziehung funktionieren könnte. Doch als sie in seine warmen, braunen Augen sah, erkannte sie die Liebe, die in seinem Blick lag. Und die Sorge, die er um sie hatte. Er hatte perfekte Gesichtszüge. Auch die Nase, die, seit Hendrik sie ihm versehentlich gebrochen hatte, leicht schief war, konnte dem keinen Abbruch tun.

„Wie spät ist es denn?", fragte sie.

„Fast ein Uhr."

„Was? So spät? Oh nein, ich habe die Zeit vollkommen vergessen."

Camilla griff nach ihrem Handy. „Kein Wunder, dass du mich nicht erreichen kannst, der Akku ist leer."

„Der wusste offenbar, wann es genug ist", scherzte Samuel.

Camilla lachte und ließ sich von ihm küssen.

„Lass uns nach Hause gehen", flüsterte er ganz nah an ihren Lippen.

9.

Hendrik war vom Büro aus direkt nach Hause gefahren. Als er in das schwach beleuchtete Industriegebiet fuhr, wo das alte Fabrikgebäude stand, in dem sich seine Wohnung befand, stellte er fest, dass das Haus im Dunkeln lag. Er überlegte, ob Hannah wohl noch gar nicht zu Hause war. Eigentlich hätte sie ein paar Minuten vor ihm ankommen sollen. Ein Hauch von Enttäuschung machte sich bei ihm breit. Er tippte ihre Nummer ein und wurde sofort an die Mailbox weitergeleitet. Auch auf dem Festnetz in ihrem Studio konnte er sie nicht erreichen. Ihre Nachrichtensendung war seit gut einer Stunde zu Ende. Was könnte sie noch so lange aufhalten?, überlegte er. Es waren um diese Zeit nicht mehr viele Personen im Sender, mit denen sie sprechen und darüber die Zeit vergessen konnte.

Er parkte sein Auto und ging ins Haus. Es kam ihm leer vor ohne Hannah. Während er seinen Blick durch den riesigen Raum schweifen ließ, überlegte er, ob er hungrig war. Es war Stunden her, seit er zuletzt etwas gegessen hatte. Mit einem Achselzucken ging er in die Küche und öffnete den Kühlschrank. Da er nichts entdeckte, auf das er Lust hatte, ging er davon aus, dass er auch nicht wirklich hungrig war. Er drückte die Tür wieder zu und wählte erneut Hannahs Nummer. Wieder nur die Mailbox.

Dann rief er im Sender an. Der Pförtner, der sich sofort meldete, sagte Hendrik, dass seines Wissens nach, niemand mehr im Haus war. Die Lichter in dem Flügel, in dem Hannah ihr Büro hatte, seien schon seit fast einer Stunde aus. Hendrik bedankte sich und legte auf. Er fragte sich, ob sie vielleicht in ihre Wohnung gefahren war. Doch warum sollte sie das tun, ohne ihm Bescheid zu geben? Oder hatte sie es ihm gesagt und er hatte nicht richtig zugehört? Nun, er würde es erst herausfinden, wenn er hinfuhr, dachte er und machte sich auf den Weg.

Vor dem Haus, in dem sich ihre Wohnung befand, konnte er ihr Auto nicht entdecken. Zudem war es auch in ihrer Wohnung dunkel. Trotzdem nahm Hendrik seinen Wohnungsschlüssel und stieg die Treppen hinauf.

„Hannah?", rief er in den dunklen Wohnungsflur hinein.

Es folgte keine Reaktion. Während er weiter nach ihr rief, schaute er in jedes Zimmer. Doch außer ihm, war niemand hier. Wieder rief er ihre Nummer an und wieder erreichte er nur die Mailbox. Im Studio klingelte ihr Anschluss durch.

War sie noch mit einer Freundin ausgegangen?, überlegte Hendrik. Es wollte ihm einfach nicht einfallen, ob sie ihm gesagt hatte, dass sie heute Abend noch einen Termin hatte. War er so ein schlechter Zuhörer? Er bezweifelte, dass sie ihm so etwas sagen könnte und er es nicht hörte, weil er ihr so wenig Beachtung schenkte.

Hendrik zog die Wohnungstür zu und nahm immer zwei Stufen auf einmal, als er die Treppe hinunterlief. Als er wieder in seinem Auto saß, überlegte er, was er als Nächstes tun könnte, dabei trommelte er mit den Fingern auf das Lenkrad. Da ihm nichts Besseres einfiel, fuhr er zum Sender. Mittlerweile ging es schon auf Mitternacht zu und die Müdigkeit machte sich bei ihm bemerkbar. Er drehte das Radio zuerst lauter und schaltete es dann ganz aus.

  Obwohl nur noch wenig Verkehr herrschte, brauchte er gut zwanzig Minuten, bis er auf den Parkplatz des Senders fuhr. Es waren nur noch wenige Autos geparkt. Und dann sah er Hannahs Wagen dort stehen, wo sie ihn immer abstellte. Hatte der Pförtner nicht gesagt, dass sie das Gebäude bereits verlassen hatte?, schoss es Hendrik durch den Kopf. War sie vielleicht doch noch mit einer Kollegin oder einem Kollegen ausgegangen und dort mitgefahren? Er stellte seinen Wagen neben den von Hannah und ging dann zum Eingang. Um diese Zeit war die Tür verschlossen und er musste klingeln. Der Pförtner meldete sich umgehend an der Sprechanlage und öffnete dann die Tür.

  „Wie gesagt, die Lichter sind dort schon eine Weile aus. Ich selbst habe sie aber nicht gehen sehen. Allerdings war auch gerade viel los, als die Leute der Spätschicht das Haus verlassen haben", sagte der junge Mann, der hier nachts arbeitete, um sich sein Studium zu finanzieren.

  „Ich geh mal rüber und schau nach", antwortete Hendrik ihm und ging zu dem Trakt, in dem sich Hannahs Büro befand.

  Der Flur lag in vollkommener Dunkelheit, was Hendrik wunderte. Er konnte sich nicht daran erinnern, dass er schon einmal hier gewesen war und sämtliche Lichter ausgeschaltet waren. Er suchte die Wände nach einem Lichtschalter ab. Als er keinen fand, nahm er die Taschenlampe seines Handys zu Hilfe, um sich den Weg auszuleuchten, dabei fragte er sich, wann die Putzkolonnen hier anrücken würden. Die brauchten doch auch Licht.

Etwa in der Mitte des Flurs entdeckte er dann schließlich doch einen Schalter. Er drückte darauf, doch es passierte nichts. Auch als er einige weitere Male drückte, ging kein Licht an. Offensichtlich war der Schalter defekt. Hendrik lief im Strahl seiner Lampe weiter. Er kam zu Hannahs Tür und drückte die Klinke. Die Tür war verschlossen, sie war also doch schon gegangen, schlussfolgerte Hendrik. Gerade, als er wieder gehen wollte, hörte er ein Geräusch und verharrte inmitten der Bewegung. Dann hörte er Hannah, die von innen gegen die Tür hämmerte und um Hilfe rief.

„Hannah! Bist du da drin?", fragte Hendrik entsetzt und merkte erst dann, dass diese Frage überhaupt keinen Sinn ergab. Wo sollte sie sonst sein, wenn sie doch gerade gegen die Tür klopfte.

Er rüttelte an der Türklinke, doch die Tür ließ sich nicht öffnen. Was hatte das zu bedeuten?, fragte er sich.

„Wo ist dein Schlüssel?", rief er.

„Etwas steckt im Schloss, ich kann ihn nicht hineinstecken." Hannahs Stimme drang gedämpft, durch die dicke Tür.

Hendrik leuchtete in das Schloss und sah, dass tatsächlich ein Gegenstand darin steckte. War Hannahs Schlüssel im Schloss abgebrochen?

„Warte, ich schau, ob der Pförtner noch den Hausmeister erreichen kann", rief Hendrik ihr zu und eilte den Flur entlang. Dabei fragte er sich, was da nicht stimmte. Etwas ergab hier überhaupt keinen Sinn.

„Geht niemand ran", sagte der Pförtner und legte den Telefonhörer wieder auf.

Hendrik hatte ihn gebeten, den Hausmeister zu verständigen. „Dann rufen Sie einen Schlüsseldienst oder die Feuerwehr. Irgendjemand muss unverzüglich kommen und diese Tür öffnen."

Sofort machte der junge Mann sich wieder an die Arbeit. Er tippte etwas in den Computer ein und wählte dann einige Nummern. „Diese Schlüsseldienste haben zwar alle die hiesige Vorwahl, doch sie kommen offensichtlich von weiß der Himmel woher", erklärte er, nachdem er ein weiteres Mal aufgelegt hatte. „Ich rufe jetzt die Feuerwehr."

Hendrik nickte ihm zu und machte sich dann wieder auf den Weg zu Hannahs Büro. Sie musste seit mittlerweile gut zwei Stunden dort festsitzen.

Hannah hätte vor Glück schreien können, als sie jemanden an der Tür gehört hatte. Nachdem sie dann auch noch festgestellt hatte, dass es Hendrik war, waren ihr vor Erleichterung Tränen in die Augen gestiegen. Sie harrte seit einer gefühlten Ewigkeit in diesem dunklen Raum. Zudem musste sie so dringend zur Toilette, dass ihre Blase schon krampfte.

Wie viele Minuten waren vergangen, seit Hendrik nach dem Hausmeister schauen wollte?, fragte sie sich. Doch sie hatte jedes Gefühl für Zeit verloren. Zudem schmerzte ihr Bein, da sie sich böse gestoßen hatte, als plötzlich das Licht ausgegangen war. Ausgerechnet jetzt, wo sie doch endlich wieder Kostüme hatte anziehen können. Es hatte lange gedauert, bis die letzten Wunden verheilt waren, die sie sich zugezogen hatte, nachdem während ihrer Sendung ein Scheinwerfer neben ihr zu Boden gekracht war. Sie fröstelte bei dem Gedanken daran. Und jetzt hatte sie bestimmt einen gewaltigen blauen Fleck, an der Stelle, an der sie sich gestoßen hatte.

Endlich hörte sie, dass draußen wieder jemand an der Tür stand.

„Hendrik?", rief sie.

Seine Antwort verstand sie kaum. Diese Türen waren extrem dick, musste sie feststellen.

„Wir haben den Hausmeister nicht erreichen können. Der Pförtner ruft jetzt die Feuerwehr."

Hannah war es egal, wer sie hier rausholte und wenn das Militär anrückte. Hauptsache sie kam hier raus. Ihre Bluse war durchgeschwitzt, und in der Dunkelheit drehte sie langsam durch. Die Angst im Dunkeln, die so viele Kinder haben, war bei ihr auch dann noch geblieben, als sie schon lange erwachsen war. Hier in diesem Raum eingesperrt zu sein, verlangte ihr einiges ab. Vor einigen Minuten hatte sie eine regelrechte Angstattacke bekommen. Oder war es vor einigen Stunden gewesen?

„Hörst du mich, Hannah?"

Hendriks Stimme riss sie aus ihren Gedanken.

„Ja, ich hör dich. Ich möchte so schnell wie es geht hier raus!"

10.

Hendrik war schon früh am nächsten Morgen wieder im Büro. Er hatte eine schlaflose Nacht hinter sich gebracht. Auch Hannah hatte sich unruhig hin und her gewälzt. Dieses Gefühl in seinem Bauch, dass sich Hannah in Gefahr befand, ließ sich nicht abschütteln. Während er neben ihr wach gelegen hatte, hatte er sie beobachtet. Immer wieder hatte sich ihr Gesicht verkrampft. Den Drang, sie in die Arme zu nehmen und nie wieder loszulassen, hatte er ein ums andere Mal niedergekämpft. Sie brauchte ihren Schlaf, und er wollte sie nicht noch weiter beunruhigen. Irgendwann war ihm dann bewusst geworden, dass er Hannah nicht wieder verlieren wollte. Er konnte sich ein Leben ohne sie nicht mehr vorstellen. Die Überlegung, was er mit dieser Erkenntnis anfangen würde, hatte ihn dann vollends um den Schlaf gebracht. Er war erleichtert gewesen, als endlich der Wecker geklingelt hatte und er aufstehen konnte. Mittlerweile hatte er die Sequenz aus der Überwachungskamera acht Mal angeschaut und dabei drei Tassen Kaffee getrunken.

Es war, wie Max es ihm gesagt hatte. Lina Waller betrat die Toilettenräume, aber sie kam nicht mehr heraus. Zwischendurch war er schon so weit gewesen, an Tims absurder Idee mit den Lüftungsschächten einen Gefallen zu finden. Trotzdem würde er ihn nicht davon abbringen, wenn Tim nachher dieser Sache nachging. Es geschahen immerhin die verrücktesten Dinge.

„Guten Morgen, Hendrik. Hattest du eine schlechte Nacht?" Camilla stand in der Tür zu Hendriks Büro. Sie hatte auf den ersten Blick gesehen, dass er ziemlich zerknautscht wirkte.

„Hallo, Camilla. Ja, auf diese Nacht hätte ich gern verzichtet."

Camilla ging zu der Kaffeemaschine, die auf einem niedrigen Aktenschrank in Hendriks Büro stand. Sie goss sich eine Tasse ein. Bis die anderen kämen, würde noch einige Zeit vergehen, dachte sie mit einem Blick auf die Uhr.

„Willst du mir davon erzählen?", fragte sie und gab einen Schluck Milch in die Tasse.

„Hannah ist gestern Abend nicht nach Hause gekommen."

Camilla drehte sich zu Hendrik um und starrte ihn an, während sie in ihrer Tasse rührte. Obwohl Hendrik eine längere Pause machte, unterbrach sie ihn nicht. Aus Erfahrung wusste sie, dass er weitersprechen würde, wenn er soweit war. Unterdessen überlegte sie. Er hatte am Vortag nicht erwähnt, dass die beiden einen Streit gehabt hätten, was war also der Grund für Hannahs Wegbleiben?

„Ich habe sie überall gesucht. Schließlich habe ich sie im Sender gefunden. Sie war in ihr Büro eingeschlossen."

„Hä? Der Reihe nach, wie kann das denn passieren?", hakte Camilla nach und setzte sich auf das Sofa. Sie wollte einen Schluck von ihrem Kaffee nehmen, merkte dann aber gleich, dass er noch sehr heiß war. Sofort musste sie an Linas Tagebucheintrag denken. Doch dafür war jetzt keine Zeit, schalt sie sich in Gedanken und richtete ihre Aufmerksamkeit wieder auf Hendrik.

„Was ich bisher weiß ist, dass sie nach der Sendung in ihr Büro ging. Plötzlich ging dort das Licht aus. Sie suchte den Weg zur Tür und fand sie verschlossen vor. In den nächsten beiden Stunden hat sie versucht, aus dem Raum zu kommen. Zunächst hatte sie noch die Lampe ihres Handys. Bei diesem Licht versuchte sie, die Tür von innen aufzuschließen, was ihr nicht gelang, weil etwas im Schloss steckte. Dann versagte ihr Akku. Das Festnetztelefon ging nicht, weil kein Strom da war. Wie es aussieht hatte sich jemand an den Sicherungen zu schaffen gemacht. Im Schloss steckte ein Stück Draht, das verhinderte, dass man einen Schlüssel hineinstecken konnte. Die Feuerwehr hat es schließlich aufgebohrt."

„Wow, das waren jetzt viele Informationen auf einmal. So viele, dass man weder von einem Zufall, noch von einem Scherz sprechen kann. Hast du schon in Erfahrung gebracht, wer alles einen Schlüssel für die Büros hat, und wer das Wissen, wo die Sicherungen sind und auch Zutritt dorthin? Wie weit sind die von dem Büro weg? Schafft das eine Person alleine oder waren es zwei?"

Hendrik starrte Camilla an. „Ich bin noch bei dem Teil mit dem Zufall", sagte er dann schlicht.

Camilla lachte. „Entschuldige, aber in welche Richtung gehen deine Überlegungen?"

„In genau die gleiche. Aber ich hatte dafür eine ganze Nacht Zeit." Hendrik sah sie fragend an. Wie schaffte sie es, binnen Sekunden derart viele Fragen zu stellen und Schlüsse zu ziehen, fragte er sich.

Wieder musste Camilla lachen.

„Lass uns später noch mal darüber reden, ich habe einen Kollegen darum gebeten, mir ein paar Informationen zu beschaffen. Aber das geht erst, wenn im Sender jemand da ist, der die Fragen beantworten kann. In unserem Fall habe ich mir das Band angesehen. Es ist, wie Max es sagt. Sie geht rein und löst sich in Luft auf."

„Doch die Flucht über die Decke?", fragte Camilla und war sich nicht mehr so sicher, ob sie ein Augenzwinkern hinterher setzen sollte oder nicht.

„Ich würde gerne Quatsch sagen, aber ich habe keine Ahnung, was da drin passiert ist. Bis dahin bin ich einfach für alles offen."

„Ich bin gestern noch ein wenig länger geblieben", setzte Camilla an.

„Was genau heißt, ein wenig länger?"

„Samuel hat mich kurz nach ein Uhr abgeholt."

„Ach so, also nur ein paar Minuten länger", meinte Hendrik mit einem Grinsen.

„Ich habe mich festgelesen und die Zeit vergessen."

„Hast du was entdeckt?"

„Nicht wirklich. Die Beziehung begann ganz normal. Dann ist sie zu ihm gezogen. Von da an hat er wohl angefangen, über sie zu bestimmen. Offensichtlich hat er dabei alle Register gezogen. Er hat sie beleidigt und beschimpft. Aber irgendetwas muss er an sich gehabt haben, dass sie bei ihm geblieben ist. Sie war schließlich erst achtzehn, als sie ihn kennenlernte. Er war damals schon schwerreich. Ihre Eltern waren gegen die Beziehung, sie sind aber mittlerweile verstorben."

Hendrik hörte seiner Kollegin zu. Als sie geendet hatte, sagte er: „Kannst du heute weiterlesen oder soll Natalie das übernehmen?"

Im Stillen dankte Camilla seiner Einfühlsamkeit. Doch das hier war ihr Beruf, da konnte man nicht kneifen, nur weil es einmal unbequem wurde. „Ich mache mich dran, sobald die Aufgaben für heute verteilt sind."

Hendrik sah sie an und nickte. Er hatte nichts Anderes erwartet. In seinem Team kniff niemand, wenn es mal unangenehm wurde. Das gehörte einfach zum Job. Sein Telefon klingelte und unterbrach die Unterhaltung.

„Haben Sie eine Spur von meiner Frau?"

Hendrik wusste auch so, wen er in der Leitung hatte, dennoch juckte es ihn in den Fingern, nachzufragen, mit wem er sprach. Er biss sich jedoch auf die Zunge und antwortete Herrn Waller. Schon nach wenigen Sätzen war das Gespräch beendet. Waller hatte aufgelegt.

„Ist dir mal aufgefallen, dass er nie den Namen seiner Frau ausspricht? Er nennt sie nie Lina, immer nur meine Frau."

Camilla nickte. „Stimmt, jetzt wo du es sagst. Was wollte er?"

„Wissen, ob wir sie gefunden haben. Ich hätte ihm am liebsten gesagt, dass wir sie haben, jedoch vergaßen, ihn zu unterrichten."

Camilla kicherte. „Gut, dass du das nicht getan hast."

Natalie grüßte den Beamten, der an der Pforte saß. Mittlerweile kannte sie die meisten Kollegen hier im Gebäude und brauchte nicht jedes Mal ihren Dienstausweis vorzeigen, wenn sie kam. Am Aufzug stand ein Kollege, dessen Namen sie nicht kannte, den sie aber auch schon einige Male gesehen hatte. Sie wünschte ihm einen guten Morgen, als sie sich neben ihn stellte. Er sah sie an und dann wieder auf die Anzeige, die die Stockwerke anzeigte, ohne ihren Gruß zu erwidern. Komischer Kerl, dachte Natalie und spielte mit dem Gedanken, das Treppenhaus zu nehmen. Mit einem Mal wollte sie mit diesem Mann nicht in dieser engen Kiste von Aufzug stecken. Sie konnte Camilla nachempfinden, warum sie noch immer Fahrstühle mied, wo es nur ging. Ohne den Kollegen noch einmal anzusehen, wandte sie sich ab und rannte die Treppen hinauf in den sechsten Stock.

Nach und nach trafen die anderen Kollegen ein. Der letzte der kam, war Harald.

„Ich bin euch was schuldig", sagte er und dankte damit seinen Kollegen, dass er am Abend zuvor auf die Geburtstagsfeier hatte gehen können, während alle anderen gearbeitet hatten. Zum Dank stellte er eine große Schachtel mit Backwaren auf den Tisch.

Sofort sprang Hendrik auf. „Passt ja auf, dass ihr nicht alles vollkrümelt", rief er und dachte dabei an die Reinigungsfrau, die ihn nach solchen Essgelagen immer mit ihren Blicken töten wollte. Er kannte keinen Menschen, der ihm mehr Angst einjagte, als diese ältere Dame. Nicht einmal seine Rektorin an der Grundschule damals hatte so eine Autorität ausgestrahlt.

Harald lachte und zog einen Packen Servietten aus der Tasche. Als Hendrik das sah, ließ er sich wieder in seinen Stuhl zurücksinken.

Camilla hatte eine Kanne mit frischem Kaffee aufgebrüht und goss jedem eine Tasse ein.

In der nächsten Stunde verteilte Hendrik die Aufgaben. Tim und Harald würden sich diese verflixte Decke der Damenwaschräume anschauen. Einfach nur, dass dieser Punkt abgehakt werden konnte. Und ein bisschen, dass sie alle Gewissheit hatten.

Max und Natalie machten sich daran, die Freunde und Angehörigen, soweit sie noch lebten, ausfindig zu machen und zu befragen. Sie hatten in der Nacht zuvor eine ganze Liste an Anschriften auf ihre Aktualität überprüft und einen Plan erstellt, in welcher Reihenfolge sie die Adressen am effizientesten anfahren würden.

Hendrik selbst würde vom Büro aus die Anschriften der übrigen Gäste auf der Hochzeitsgästeliste überprüfen und Camilla wollte sich durch die beiden Tagebücher lesen.

Als sein Büro wieder leer war, griff Hendrik zu seinem Telefon und rief den Kollegen an, der die Überprüfung im Sender für ihn machen sollte. Er erreichte ihn sofort und erklärte ihm, was passiert war und wobei er Hilfe brauchte. Der Kollege stellte einige Fragen und sicherte zu, sich darum zu kümmern.

Hannah hatte ihn darum gebeten, kein Aufsehen zu erregen. Er hatte ihr das Versprechen nicht geben können. Zuerst die Sache mit dem Scheinwerfer, der sie um ein Haar getroffen hätte und nun das. Er war zu lange Polizist, um an Zufälle zu glauben. Daran, dass Hannah sehr schnell nachgegeben hatte, erkannte er, dass auch sie zwei und zwei zusammengezählt hatte.

Sein Blick fiel auf die Tafel an der gegenüberliegenden Wand. Wieder einmal fragte er sich, wie sie einen Fall lösen sollten, bei dem sie so wenig Anhaltspunkte hatten. Die Zeit lief gegen sie. Es blieb ihm nur zu hoffen, dass dieser Tag etwas Licht ins Dunkel bringen würde.

Camilla hatte ihren Bürostuhl ans Fenster geschoben. Die ersten Strahlen der Frühlingssonne wärmten so ihren Rücken. Der Tag würde wieder schön werden, nun zumindest das Wetter würde es. Alles andere würde sich zeigen, dachte sie und legte ihre Beine auf einen Schreibtischunterschrank.

Sie blätterte an die Stelle, an der sie in der Nacht zuvor aufgehört hatte, zu lesen. Wenn Samuel sie nicht abgeholt hätte, hätte sie vermutlich die Nacht durchgelesen, dachte sie und lächelte bei dem Gedanken an ihn. Am Morgen hatte er sehr früh aufbrechen müssen. Die Tour, die er heute zu fahren hatte, war lang und anstrengend. Sie fragte sich, warum er wieder in seinen alten Beruf als Kraftfahrer zurückgekehrt war. Doch für Samuel war es ein Stück Freiheit, einfach loszufahren. Dass es so einfach nicht war, wussten sie beide. Wenn er nach einer mehrtägigen Tour zurückkam, spürte er jeden Knochen. Aber Camilla wusste, dass er mit seiner Arbeit glücklich war. Im letzten Monat hatte sie ihn begleitet. Sie waren drei Tage unterwegs gewesen. Es war schön, auf so engem Raum mit Samuel zusammen zu sein. Sie hatten ununterbrochen geredet. Die harte Arbeit, während des Entladens und erneuten Beladens des Lastwagens, war ihr jedoch nicht entgangen.

Sie hatte die Stelle im Tagebuch gefunden und las weiter.

„Du weißt, dass wir hier einem deiner Hirngespinste nachjagen, Junge, oder?", fragte Harald und sah seinen Kollegen an.

„Kann schon sein. Trotzdem hat der Chef uns losgeschickt", verteidigte sich Tim und wechselte die Spur. Sie steckten mitten im Berufsverkehr. Die Fahrt zum Flughafen würde sich noch hinziehen.

„Stimmt", gab Harald zu. Er überlegte, wie aussichtslos dieser Fall war, wenn sie tatsächlich dieser Idee nachgingen. Hatten sie überhaupt eine Chance, Lina zu finden?, fragte er sich und blickte aus dem Fenster. Dabei sah er nicht die Gebäude, die an ihnen vorbeizogen, sondern das blasse, schöne Gesicht mit den roten Haaren und den braunen Augen von Lina vor sich. Was war dieser Frau zugestoßen?

„Wie hoch stehen die Chancen, dass wir sie wiederfinden?", durchbrach Tim die Stille.

„Das weiß ich nicht. Es sind gute vierundzwanzig Stunden vergangen seit ihrem Verschwinden, und wir haben gar nichts in den Händen."

„Ich frage mich, was sie an diesem Kerl gefunden hat. Warum ist sie so lange bei ihm geblieben, und warum hat sie ihn nach all den Jahren dann auch noch geheiratet? War es nur das Geld?"

„Wir kennen sie noch zu wenig", gab Harald zu bedenken. „Dass sie nicht glücklich war, ist wohl klar. Dass ihr Mann ein Widerling ist, sieht man, wenn man nur die Bilder von ihm anschaut, die man im Netz findet. Er muss etwas an sich haben, das er vielleicht in der Öffentlichkeit verbirgt. Etwas, das nur seine Frau kennt."

„Genau, deshalb lebte sie auch in einem Kleiderschrank!", rief Tim und stieß verachtend Luft aus.

„Punkt für dich."

Tim hatte nicht glauben können, was Camilla und Hendrik berichtet hatten. Erst als er die Bilder gesehen hatte, die sie von Linas Zimmer gemacht hatten, wurde ihm klar, dass sie nicht übertrieben hatten. Wie konnte ein Mann seiner Frau das antun? Wie konnte überhaupt ein Mensch einem anderen so etwas antun?, fragte er sich. Es juckte ihn in den Fingern, den Mistkerl mal kräftig durchzuschütteln und ihm zu sagen, was für ein Unmensch er sei. Aber die Erfahrung hatte ihm gezeigt, dass es keinen Sinn haben würde. Dieser Mann hatte eine Persönlichkeitsstörung, gegen die man nicht ankam. Es wäre egal, was er ihm ins Gesicht sagen würde, Robert würde ihn nur belächeln. Er würde keinen Fehler an sich zugeben, weil er seiner Ansicht nach, keine Fehler machte. Robert Waller war perfekt. Er war erfolgreich, hatte Geld wie Dreck und war ein perfekter Ehemann. Man würde niemals erreichen, dass er irgendetwas von dem, was er tat, infrage stellte.

Sie erreichten den Parkplatz des Flughafens und stiegen schweigend aus dem Auto. Jeder hing seinen Gedanken nach und jeder war gespannt, was sie gleich zu sehen bekämen.

11.

Bei den ersten beiden Adressen, die Max und Natalie überprüfen wollten, hatten sie kein Glück. Es öffnete ihnen niemand. Vermutlich waren die Bewohner bei der Arbeit. Sie konnten nur hoffen, dass es ihnen nicht bei allen so ging.

„Hast du dich in deiner Wohnung eingelebt?", fragte Max und ordnete sich ein, um bei der nächsten Kreuzung rechts abbiegen zu können.

„Ja, die Wohnung ist fantastisch", antwortete Natalie.

„Komisch, das war sie bei mir nie."

Natalie lachte. „Das wundert mich nicht. Du hast zwischen Umzugskartons gelebt. Deine Kleider hingen auf einem Besenstil, der zwischen zwei Stapeln Kisten lag. In deiner Küche stand ein einzelner Teller im Schrank, und dein Bett war eine Matratze auf dem Boden."

„Aus deinem Mund hört sich das ziemlich negativ an. In Wirklichkeit hatte ich aber eine Männerhöhle", widersprach Max und sah seine Kollegin an. Da sie immer noch lachte, musste auch er grinsen. Sie hatte ja recht, gab er im Stillen zu. Nach seiner Scheidung hatte er es nicht geschafft, wieder auf die Beine zu kommen. Erst als er Melanie kennengelernt hatte, hatte sein Leben wieder einen Sinn bekommen. Und dann war die Sache mit seinem Partner gewesen. Schnell schüttelte er den Gedanken ab. An Berts Stelle war Natalie getreten. Er musste nach vorne schauen. In der Vergangenheit zu leben, brachte einen nicht weiter.

„Du vergisst, dass ich immerhin ein paar Grünpflanzen in der Wohnung stehen hatte", sagte er schnell, um nicht doch in einen Gedankenstrudel zu kommen.

„Wenn du die vertrockneten Stängel mit den Bergen an gelben Blättern, die auf dem Boden lagen, als Grünpflanzen bezeichnen willst, stimmt mehr nicht mit dir, als ich bisher dachte", meinte Natalie und musste wieder lachen. Sie war ihrem Kollegen sehr dankbar, dass er ihr seine Wohnung überlassen hatte, als sie quasi kurz vor der Obdachlosigkeit stand.

„Du übertreibst wirklich", warf Max ein, obwohl er wusste, dass sie das nicht tat. Seit er bei Melanie wohnte, fühlte er sich zum ersten Mal seit Jahren wieder als Mann. Er lebte wieder. Er kam gerne nach Hause, und er hatte erst jetzt gemerkt, wie schön es war, wenn in diesem Zuhause jemand auf einen wartete. Mit einem Lächeln auf den Lippen dachte er an die neue Frau an seiner Seite, die so gar nichts mit seiner Ex-Frau gemeinsam hatte. Melanie brachte ihn zum Lachen, aber auch zum Nachdenken. Er konnte sich hundertprozentig auf sie verlassen und sie schien immer zu wissen, was er brauchte.

„Du siehst aus, als wärst du ein verliebter Teenager", sagte Natalie und grinste ihren Partner an.

„Vielleicht bin ich das auch."

„Du bist ein wenig zu alt, um als Teenager durchzugehen", gab sie zu bedenken.

„Und du bist ganz schön frech." Nach einer Pause fragte Max: „Wie läuft es mit deinem Vater?"

Natalies Lachen war schlagartig wie weggewischt.

„Wenn du nicht darüber reden willst, ist das in Ordnung, das weißt du", sagte Max sofort.

„Ist schon okay. Ich war nicht mehr bei ihm, seit ich ausgezogen bin", antwortete Natalie leise.

„Ich denke, dass das verständlich ist, nach dem, was du durchgemacht hast."

„Keine Ahnung. Ich habe bestimmt schon hundertmal vor dem Haus gestanden, aber ich bin nie reingegangen. Ich habe mir vorgestellt, wie er in seinem Sessel sitzt. Um sich herum Berge von leeren Pizzaschachteln und mich anbrüllt, sobald ich das Zimmer betrete. Ich hab Angst vor dem, wie er aussieht, wie das Haus aussieht, wie es dort riecht, und vor allem hab ich Angst davor, was er mit mir macht, wenn er mich sieht." Natalie hatte ihren Blick nach unten gerichtet, während sie sprach. Jetzt sah sie schnell zum Fenster raus. Sie wollte nicht, dass Max die Tränen sah, die in ihren Augen schwammen. Und erst recht wollte sie nicht, dass er die Angst sah, die sie verspürte und die ihr gewiss ins Gesicht geschrieben stand.

„Er ist krank, Natalie. Du kannst ihm nicht helfen. Aber du kannst dich schützen. Und wenn es dazugehört, dass du ihn erst mal nicht siehst, dann ist das genau das Richtige. Wenn du so weit bist, kann ich dich mal begleiten. Du musst das nicht alleine machen."

„Ich weiß, dass er nicht ewig leben wird. Nicht so, wie er lebt. Die Ärzte hatten ihn schon vor Jahren aufgegeben. Sie haben ihm gesagt, dass er, wenn er sein Leben nicht ändert, keine fünf Jahre mehr leben wird. Das ist aber bestimmt zehn Jahre her. Seitdem denkt er, glaube ich, dass er unzerstörbar ist. Wie ein Kind, verstehst du? Seine Blutwerte sind im dunkelroten Bereich, seine Organe schaffen das nicht mehr lange. Trotzdem geht es mir besser, jetzt wo ich ausgezogen bin, als es mir jemals zu Hause gegangen ist. Ich frage mich, ob ich ihm Unrecht tue, ob ich ihm nicht helfen müsste, anstatt einfach abzuhauen."

„Du hast als einzige in deiner Familie versucht, ihm zu helfen. Du bist bei ihm geblieben, als alle anderen weggerannt sind. Trotzdem hat der nicht ein einziges Mal Danke gesagt. Stattdessen hat er dich tyrannisiert und sogar geschlagen."

Natalie nickte nur. Sie wusste, dass ihre Stimme brechen würde, wenn sie ihm antworten würde. Eine Träne rollte schon über ihre Wange. Dass weitere folgen würden, war so sicher, wie das Amen in der Kirche. Sie musste dringend das Thema wechseln, wenn sie nicht mit verquollenem Gesicht bei der nächsten Familie auf ihrer Liste klingeln wollte.

„Danke", sagte sie und schluckte schwer. „Wie läuft es mit dir und Melanie, außer, dass du verknallt bist?", fragte sie dann schnell.

Max hatte verstanden, dass seine Kollegin noch nicht über ihre Vergangenheit und ihren Vater sprechen konnte und ließ sich auf den Themenwechsel ein.

„Das gibt es ja nicht!", entfuhr es Camilla.

„Was meinst du?", rief Hendrik aus seinem Büro.

„Hör dir das an!", Camilla stand auf und ging mit dem Tagebuch zu Hendrik. Ohne ihren Blick aus dem Buch zu nehmen, ließ sie sich auf das Sofa plumpsen und las laut vor:

Wir haben es tatsächlich getan. Wir haben geheiratet! Ich kann es nicht fassen. Dass dieser Mann mich zur Frau genommen hat! Ich komm mir vor wie im Märchen. Das hässliche arme Stiefkind trifft auf seinen Prinzen und der nimmt es genau so, wie es ist. Wahrscheinlich wache ich bald auf und stelle fest, dass alles nur ein Traum war. Aber bis dahin genieße ich jede Minute dieses Traums. Ach, ich bin so glücklich!

„Was ist daran so seltsam? Wir wissen doch, dass sie verheiratet sind", hakte Hendrik nach.

„Dieser Eintrag ist über zehn Jahre alt."

„Oh, das ändert einiges. Erzähl mir mehr", bat er dann.

Camilla sah ihn an. „Sie sind nach Las Vegas geflogen."

„Erzähl keinen Quatsch. So was gibt's echt?"

„Hier steht es. Es war sein Geschenk zu ihrem neunzehnten Geburtstag. Sie sind ein paar Wochen durch die Staaten gereist und kamen dabei auch durch Vegas. Sie mussten sich nur eine Lizenz holen, aber das geht dort wohl recht schnell, ein Trauzeuge wurde von der Hochzeit-Location gestellt und den Ring hat er dort gekauft."

„Ist so eine Ehe hier anerkannt?", wollte Hendrik wissen.

Camilla zog ihr Handy aus der Tasche und tippte etwas ein. „Du musst sie hier noch anerkennen lassen. Keine Ahnung, ob sie das getan haben. Aber rechtskräftig ist sie auf jeden Fall." Camilla sah auf.

„Dann war die Heirat hier vielleicht nur Show. Vielleicht ist der Druck zu groß geworden. Die ständigen Fragen, wann man es endlich tut, du weißt schon."

Hendrik wusste es nicht. Da er keinen Kontakt zu seinen Eltern hatte und auch nicht zum Rest der

Verwandtschaft, wurde er nie mit solchen Themen konfrontiert, auch die Öffentlichkeit hatte kein Interesse daran, ob er der begehrteste Junggeselle des Landes war oder nicht, trotzdem nickte er.

„Das ist wohl der Grund, warum sie sich nie von ihm getrennt hat", überlegte Hendrik. „Eine Scheidung ist in diesen Kreisen nicht immer einfach. Er wird sie sozusagen in der Hand gehabt haben, wahrscheinlich hatten sie einen entsprechenden Ehevertrag, der ihr nicht viel zusprach. Zudem hatten sich ihre Eltern von ihr abgewandt, sie hätte also nirgendwo hingehen können."

„Das stimmt nicht. In unserem System gibt es Hilfe für jeden. Man muss sie nur annehmen. Ich glaube eher, dass er sie unter Druck gesetzt hat. Wenn du ständig zu hören bekommst, dass dir nichts mehr bleibt und du unter der Brücke enden wirst, dann glaubst du das. Zumal ich davon ausgehe, dass ihr Selbstbewusstsein nicht sehr groß ist. Zudem hat sie ja nicht einmal eine Ausbildung." Das zumindest hatte sie herausgefunden, nachdem sie eine Zeit lang im Internet über das Leben der Familie Waller recherchiert hatte. Das Netz hatte einige Informationen für sie bereitgehalten.

Hendrik ließ sich Camillas Worte durch den Kopf gehen und nickte dann. Immer wieder fragte er sich, warum manche Frauen bei ihren Männern blieben, wo sie doch ohne sie besser dran wären. Camillas Worte machten Sinn und erklärten so manches.

„Weißt du, ich bin mit dem ersten Buch zur Hälfte durch. Aber schon in der kurzen Zeit hat er sie komplett bestimmt. Das sehe zumindest ich als Außenstehende so. Für sie als junge Frau war es toll, so umsorgt zu sein. Für mich ist es die totale Kontrolle. Ich bin gespannt, wann ich an den Punkt komme, an dem Lina das genauso sieht und erste Zweifel bekommt, nur um dann zu begreifen, dass sie einen riesengroßen Fehler gemacht hat."

12.

Es war spät an diesem Tag, als alle wieder in Hendriks Büro zusammentrafen, um ihre Ermittlungsergebnisse auszutauschen. Als Camilla von der frühen Hochzeit berichtete, durchfuhr ein Raunen den Raum.

„Ich glaube, sie hat nicht viele Freunde", sagte Natalie.

„Wie kommst du darauf?", fragte Harald.

„Wir haben einige der Menschen auf der Gästeliste sprechen können. Dabei hat sich recht schnell herausgestellt, dass es alles Leute sind, die mit Robert in Zusammenhang stehen. Es handelt sich um Geschäftspartner und Kunden. Ich hatte nicht den Eindruck, dass es enge Freunde von ihm waren."

„Was macht dich da so sicher?", wollte Hendrik wissen.

„Die haben allesamt sehr seltsame Dinge geschenkt."

Einige der Kollegen lachten auf. Auch Hendrik sah seine jüngste Beamtin erstaunt an. Doch er wusste, dass sie einen scharfen Verstand und gute Menschenkenntnis besaß, deshalb forderte er sie mit einem Kopfnicken auf, fortzufahren.

„Sie haben Geschirr, Vasen, Gutscheine und solche unpersönlichen Dinge geschenkt. Einer hat ein Kunstobjekt verschenkt. Davon hatte er sogar noch ein Foto. Außer ihm versteht wohl niemand den Sinn und die Bedeutung dieser Skulptur. Also wenn meine beste Freundin heiratet, dann bekommt sie von mir was anderes, als eine Suppenschüssel. Zudem ja jedem klar sein muss, dass die beiden solchen Krempel schon haben, immerhin leben sie ja seit einigen Jahren zusammen. Außerdem habe ich alle gefragt, seit wann sie das Brautpaar schon kennen. Keine der Bekanntschaften reichte über die letzten zehn Jahre hinaus. Also erst, seit Robert richtig fett Kohle macht. Niemand, der mit ihm zur Schule gegangen war. Und bisher auch niemand, den Lina wirklich kennt. Sie haben sie alle nur bei dem einen oder anderen Geschäftsessen kennengelernt. Es hat den Anschein, als wären die Gäste aus einer Art geschäftlicher Verpflichtung heraus geladen worden, nicht aus Sympathie oder Freundschaft."

„Okay", sagte Hendrik. Sie würden das bei dem nächsten Gespräch mit Robert Waller ansprechen. In Gedanken machte er sich hierzu eine Notiz. „Was habt ihr herausgefunden?", fragte er nun Harald und Tim.

„Die Decke als Fluchtweg scheidet aus", fing Tim an. Es entging ihm nicht, dass alle Augen auf ihn gerichtet waren. Auch das Grinsen seiner Kollegen war ihm bewusst. Also grinste er zurück und fuhr dann fort: „Die Decken in den Toiletten sind so konstruiert, dass man hier keine Platten anheben kann. Der Raum der darüber liegt ist so klein, dass lediglich Leitungen und Rohre durchlaufen. Für einen Menschen ist da kein Platz."

„War zu erwarten, aber jetzt haben wir wenigstens Gewissheit", meinte Max.

„Wir haben dann auch ein paar der Gäste von der Hochzeit vernommen. Dabei hatten wir den gleichen Eindruck wie Natalie", fuhr Harald fort. „Die meisten, mit denen wir gesprochen haben, haben für einen wohltätigen Zweck gespendet. Das war wohl so auch vorgesehen. Ein zusätzliches Geschenk, also quasi was zum Auspacken, gab es nur von den wenigsten."

Natalie nickte. Haralds Schilderung deckte sich mit dem, was sie gehört hatten. Im Laufe des Tages hatte sie immer mehr Mitleid für Lina empfunden. Sie selbst wusste nicht, wie es in diesen Kreisen war, doch um nichts in der Welt hätte sie mit dieser Frau tauschen wollen. Diese Oberflächlichkeit, die ihr entgegengeschlagen war, erzeugte eine Gänsehaut bei ihr.

Das Klingeln von Hendriks Telefon unterbrach das Gespräch. Hendrik lauschte kurz und sagte dann: „Fassen Sie nichts an. Die Spurensicherung soll sich bereithalten. Wir machen uns auch auf den Weg."

„Wow, was ist passiert?", fragte Max, als Hendrik aufgelegt hatte.

„Im Gestrüpp am Flussufer haben Spaziergänger Kleidung gefunden. Sie dachten zuerst, eine Leiche hätte sich dort verfangen. Doch die Kollegen vor Ort haben die Sachen rausgezogen. Sie passen zu dem, was Lina zuletzt getragen hat." Noch während er erzählte, waren alle aufgestanden.

Obwohl klar war, dass auch dieser Tag wieder lang werden würde, packten alle ihre Sachen zusammen.

Die drei Fahrzeuge des Dezernates fuhren hintereinander her. Hendrik und Camilla saßen im ersten Wagen.

„Da drüben ist das Blaulicht", sagte Camilla und deutete in Richtung des Flusses. Hinter einer Biegung sahen sie im schwindenden Licht der untergehenden

Sonne den Streifenwagen. Kurz darauf sahen sie auch die beiden Beamten, die den Fundort absicherten. Sie hatten um die Fundstelle herum schon Trassenband gespannt Dahinter hatte sich eine kleine Gruppe Schaulustiger versammelt.

„Zum Glück haben sie alles abgesperrt", meinte Hendrik. Allzu oft schon hatte er mit ansehen müssen, wie kostbare Spuren durch unbedachte Fußabdrücke seiner Kollegen vom Streifendienst zerstört worden waren. Er parkte hinter dem Streifenwagen. Die anderen beiden Fahrzeuge hatten dahinter noch Platz. An der Absperrung stellte Hendrik sich den Beamten vor. Zwar schlüpften er und seine Kollegen unter dem Band durch, blieben dann aber stehen. Es galt auch für sie, keine Spuren zu vernichten. Max und Tim hatten die beiden Koffer mit ihrer Ausrüstung neben ihnen abgestellt. Sie streiften sich weiße Einweganzüge über und stülpten Bezüge über ihre Schuhe. Dann ging er mit den beiden Streifenbeamten ein Stück zur Seite, um außer Hörweite der Schaulustigen zu sein.

„Was genau haben Sie gefunden?", fragte er.

„Eine Fußgängerin hat im Gestrüpp Kleidung gesehen, die sich dort verfangen hatte", begann der Ältere der beiden zu erzählen und deutete auf mehrere Büsche, die in Ufernähe wuchsen und deren Äste ins Wasser reichten. „Wir haben zunächst mit einem Stock geprüft, ob ein Mensch da liegt. Dann war aber schnell klar, dass es sich nur um Kleidung handelt. Wir wollten vermeiden, dass noch weitere Anrufe eingehen, deshalb haben wir nicht die Stadtreinigung verständigt, sondern die Sachen selbst rausgezogen. Uns fiel auf, dass die Kleidung hochwertig ist. Die Etiketten der Hersteller waren noch darin. Wir haben die Personenfahndungen durchgesehen und sind auf Frau Waller gestoßen. Zu ihr passen diese Sachen am ehesten. Zudem passen sie von den Farben. Genau haben wir es aber noch nicht prüfen können. Wir wollten keine Spuren kaputt machen. Deshalb liegt alles noch so, wie wir es aus dem Wasser gezogen haben."

„Gute Arbeit", sagte Hendrik und ging dann zu der Fundstelle. Camilla begleitete ihn.

„Habt ihr die Zeugin vernommen?", fragte Harald.

„Das haben wir. Aber sie steht trotzdem noch an der Absperrung, falls ihr noch was von ihr wissen müsst."

Harald nickte. Sie hatten es hier mit zwei alten Hasen zu tun. Das machte ihnen ihre Aufgabe leichter, dachte er.

Max hatte sich bereits die Kamera aus einem der Koffer geholt und machte Aufnahmen von der Umgebung. Langsam fotografierte er sich an die Fundstelle heran.

Tim und Natalie hielten sich zurück.

„Ist es gut, wenn wir ihre Kleidung haben?", fragte Natalie.

„Wer weiß das schon", antwortete Tim. In Wirklichkeit glaubte er, dass es alles andere als gut war. Wo Kleidung lag, lag für Gewöhnlich auch irgendwo eine Leiche.

„Das ergibt für mich alles keinen Sinn. Wie kann jemand von so einem überwachten Ort verschwinden und dann umgebracht werden?", wollte Natalie wissen.

Tims erster Gedanke war, dass Natalie wohl auch schon erfasst hatte, dass sie mit dem Schlimmsten würden rechnen müssen.

„Der ganze Fall ist ziemlich verworren", stimmte er zu.

Als Hendrik sie zu sich rief, achteten sie darauf, denselben Weg zu nehmen, auf dem zuvor schon die anderen aus dem Team gegangen waren.

„Das sind nicht Linas Kleider", sagte Hendrik sofort, als die Truppe vollständig war.

„Nicht? Woher weißt du das?", fragte Natalie erstaunt.

„Die haben nicht ihre Größe. Sie sind locker vier Nummern zu groß. Zudem passt zwar die Farbe des Oberteils, alles andere stimmt jedoch nicht."

Ein leises Raunen ging durch das Team.

„Wir packen es dennoch ein. Waller soll sich die Sachen anschauen, damit wir ganz sicher sein können." An Max gewandt sagte er: „Übernehmt ihr das. Im Labor sollen sie es gleich zum Trocknen aufhängen. Behandelt es zunächst noch wie Spurenträger."

„Im Labor werden sie uns hassen", meinte Max.

„Im Labor hassen sie uns schon immer", warf Tim ein und grinste.

„Wir tun auch nichts, dass sich daran etwas ändert." Max sah die tropfnassen Kleidungsstücke an und wappnete sich innerlich schon einmal gegen die Sturzflut an Flüchen, die er sich in spätestens einer Stunde würde anhören müssen.

„Was sollen wir denn machen? Ihnen keine Arbeit mehr geben?", wollte Tim wissen.

„Das wäre eine Möglichkeit. Oder du gehst mit der Blonden dort mal was trinken."

Tim sah seinen Kollegen mit großen Augen an. „Du willst, dass ich 'ne Kollegin abschleppe, nur damit du es einfacher hast?"

„So könnte man es auch auf den Punkt bringen", antwortete Max und grinste seinen Kollegen an.

„Okay, mach ich", sagte Tim spontan.

„Hä? Echt jetzt?"

„Nö. Aber es war schön, dich kurz sprachlos zu erleben."

Als alle lachten, schüttelte Max den Kopf und zog einige Papiertüten aus dem Koffer. Sie würden in Nullkommanichts durchweicht sein, aber in Plastik konnte er es nicht packen, wenn er keine Spuren kaputt machen wollte. Also blieb ihm nichts anderes übrig, als die Papiertüten in einen blauen Müllsack zu stopfen. Dann sah er noch mal zu Tim auf. „Punkt für dich", sagte er, grinste noch einmal und machte sich wieder an die Arbeit. Natalie hielt ihm die Tüten auf und beschriftete die Aufkleber.

„Ich rufe Waller an und sage ihm, dass er vorbeikommen und sie sich anschauen soll", sagte Hendrik und entfernte sich einige Schritte.

Als er Waller am Telefon hatte, sagte er: „Wir haben ein paar Sachen gefunden und müssen ausschließen, dass sie Ihrer Frau gehören. Können Sie bei uns vorbeikommen?" Normalerweise begrüßte er denjenigen, mit dem er telefonierte. Erst recht, wenn es sich dabei um einen Angehörigen handelte. Da Waller jedoch jegliche Umgangsformen abhandengekommen zu sein schienen, hielt er sich auch nicht damit auf.

„Glauben Sie wirklich, dass sie Lina gehören?"

Hendrik war für einen Augenblick sprachlos. Er sah auf das Display seines Handys, um sich zu vergewissern, dass er auch tatsächlich den richtigen Anschluss gewählt hatte. Sprach er da wirklich mit Robert Waller? Zum ersten Mal überhaupt hatte er ihn den Namen seiner Frau aussprechen hören, noch dazu klang sein Tonfall besorgt.

Hendrik räusperte sich. „Um ehrlich zu sein, gehe ich nicht davon aus. Wir wollen aber nicht, dass wir uns im Nachhinein etwas vorzuwerfen haben, weil wir etwas übersehen haben."

„Ich habe Gäste im Haus. Ich werde jemanden vorbeischicken."

Schon war das Gespräch beendet. Was war das denn jetzt? Fassungslos blickte Hendrik erneut auf sein Handy. War dieser Kerl betrunken oder was? Wie konnte er innerhalb einer Minute solche Stimmungsschwankungen haben? Wie konnte er in einem Moment noch besorgt sein und dann schon wieder das Ekel. Keine Frage danach, um was für Dinge es sich handelte oder ob es auch eine Spur zu Lina gab. Stattdessen feierte der Kerl. Hendrik ließ seinen Blick über den Fluss schweifen und biss die Zähne zusammen. Dennoch kam er nicht um die Frage herum, in was für einer Welt sie eigentlich lebten. Die Abneigung, die er gegen Waller von der ersten Sekunde ihres Aufeinandertreffens verspürt hatte, wurde immer größer.

„Was ist los?", fragte Camilla.

Hendrik sah ihr in die Augen und antwortete: „Der Herr hat Gäste bei sich zu Hause. Er schickt einen Lakaien."

Mit offenem Mund starrte Camilla ihren Chef an.

13.

Der Beamte, der an der Wache saß, führte Maria in den sechsten Stock des Gebäudes, in dem sich das Vermisstendezernat befand. Hendrik ging ihm durch das Großraumbüro entgegen und dankte ihm. Nachdem sich der Kollege mit einem Kopfnicken verabschiedet hatte, streckte Hendrik der Besucherin die Hand entgegen und sagte: „Ich bin Hendrik Baur, wir haben uns noch nicht kennengelernt."

„Ich bin Maria Sanchez. Man hat mich beauftragt hierherzukommen, weil ich mir etwas anschauen soll."

„Sie arbeiten also für die Wallers?"

„Ja, seit ungefähr einem Jahr kümmere ich mich um Frau Wallers Wünsche."

„Setzen wir uns doch", schlug Hendrik vor und führte sie zu einem Schreibtisch. Er war alleine im Dezernat. Es war kurz vor Mitternacht. Max und Natalie brachten gerade die Kleidung zur Spurensicherung, die anderen hatte er nach Hause geschickt.

Obwohl an der Tafel in seinem Büro noch nicht viel geschrieben stand, bat er die Besucherin nicht hinein. Er ließ sich nicht gerne in die Karten schauen.

„Wie alt sind Sie?", fragte er und deutete auf einen Stuhl, wo Maria Platz nahm. Er zog sich einen weiteren Stuhl heran, und setzte sich ihr gegenüber.

„Ich bin vor einem Monat achtzehn geworden", sagte sie.

Hendrik schmunzelte. Sie war noch ein halbes Kind. Er fragte sich, wie sie dazu kam, dass sie in einem solchen Haushalt arbeitete und stellte die Frage laut.

„Mein Onkel hat mir die Stelle besorgt. Er arbeitet schon für den gnädigen Herrn, seit er mit seiner Frau in das Haus gezogen ist."

Die Bezeichnung gnädiger Herr war Hendrik nicht entgangen. Der Kerl sammelt schneller Minuspunkte, als ich mitzählen kann, dachte er sich, ließ sich aber nichts anmerken.

„Erzählen Sie weiter", forderte er Maria auf.

„Ich möchte im nächsten Jahr eine Ausbildung im Hotelgewerbe machen. Da es nicht früher mit einer Ausbildungsstelle hingehauen hat, habe ich diese Stelle angenommen, um keine Lücke in meinem Lebenslauf zu haben. Zudem dachten alle, dass mir die praktische Erfahrung guttun würde." Maria machte eine Pause. Sie spielte mit dem Saum ihres Pullovers und hielt den Blick nach unten gerichtet.

„Darf ich du sagen?", fragte Hendrik einem Impuls folgend.

Marias Blick schoss kurz nach oben, nur um dann wieder an ihrem Saum haften zu bleiben. Trotzdem nickte sie.

„Du denkst das aber nicht, stimmt's? Also, dass diese Erfahrung dir guttut."

Maria schüttelte heftig den Kopf.

Mitleid keimte im Hendrik auf. „Wie viele Menschen arbeiten für Herrn Waller in dessen Haushalt", fragte er nun, um das Thema unverfänglicher zu gestalten.

„Sieben."

„So viele?"

„Und dann noch drei Gärtner."

Hendrik hatte es für den nächsten Tag auf die Agenda gesetzt, die Angestellten zu verhören. Das würde keine Minute zu früh sein, dachte er sich.

„Was ist deine Aufgabe?"

„Ich kümmere mich darum, dass in Frau Wallers Zimmer alles an Ort und Stelle steht. Der gnädige Herr mag es nicht, wenn Unordnung herrscht."

Da sie schwieg, hakte Hendrik nach: „Herrscht denn viel Unordnung? Kontrolliert Waller eure Arbeit?"

„In diesem Haus werden Sie kein Staubkorn finden, trotzdem findet er immer etwas zu schimpfen. In die Räume seiner Frau kommt er nie."

Hendrik spürte die Abneigung, die die junge Frau gegen ihren Arbeitgeber hegte.

„Ich weiß nicht, wie überhaupt jemand in diesem Haus arbeiten kann!", rief Maria plötzlich. Sie sah Hendrik direkt ins Gesicht. Obwohl mittlerweile einige Tränen über ihre Wangen kullerten, hielt sie seinem Blick stand. Sie spürte, wie gut es ihr tat, endlich einmal ihre Wut nicht mehr unterdrücken zu müssen. Außerdem hatte sie das Gefühl, dass sie diesem Mann hier trauen konnte. Ihm würde sie sagen können, welch große Angst sie um Lina hatte. Sie hatte sich vorgenommen, dass sie sich von ihrem Arbeitgeber nicht mehr so behandeln lassen würde. Sie würde nie wieder mit zittrigen Beinen vor ihm stehen. Sie brauchte diesen Job nicht um jeden Preis. Und sie würde sich nicht ihre Würde nehmen lassen, so wie es seine Frau getan hatte.

„Ist ihr etwas zugestoßen?", fragte sie, wobei ihre Stimme sich fast überschlug.

„Das wissen wir noch nicht. Es ist noch zu früh, so etwas anzunehmen. Warum hast du diese Befürchtung?"

„Wegen ihm." Ihre Stimme brach und sie schniefte. In ihrer Hosentasche fand Maria ein Taschentuch, mit dem sie sich die Nase putzte. „Sie hat immer gesagt, dass er sie umbringt, wenn er es herausfindet."

„Wenn er was herausfindet?" Hendrik setzte sich aufrecht hin. Seine Aufmerksamkeit war voll auf die junge Frau gerichtet. Keine ihrer Bewegungen entging ihm. Er sah, wie sich ihr Körper anspannte. Sie focht einen innerlichen Kampf aus. Er würde abwarten, ob sie ihn allein gewann oder ob er nachhelfen musste.

Nach einer Weile griff sie in ihre Gesäßtasche und zog einen kleinen Aluminiumstreifen hervor. Wieder sah sie Hendrik in die Augen. „Das hier", sagte sie und gab ihm den Streifen.

Hendrik wandte seinen Blick kurz ab und sah sich an, was er da in der Hand hatte. Er erkannte es auf den ersten Blick. Es war eine angebrochene Packung Antibabypillen.

„Was hat es damit auf sich?", fragte er leise.

„Der gnädige Herr wollte unbedingt ein Baby. Aber Lina hat immer gesagt, dass sie vorher aus dem Fenster springt, bevor sie sich von dem ein Baby machen lassen würde. Sie hat die Pillen heimlich eingenommen. Sie hatte sie so gut versteckt, dass sie sogar Ihnen bei der Durchsuchung entgangen sind."

„Aber du hast gewusst, wo sie sind."

Maria nickte. „Ich habe sie an mich genommen, als Sie wieder weg waren. Wenn er sie gefunden hätte, wäre die Hölle losgebrochen. Das hat Lina immer gesagt."

„Du darfst sie beim Vornamen nennen?"

Maria zuckte zusammen und starrte ihn aus großen Augen an.

„Keine Sorge, das bleibt unter uns. Es ist mir nur aufgefallen."

Sie stieß Luft aus. „Ja. Sie ist meine Freundin. Sie hat außer mir niemanden. Wir haben uns von Anfang an gut verstanden. Das darf der gnädige Herr aber niemals erfahren. Lina darf keine Freunde haben!"

„Warum meinst du, dass das so ist?"

„Das hat sie mir gesagt. Sie darf sich mit niemandem treffen. Sie darf nicht einmal in den Garten, ohne dass er seine Zustimmung gibt. Und die Köchin muss dabei ein Auge auf sie haben."

„Gibt es unter dem Personal noch andere Freunde von Lina?"

„Nein! Die anderen sind dem Herrn hörig. Sie würden alles tun, was er verlangt. Er bezahlt sie gut, verstehen Sie?"

Hendrik verstand das nicht. Aber offensichtlich konnte man mit Geld eben doch alles kaufen. Für einen Augenblick wünschte er diesem Mann die Pest an den Hals, dann konzentrierte er sich aber wieder auf Maria.

„Hat Lina etwas zu dir gesagt, als sie abgereist ist?"

„Sie hat geheult. Sie wollte nicht mit diesem Mann alleine sein. Keine Minute. Zu Hause machte er ihr schon das Leben zur Hölle. Die Vorstellung, mit ihm ganz allein zu sein, und das vierundzwanzig Stunden am Tag, war für sie fast unerträglich."

„Hat sie gesagt, dass sie abhauen will?"

„Nein! Wie hätte sie das auch machen sollen?"

Hendrik stand auf und ging an den Stahlschrank, in dem sie die Beweismittel eingeschlossen hatten. Er zog das Foto heraus und ging damit zu Maria.

„Wer ist das?", fragte er und zeigte es ihr.

Die Farbe wich mit einem Schlag aus ihrer gebräunten Haut. „Sie haben es gefunden!", hauchte sie.

14.

Max hatte sich von Natalie auf dem Parkplatz verabschiedet. Verflixt spät, dachte er mit einem Blick auf die Uhr. Trotzdem würde er nicht nach Hause gehen, beschloss er spontan. Er war zwar so müde, dass er kaum noch die Augen aufhalten konnte, doch dagegen wusste er eine hilfreiche Medizin.

Die Fahrt bis zum Pub war kurz. Er parkte seinen Wagen zwischen den anderen. Die Luft war spürbar abgekühlt, dachte er, als er die Tür zu der Kneipe aufstieß, in der Melanie arbeitete und wo er sie vor einigen Monaten zum ersten Mal gesehen hatte.

Trotz der späten Stunde, und obwohl es ein ganz gewöhnlicher Werktag war, war der Pub noch gerammelt voll. Er kämpfte sich durch Menschenmengen und Rauchschwaden gleichermaßen. Die Musik war, wie immer, ohrenbetäubend laut. Doch dieses Mal war die Band wenigstens gut, dachte er. Er hatte schon ganz andere hier drin erlebt.

Max sah zuerst das Tablett. Melanie hielt es hoch über ihren Kopf, als sie sich den Weg zur Theke bahnte. Es faszinierte ihn nach wie vor, ihr dabei zuzusehen. Mit Schwung stellte sie es ab und dann trafen sich ihre Blicke. Für den Bruchteil einer Sekunde hörte die Welt auf, sich zu drehen, die Musik erstarb, die Menschen um sie herum, lösten sich in Luft auf. Es gab nur sie beide.

Mit einem Schritt war er bei ihr und zog sie in die Arme. Dann küsste er sie. Erst als die Pfiffe und Rufe um sie herum lauter wurden, ließ er von ihr ab. Grinsend und als hätten sie sich abgesprochen, verbeugten sie sich vor ihrem Publikum.

Melanie rief ihrem Kollegen hinter der Theke die nächste Bestellung zu.

Max konnte sich ein Lächeln nicht verkneifen. Wie sie sich das alles merken konnte, war ihm schleierhaft, und der Kerl hinter den Zapfhähnen bekam Schweißausbrüche, das konnte er ihm deutlich ansehen. Vermutlich musste er noch dreimal nachfragen, bis die Bestellung komplett war. Doch Melanie entging nichts, das wusste er.

Als sie ihm ein Glas Cola hinstellte, nickte er ihr dankend zu. Schon nach dem ersten Schluck, den er genommen hatte, hörte die Musik auf zu spielen. Es war Sperrstunde. Obwohl er erst so kurz im Pub war, klingelten ihm die Ohren. Stimmengewirr setzte ein. Aber aus Erfahrung wusste er, dass die Gäste schnell gingen, wenn sie nicht mehr unterhalten wurden.

Robert Waller stand im Schlafzimmer seiner Frau. Plötzlich erinnerte er sich wieder daran, wie er ihr den Raum zum ersten Mal gezeigt hatte. Sie war so glücklich gewesen. Die erste Woche waren sie quasi gar nicht aus dem Bett herausgekommen. Und dann hatte er sich ein eigenes Schlafzimmer eingerichtet. Er konnte sich nicht daran erinnern, wann er diesen Raum zum letzten Mal betreten hatte und eigentlich war ihm das auch egal. Er hatte es nicht mehr fertiggebracht, die Nächte neben ihr zu liegen, nachdem er miterleben musste, wie schamlos sie mit fremden Männern flirtete. Egal ob im Supermarkt oder bei seinen Geschäftsessen. Sie himmelte die Männer in ihrer Umgebung an und die hatten nur noch Augen für sie. Blanker Zorn entfachte sich in seinem Inneren und brannte sich in seine Eingeweide. Er ballte die Hände zu Fäusten. Dieses undankbare Stück, dachte er sich, als er seinen Blick durch den Raum gleiten ließ. Er hatte ihr alles gegeben. Allein die Möbel hatten ein Vermögen gekostet. Mit einem Ruck riss er die Tagesdecke vom Bett und schleuderte sie in die Ecke. Kissen und Bettdecke folgten. Wie toll wäre es jetzt, wenn sie durch den Raum fliegen würde, anstelle der Decke, dachte er. Die Aggression und der Hass, die von ihm Besitz nahmen, waren uferlos. An seinem Hals traten die Adern hervor. Wo war seine Ehefrau, dieses nutzlose Stück? In blinder Wut riss er auch noch das Laken vom Bett. Wie konnte sie es wagen? Wie konnte sie sich trauen, ihn so dastehen zu lassen? Er glaubte keine Sekunde an eine Entführung. Wer tat sich so ein Miststück schon freiwillig an? Zudem gab es nach wie vor keine Lösegeldforderung. Robert griff nach einem Kissen und warf es mit voller Wucht gegen die Wand. Dabei stellte er sich vor, wie es der Kopf seiner Frau wäre, der da in der Wand einschlug, statt nur des Kissens. Das Gefühl des Triumphes, das ihn dabei überkam, verdrängte sogar für einen Moment seinen Zorn. Aber nur für einen Moment.

  Wie getrieben ging er zu ihrem Schminktisch und wischte mit einer Bewegung alle Parfumflacons hinunter. Sie krachten mit einem ohrenbetäubenden Lärm zu Boden. Glas splitterte. Der Geruch, der sich sofort ausbreitete, trieb ihm Tränen in die Augen und machte ihn noch wütender.

Mit wenigen Schritten war er bei der Kommode, die gegenüber dem Bett an der Wand stand. Eine Schublade nach der anderen riss er heraus, verteilte den Inhalt auf dem Boden und warf sie dann weg.

Als die Tür aufgerissen wurde, fuhr er herum. „Was?", schrie er.

„Kann ich Ihnen behilflich sein, gnädiger Herr?", fragte sein Butler, ohne eine Miene zu verziehen.

„Was glauben Sie, bei was ich Hilfe brauche?", fuhr er den alten Mann an. Gerade, als er sich abwenden wollte, sah er, dass auch die Kleine, deren Name ihm einfach nicht einfallen wollte, in der Tür stand.

„Du! Reinkommen!", befahl er.

Maria betrat den Raum und hielt seinem Blick stand. Die Wut, die in ihr brodelte, verlieh ihr die erforderliche Stärke, um ihm entgegenzutreten. In ihrem Inneren spürte sie, dass sie es für Lina tun musste. Für sie musste sie stark sein.

„Warst du bei der Polizei?"

Maria nickte.

„Hast du das Sprechen verlernt?"

„Nein, das habe ich nicht!" Trotzig reckte sie ihr Kinn nach vorne. Sie sprach vier Sprachen, doch das würde sie diesem Kerl nicht sagen, beschloss sie und sah ihm noch immer in die Augen. Nur weil sie hier putzte, bedeutete das nicht, dass sie dumm war.

„Willst du mir dann vielleicht sagen, was dort passiert ist?"

„Sie haben mir Kleidung gezeigt. Aber die gehörte Frau Waller nicht." Maria beobachtete, wie der Mann, für den sie seit Monaten arbeitete, der jedoch nicht einmal ihren Namen kannte, nickte. Er hatte die Stirn in Falten gelegt und starrte sie an. Fast rechnete sie damit, dass er mit ihr dasselbe tun würde, wie zuvor mit den Sachen hier im Raum. Sie würde Stunden brauchen, bis sie das alles wieder in Ordnung gebracht hatte. Und plötzlich hatte sie Angst, dass er ihr auf die Schliche gekommen war. Wusste er, dass sie sich bei der Polizei nicht einfach nur ein paar Kleidungsstücke angesehen hatte? Ihr Herz begann zu rasen und ihre Beine wurden wieder weich.

„Verschwindet von hier!", befahl Robert Waller dann.

Zufrieden stellte er fest, dass sich das Personal zurückzog und leise die Tür schloss. Doch sein Zorn war noch nicht verraucht. Sein Blick blieb auf den Türen des Kleiderschranks haften. Er riss sie auf und ging in den Raum hinein.

„Was zum Henker ist das?", entfuhr es ihm. Will die mich verarschen?, schoss es ihm durch den Kopf. Wie von Sinnen lief er durch den begehbaren Schrank und sah sich die bunten Farben der Einrichtung an. Ein Lachen entfuhr ihm. Hier drin lebte sie also? In einem Schrank? Das passte ja, dachte er höhnisch. Wie schon zuvor warf er alles auf den Boden, was in den Regalen lag. Dann zog er die Kleidungsstücke von den Bügeln und schleuderte sie von sich. Dass der Stoff an einigen Stücken einriss, kümmerte ihn nicht. Als nichts mehr auf den Bügeln hing, griff er nach der Lampe, die auf dem Tisch neben dem Sofa stand und schmetterte sie gegen die Wand. Der Putz bröckelte als der Fuß der Lampe zerbarst und mit dem Fuß das Glas des Lampenschirms. Er zerriss Linas Bücher und zerstörte so Stück für Stück, was ihr Leben ausgemacht hatte.

Schließlich ging er zu den Fotos, die als einziges noch im Regal standen. Ein Rahmen war leer. Das musste das Bild sein, das die Bullen mitgenommen hatten, dachte er und fragte sich zugleich, was wohl darauf zu sehen gewesen war. Nun, er wusste, wer ihm das sagen konnte.

Robert trat in den Flur und brüllte: „Maria!" Grinsend stellte er fest, dass er ihren Namen doch wusste. Sekunden später hörte er das Tippeln nackter Füße auf dem Holzboden.

„Ja?" Sie hatte sich schon schlafen gelegt. Zwar hatte sie nicht erwartet, dass sie bei diesem Lärm im Haus überhaupt ein Auge würde zu tun können, doch es war nach Mitternacht und sie war schrecklich müde. Sein Schrei hatte sie im Bett hochfahren lassen, dabei hatte ihr Herz so laut und schnell geklopft, dass sie keinen klaren Gedanken mehr hatte fassen können. Blindlings war sie aus ihrem Zimmer gerannt.

Wenn es ihr peinlich war, dass sie nur einen Schlafanzug trug, ließ sie es sich zumindest nicht anmerken, dachte Robert. Und für den Bruchteil einer Sekunde keimte so etwas wie Anerkennung für die Kleine in ihm auf.

„Komm mit!" Er wartete auf keine Antwort, sondern ging direkt wieder in das Zimmer seiner Frau. Auf dem Weg zum Schrank trat er demonstrativ auf alles, was auf dem Boden lag.

Als Maria sah, wie er mit Linas Sachen umgegangen war, keimte erneut Wut und Trauer in ihr auf. Jetzt zu sehen, wie er über ihre Habseligkeiten lief, war für sie, als würde er Lina treten.

„Was für ein Bild fehlt da?", herrschte er sie an und riss sie dabei aus ihren Gedanken.

Klar, dass du das nicht weißt, dachte Maria. Du weißt gar nichts von deiner Frau, du armseliges Würstchen. Sie beugte sich nach vorne und studierte die Fotos. „Es ist das Bild auf dem Frau Waller mit ihrer Freundin in einem Vergnügungspark war."
Roberts sah seine Angestellte an. Seine Stirn lag in Falten. „Was für eine Freundin?"
„Das weiß ich nicht. Die Aufnahme war schon älter, denke ich. Frau Waller trug ihr Haar damals noch kürzer."
Warum auch immer, traute er der Kleinen nicht über den Weg. Wie konnte sie innerhalb so kurzer Zeit wissen, welches Bild hier fehlte?, fragte er sich. „Bist du dir sicher?"
„Ich staube hier drin jeden Tag ab. Da nehme ich jeden Rahmen in die Hand. Natürlich bin ich mir sicher."
Der Ton, den sie an den Tag legte, brachte ihn vollkommen aus der Fassung. „Du bist gefeuert. Pack deine Sachen und verlass mein Haus. Du wirst keine einzige weitere Nacht hier verbringen!", sagte er. Dabei war seine Stimme ganz leise.
„Sehr wohl", antwortete Maria, deutete eine leichte Verbeugung an, drehte sich um und verließ, so aufrecht wie nur möglich, den Raum. Sie konnte nur hoffen, dass er nicht sah, dass sie am ganzen Leib zitterte. Tränen stiegen ihr in die Augen, als sie daran dachte, dass Lina mit diesem Monster so viele Jahre unter einem Dach hatte leben müssen. Wo immer sie jetzt war, sie hoffte, dass es ihr dort besser ging.
Robert konnte nicht fassen, was er da gerade erlebt hatte. Er rannte der Kleinen hinterher. Doch als er die Tür erreicht hatte, besann er sich eines Besseren. Es

würde ihm nur Ärger bescheren, wenn er der Kleinen verabreichte, was sie zweifelsohne verdiente. Er konnte es sich nicht leisten, sich an ihr die Finger schmutzig zu machen. Wieder begann die Wut in seinem Inneren zu brodeln. Daran war nur seine Frau schuld. In seinen Gedanken malte er sich aus, was er mit ihr tun würde, wenn er sie in die Finger bekäme. Nicht wenn, sondern sobald. Sobald er sie in die Finger bekam, würde sie für jede Minute, die sie dieses Spiel mit ihm getrieben hatte wünschen, dass sie nie geboren worden wäre.

15.

Manchmal frage ich mich, wie viele Tränen ein Mensch vergießen kann. Meine scheinen nie zu versiegen. Ich liege stundenlang in meinem Bett und weine. Nicht einmal, wenn mein Kopf vor Schmerzen um eine Pause bittet, kann ich aufhören. Heute ist wieder so eine Nacht. Ich liege in meinem Schrank. Nicht einmal in mein Bett habe ich es geschafft. Stattdessen liege ich auf meinem Sofa und der Berg an Taschentüchern neben mir wächst und wächst. Die kleine Lampe neben mir spendet mir etwas Licht. Sie wirft eigentlich schöne Schattierungen an die Decke, doch heute sehe ich die nicht. Heute trüben wieder die Tränen meine Sicht. Warum ich mich in all den Jahren noch nicht damit abgefunden habe, weiß ich nicht. Ich sage mir immer wieder, dass ich drüberstehe. Doch ich tu es nicht. Nach dem Abendessen hat er mir gesagt, dass ich mich in einer halben Stunde in seinem Zimmer einzufinden habe. Mein Herz fing an zu rasen. Noch immer tut es das. Dabei bekomme ich diesen Satz drei bis vier Mal in der Woche zu hören. Er spricht ihn aus, als würde er in einer Gaststätte eine Flasche Wasser bestellen. Er will es, also wird es ihm gebracht. Er will meinen Körper, also bringe ich ihn ihm. Ich weiß was ich zu tun habe. Ich geh in mein Zimmer und richte mich so her, wie er es wünscht. Ziehe mir an, was er ausgesucht und für angemessen hält. Pünktlich klopfe ich an seine

Tür. Wie immer antwortet er mir nicht. Das ist unter seiner Würde, also betrete ich unaufgefordert den Raum. Ich hasse diesen Raum. Die Möbel erdrücken mich, der Geruch nimmt mir die Luft zum Atmen, und die Kälte lässt meine Zähne klappern. Warum er selbst im Winter die Fenster geöffnet hält, werde ich nie begreifen. Doch ich bitte ihn nicht, sie zu schließen. Diesen Fehler habe ich nur einmal gemacht. Ich streife meinen Bademantel ab, eine Gänsehaut überzieht meinen Körper in der Sekunde, in der ich ihn über den Stuhl hänge. Dann lege ich mich auf das eiskalte Laken. Mein Mann hat mich bis zu diesem Zeitpunkt noch mit keinem Blick gewürdigt. Er hat mir den Rücken zugedreht und ist mit seinem Handy beschäftigt. Während ich frierend vor Angst und Kälte daliege, spüre ich förmlich, wie er seine Macht über mich genießt. So lange wie möglich zieht er dieses Spiel in die Länge. Es ist seine Art von Vorspiel. Das Licht im Zimmer ist gedimmt. Eigentlich ist es fast dunkel. Ich denke, dass er das absichtlich macht, dass er mich nicht sehen muss. Aber es kommt mir gelegen, denn auch ich muss ihn dann nicht sehen. Andererseits habe ich meine Augen sowieso geschlossen. Selbst wenn er ein Flutlicht eingeschaltet hätte, würde ich ihn nicht sehen. Dann ist es soweit. Ich höre, wie er sein Telefon ablegt. Der dicke Teppich verschluckt seine Schritte. Doch ich spüre, wie er sich mir nähert. Schließlich gibt die Matratze nach. Jetzt ist er ganz nah bei mir. Mittlerweile durchströmt pure Angst meine Adern. Hitze wallt in mir auf. Mein Mund wird trocken und die Luft um mich herum wird dünner. Ich kann sie kaum noch in meine Lungen ziehen. Ich weiß, dass ich nicht ersticken werde. Trotzdem wünsche ich es mir manchmal. Dann hätte alles ein Ende. Das, was gleich geschehen wird, hätte dann ein Ende. Er braucht meine Hilfe nicht. Mit einem Ruck zieht er mir das Stück Stoff aus, das er für solche Anlässe gekauft hat und wovon er erwartet, dass ich es trage. Einmal habe ich vergessen, dieses Höschen anzuziehen. Einmal. Obwohl ich mir sicher bin, dass er es keines Blickes würdigt, werde ich es nie wieder vergessen. Der nächste Ruck befreit mich von dem Negligé, das immer auf meiner Haut kratzt. Ich hätte gerne, dass es weiterkratzt. Denn das würde bedeuten, dass eine hauchdünne Schicht zwischen mir und meinem Mann wäre. Ich recke das Kinn Richtung Decke und wappne mich dafür, was gleich geschehen wird. Die ersten Tränen finden ihren Weg durch die geschlossenen Lider und rinnen an den Schläfen entlang, bis sie sich in meinen Ohren sammeln und schließlich weiter ins Kissen tropfen. Er stößt meine Schenkel auseinander und ist mit einem Stoß in mir. Dass er mich dabei fast zerreißt, kümmert ihn nicht. Ich möchte aufschreien. Doch die Angst, dass ich ihn damit anheizen könnte, hält mich stumm. In den nächsten Minuten liegt nur noch die Hülle meines Körpers in dem eiskalten Bett. Meine Gedanken und meine Seele sind an einem besseren Ort. Endlich ist er fertig. Ich greife nach der Box mit den Tüchern, die neben mir steht. So schnell ich kann, raffe ich meine Sachen zusammen und verlasse das Zimmer. Wie immer haben wir kein Wort miteinander gesprochen. Tränenüberströmt erreiche ich mein Zimmer. Obwohl ich weiß, dass es mir nicht hilft, steige ich in die Dusche. Ich stelle das Wasser so heiß, dass es fast meinen Körper verbrüht. Doch der unsichtbare Schmutz lässt sich nicht abwaschen. Er hat sich in meine Haut geätzt. Auch wenn das Wasser längst abgestellt ist, fließen meine Tränen weiter. In guten Nächten schaffe ich es in mein Bett, in schlechten bleibe ich in meinem Schrank auf meinem Sofa liegen. Heute ist eine schlechte Nacht. Ich trage einen Schlafanzug aus dickem Frotteestoff. Er ist mein Schutzschild vor meinem Mann. Zumindest rede ich mir das ein. Darüber trage ich einen Bademantel, der ebenfalls aus Frottee ist. Drei Decken liegen auf mir. Ich friere trotzdem noch. Weder die heiße Dusche, noch die Kleidung und die Decken, können diese Kälte in mir vertreiben. Und sie helfen auch nicht, die Tränen versiegen zu lassen. In spätesten achtundvierzig Stunden werde ich wieder hier liegen und weinen.

„Was ist los?" Ein Geräusch, das er nicht hatte zuordnen können, hatte Samuel aus dem Schlaf gerissen. Im Halbschlaf hatte er wahrgenommen, dass die Nachttischlampe auf Camillas Seite noch brannte. Dann hatte er gesehen, dass sie weinte und war hellwach. Jetzt zog er sie in die Arme. „Schsch", sagte er leise „warum weinst du?" Es brach ihm fast das Herz.

„Es tut mir leid, ich wollte dich nicht wecken."

„Du hättest mich sofort wecken sollen!"

„Ich habe in ihrem Tagebuch gelesen. Ich frage mich, was das für ein Mensch ist, der seiner Frau das antut", sagte Camilla. Sie fragte sich, ob sie sich ihrer Tränen schämen sollte, schließlich war es ein Fall, mit dem sie befasst war und sie war Polizeibeamtin.

„Im Tagebuch der Vermissten?", fragte Samuel und strich ihr das Haar aus dem Gesicht.

Camilla nickte. „Ich verstehe nicht, warum sie sich nicht von ihm getrennt hat. Warum hat sie so ein Leben geführt?"

„Nach allem was ich über den Fall weiß, denke ich, dass es für sie nicht einfach gewesen wäre. In diesen Kreisen ist eine Scheidung kompliziert. Bestimmt gab es einen Ehevertrag, der sie nicht allzu großzügig bedacht hätte, wäre die Scheidung von ihr eingereicht worden." Sie fühlte sich warm an in seinen Armen, dachte er. Es war lange her, dass er so glücklich gewesen war, wie mit Camilla. Das Glücksgefühl, das ihn mit seiner Ex-Frau verbunden hatte, war schnell verblasst und schließlich ganz verschwunden gewesen. Sie hatten beide so lange an ihrer Ehe festgehalten, bis sie nur noch Hass für einander übriggehabt hatten. Oft hatte er überlegt, ob es nicht besser gewesen wäre, vorher einen Schlussstrich zu ziehen. Doch dafür waren sie beide zu bequem. Sie hatten keinen Ehevertrag gehabt und Tanja hatte ihm das letzte Geld aus der Tasche gezogen. Eine Zeit lang hatte er im Auto schlafen müssen, weil sein Gehalt nicht einmal mehr für die Miete gereicht hatte. Es gab viele Gründe, warum ein Paar sich nicht trennte, obwohl es für beide besser wäre, dachte er. Bestimmt hatte die vermisste Frau ihre Gründe, warum sie nicht den ersten Schritt gegangen war.

„Du hast recht. Wir werden überprüfen, ob es einen solchen Vertrag gegeben hat und wie die Klauseln darin sind."

„Soll ich einen Block holen, dass du dir Notizen machen kannst?", fragte Samuel. Er wusste nur zu gut, dass man schlecht einschlafen konnte, wenn man noch lose Gedanken im Kopf wälzte.

„Nein, das ist sehr lieb von dir", antwortete Camilla und kuschelte sich noch enger an Samuel heran. Sie war froh, dass sie jetzt gerade nicht alleine in ihrem Bett lag. Dann stöhnte sie auf. „Es ist drei Uhr morgens!"

„Ich weiß. Lass uns das Licht ausmachen und versuchen, noch ein wenig zu schlafen", schlug Samuel vor. Er wartete, bis sie das Tagebuch zur Seite gelegt und das Licht gelöscht hatte, dann zog er sie wieder in die Arme.

16.

„Du bist heute früh", stellte Hendrik fest, als er ins Büro kam und Natalie an deren Schreibtisch sitzen sah.
„Ich weiß, ich konnte nicht schlafen, da dachte ich, dass ich genauso gut herkommen und etwas arbeiten kann."
Hendrik musterte seine Beamtin einige Sekunden lang.
„Geht es dir gut?", fragte er schließlich.
„Ich weiß nicht."
Ihre Ehrlichkeit freute ihn. Zu gut wusste er, dass diese Frage gern schlicht mit einem Ja beantwortet wurde, obwohl die gefragte Person weit davon entfernt war, dass es ihr gut ging. „Möchtest du darüber sprechen?", bot er an und setzte sich zu ihr.
„Es ist wegen meinem Vater", fing Natalie an.
Hendrik beobachtete, wie sie ein Taschentuch aus der Box zog, die auf ihrem Schreibtisch stand und damit begann, das Tuch zu zerknüllen und wieder auf ihrem Schenkel glatt zu streichen.
„Hat er sich gemeldet?", hakte er vorsichtig nach. Er wusste, dass sie vor einigen Wochen ausgezogen war. Die Verhältnisse, unter denen sie gelebt hatte, waren mehr als nur schwer. Sie hatte nie ausgesprochen, dass ihr Vater sie misshandelte, die Anzeichen hatten aber dafür gesprochen. Er hatte es ihr überlassen, den Stein ins Rollen zu bringen, um dienstlich tätig zu werden.

„Nein. Weißt du, ich habe immer noch ab und zu ein schlechtes Gewissen, dass ich ihn alleine gelassen habe. Dass ich einfach ausgezogen bin."

„Natalie. Du bist nicht für ihn verantwortlich. Du bist seine Tochter. Nicht seine Mutter, nicht seine Frau und nicht seine Pflegerin. Er hat nur an sich gedacht. Du weißt, dass er krank ist und dass es zu dem Krankheitsbild gehört, bei anderen Menschen Mitleid zu erregen. Trotzdem ist er über das Ziel hinausgeschossen. Er hat dich benutzt." Es schüttelte Hendrik innerlich, wenn er nur daran dachte, was dieser Mann seiner Tochter angetan hatte, dabei wusste er, dass er nur die Spitze des Eisbergs kannte. Ihr Vater war krankhaft fettleibig. Er tat alles, um an Essen zu kommen. Um seine Fresssucht zu finanzieren, hatte er keine Scheu gehabt, auch Natalies Gehalt aufzubrauchen. Monat für Monat. Dabei konnte sie sich selbst kaum noch etwas leisten. Zudem kam, dass er das Erdgeschoss des Hauses jeden Tag aufs Neue in einen Saustall verwandelt hatte. Nach Dienstschluss war es an ihr gewesen, ihn zu bekochen und die Berge an leeren Schachteln der Lieferdienste, die den ganzen Tag über ins Haus kamen, zu entsorgen. Dabei war er nicht zimperlich mit ihr umgegangen. Bis sie ausgezogen war.

„Ich weiß. Trotzdem fühle ich mich für ihn verantwortlich", sagte Natalie und hob zum ersten Mal den Kopf, um Hendrik anzusehen. „Er hat außer mir niemanden, verstehst du?"

„Das weiß ich. Aber auch dafür bist nicht du verantwortlich. Er hat sich für dieses Leben entschieden. Er hat alle Hilfe abgelehnt, die ihm angeboten wurde. Er war es, der seine Frau in die Flucht geschlagen hat. Und anstatt dir dankbar zu sein, hat er dich schikaniert, wo er nur konnte."

„Ich weiß das alles. Das sage ich mir auch zigmal am Tag. Nur manchmal ist es schwer, es auch zu glauben. Da bekommen die Gewissensbisse Oberhand, so wie heute Nacht. Soll ich dir was sagen?", fragte sie.

Hendrik nickte.

„Als ich vorhin hier her gefahren bin, habe ich das nicht auf dem direkten Weg getan. Ich bin zu ihm gefahren." Sie merkte, dass Hendrik etwas sagen wollte, deshalb fügte sie schnell hinzu: „Ich bin nicht ausgestiegen. Ich bin sitzen geblieben und habe auf das Haus gestarrt. Dabei habe ich mir gewünscht, dass er mich anruft. Dass er sich entschuldigt und mich bittet, wieder nach Hause zu kommen."

„Ich denke, dass auch das ein verständlicher Wunsch ist. Er ist dein Vater. Wir wollen alle Anerkennung und Aufmerksamkeit von unseren Eltern, egal wie alt wir sind. Du hast beides nie von ihm bekommen. Ich hoffe nur, dass du nicht zu enttäuscht sein wirst, wenn du einen solchen Anruf nie erhältst. Er sieht sich in der Opferrolle. Er ist der, der verlassen wurde, den alle Welt missversteht. Du wirst von ihm vermutlich nie das bekommen, was dir zusteht, Natalie."

Sie hatte wieder damit begonnen, das Taschentuch zu zerknüllen.

„Wenn du möchtest, begleite ich dich, dann könntest du ihn besuchen."

Da sie Tränen in den Augen hatte, wagte sie es nicht, aufzublicken. Auch ihrer Stimme traute sie nicht, deshalb nickte sie nur. Erst nachdem sie einige Male geschluckt hatte, sagte sie: „Vielen Dank für das Angebot. Max hat mir auch schon seine Hilfe angeboten. Vielleicht werde ich irgendwann darauf zurückkommen."

Hendrik blickte zum Fenster hinaus. Der Tag brach langsam an. Sie waren beide sehr früh hier gewesen. Er presste die Lippen aufeinander. Zu hören, dass ein anderer aus dem Team seine Hilfe angeboten hatte, erfüllte ihn mit Stolz. Er wusste, dass er sich im Dienst auf seine Leute verlassen konnte. Sie waren füreinander da. Dass dieses Band auch ins Privatleben reichte, war nicht selbstverständlich. Hätten sie Bert helfen können, wenn sie damals schon aufmerksamer gewesen wären? Wie oft hatte er sich diese Frage schon gestellt? Die Antwort war immer dieselbe. Sie waren damals schon ein aufeinander eingespieltes Team. Nicht einmal Max, der einer von Berts besten Freunden war, hatte kommen sehen, was geschehen war. Mit einem energischen Kopfschütteln verscheuchte er die Gedanken an die Vergangenheit.

„Du weißt, dass meine Tür offen steht, wenn du Hilfe brauchst", sagte er leise. Dann ging er in sein Büro. Er hatte einiges zu tun. „Kaffee?", rief er über die Schulter.

„Gern, aber ich mache welchen", antwortete Natalie. Sie war froh, sich beschäftigen zu können. Ein wenig Ablenkung würde nicht schaden, bevor sie sich wieder ihrem Fall widmete. Doch zuerst würde sie zur Toilette gehen und ihr Makeup überprüfen, beschloss sie. Sie ging über den langen Flur, an dessen Ende sich die Toiletten befanden. Gerade als sie die Tür öffnen wollte, kam aus der Tür der Herrentoilette jemand heraus. Natalie wollte grüßen, als sie den Kollegen erkannte, der sie neulich am Aufzug so abblitzen hatte lassen. Sie schluckte ihren Gruß hinunter und schlüpfte schnell durch die Tür zur Damentoilette. Bevor sie ans Waschbecken trat wartete sie noch einen Augenblick, weil sie fast damit rechnete, dass der Typ ihr folgte. Sie nahm sich vor Hendrik zu fragen, in welchem Dezernat der Kerl arbeitete. Vielleicht hörte sie auch nur die Flöhe husten überlegte sie, als sie ihr Spiegelbild begutachtete. Seit sie zu Hause ausgezogen war, war sie etwas überempfindlich geworden, dachte sie.

Kurz vor acht Uhr waren alle vollzählig im Dezernat und hatten sich in Hendriks Büro versammelt.

Hendrik berichtete von Marias Besuch am Abend zuvor auf der Dienststelle und was die junge Angestellte erzählt hatte. Im Raum war es mucksmäuschenstill. Auch als Hendrik fertig war, sagte keiner ein Wort. Schließlich räusperte sich Camilla.

„Ich habe im Tagebuch weitergelesen." Sie hoffte, dass ihre Stimme nicht brechen würde. Gefühlsduselei brachte sie alle nicht weiter. Sie mussten sich an die Fakten halten, wenn sie in ihren Ermittlungen weiterkommen wollten, ermahnte sie sich im Stillen. Dann fuhr sie fort und berichtete davon, was sie gelesen hatte.

„So ein Schwein", entfuhr es Max, als sie fertig war. Damit sprach er aus, was alle dachten.

„Wir sollten schauen, ob es einen Ehevertrag gibt", fügte Camilla hinzu und schilderte Samuels Gedanken.

„Ein kluger Schachzug", sagte Hendrik und machte sich eine Notiz. „Haben wir inzwischen jemanden ermittelt, der zu Linas Freunden gehört?", fragte er dann und blickte in die Runde. Alle schüttelten die Köpfe. „Nun, das passt ja zu dem, was Maria sagte. Lina durfte keine Freunde haben. Wir suchen trotzdem weiter."

Hendrik verteilte die Aufgaben für den Tag. „Max und Natalie, ihr folgt der Spur des Geldes. Wir haben mittlerweile das Auskunftsersuchen der Bank erhalten. Geht die Auszüge durch und seht nach, ob sie in den letzten Monaten irgendwo einkaufen oder essen war, wo sie sonst nicht war." Die beiden nickten.

„Harald und Tim, ihr schaut, ob ihr den Ehevertrag in die Hände bekommt. Wenn er ihn nicht freiwillig herausrückt, holt einen richterlichen Beschluss." Wieder wartete er, bis seine Leute ihm zunickten.

„Camilla, wir werden sehen, ob wir noch ein paar Menschen aus Linas Vergangenheit ausfindig machen können. Wenn es dich nicht zu sehr belastet, kannst du noch weiter in den Tagebüchern lesen. Außerdem werden wir später noch mit dem Hauspersonal reden. "

Nachdem die Aufgaben zugewiesen waren, verließen alle Hendriks Büro.

Ich habe ihn verärgert.

Der Satz stach Camilla ins Auge. Sie hatte das Buch an der Stelle aufgeschlagen, wo sie in der Nacht aufgehört hatte zu lesen. In Samuels Armen war sie schnell eingeschlafen. Bis der Wecker geklingelt hatte, war die Nacht wider Erwarten traumlos gewesen. Als im Büro Ruhe eingekehrt war, hatte sie sich das Tagebuch gegriffen. Einige Minuten lang hatte sie nur den Einband angesehen und darübergestrichen. Es kostete sie Überwindung, darin zu lesen. Obwohl sie wusste, dass es getan werden musste. Kurz hatte sie überlegt, ob sie

Hendrik darum bitten sollte, dass nun doch Natalie weitermachte. Allerdings kam ihr das dann feige vor. Schließlich hatte sie sich überwunden und hatte an die Stelle geblättert, an der sie aufgehört hatte. Dann hatte sie sich innerlich gewappnet, für das, was kommen würde und eine Seite weitergeblättert. Dort hatte dieser einzelne Satz gestanden. Das Papier des Buches war hier wellig und sie fragte sich wieder einmal, ob Linas Tränen dafür verantwortlich waren, als sie den Satz geschrieben hatte. Camilla holte tief Luft und las weiter.

Er hat mich zu sich ins Zimmer befohlen. Keine Ahnung, warum ich heute so nervös war. Es war anders als sonst. Ich habe schon während des Abendessens gezittert. Mein letzter Besuch bei ihm liegt zwei Tage zurück. Es war also keine Überraschung, dass ich an diesem Abend wieder zur Verfügung stehen musste, trotzdem war ich völlig außer mir. In meiner Aufregung habe ich die falsche Unterwäsche getragen. Ich habe schlicht vergessen, sie zu tauschen. Es ist ihm sofort aufgefallen. Ich weiß nicht, wie er das macht. Er hatte mir den Rücken noch zugedreht als ich ins Zimmer kam. Gerade so, wie er es immer tut, trotzdem war es ihm nicht entgangen. Ich hatte mir geschworen, dass mir dieser Fehler nie wieder passieren würde und doch war es nun geschehen. Mit wenigen Schritten war er bei mir, hat mich an den Haaren gezerrt und zu Boden gerissen. Ich musste an seinem Bett knien. Gott, ich glaube, dass ich noch nie in meinem Leben eine solche Angst gehabt habe. Er riss mir das Nachthemd vom Leib und schrie mich an. Die Worte, die er mir entgegengeschleudert hat, haben sich in mein Gedächtnis gebrannt. Ich werde sie bestimmt ein Leben lang nicht mehr vergessen können. Ganz sicher hat mich noch nie ein Mensch so beschimpft. Doch das alles hätte ich ertragen. Irgendwie. Dann aber hat er mir einen Tritt verpasst der mich zu Boden brachte. Ich wollte mich wieder aufrappeln, doch er stellte einen Fuß auf mich und drückte mich nieder. Ich hatte keine Chance. Ich wollte ihn bitten, mich gehen zu lassen. Aber auch diesen Fehler habe ich schon einmal gemacht. Ich werde ihn gewiss nicht wiederholen. Obwohl er nichts mehr sagte, spürte ich, dass er vor Wut bebte. Dann herrschte er mich an, dass ich es ja nicht wagen solle, mich zu bewegen. Er wandte sich von mir ab, und ich schöpfte Hoffnung, dass er von mir ablassen und gehen würde. Diesen Gefallen tat er mir jedoch nicht. Stattdessen hörte ich, wie er eine Schublade öffnete. Sekunden später war er wieder bei mir. Er riss mich an den Haaren nach oben. Ich dachte, dass er mir das ganze Büschel ausreißt. Doch, was dann kam, übertraf alles. Das Geräusch, das die Schere machte, werde ich nie vergessen. Dann musste ich mit ansehen, wie eine Strähne nach der anderen vor mir aufs Bett flog. Ich keuchte auf. Doch er hörte nicht auf. Schließlich vergaß ich alles, was ich nie wieder vergessen wollte und flehte in an, aufzuhören. Ich versuchte mich umzudrehen, ihn anzusehen. Doch er hielt mich fest im Griff und machte immer weiter. Mir wurde so schlecht, dass ich mich übergeben musste. Vielleicht werde ich eines Tages niederschreiben können, was er daraufhin mit mir machte. Heute kann ich das nicht. Ich liege in meinem Schrank. Das Sofa habe ich an die Türen geschoben, damit er sie nicht öffnen kann. Zumindest bete ich, dass es ihn von mir fernhält. Ich habe nur kurz in den Spiegel gesehen. Erkannt habe ich mich nicht darin. So lange ich mich erinnern kann, habe ich langes Haar gehabt. Nun ist es kurz. Wenn ich es anfasse, fühlt es sich fremd an. Ich bin das nicht mehr. Ich bin verschwunden. Ich habe aufgehört zu existieren. Mir ist schlecht. Übergeben ist keine Alternative. Das habe ich gelernt.

Manuel stand in der Tür zum Großraumbüro und beobachtete Camilla. Was immer sie da las, sie war völlig vertieft darin, dachte er. Und, sie sah furchtbar aus. Er kämpfte den Impuls nieder, zu ihr zu rennen und ihr das Buch aus den Händen zu reißen. Obwohl er sie so gut kannte, wusste er nicht, wie sie darauf reagieren würde. Doch was er wusste, war, dass er noch nie gesehen hatte, dass sie so elend ausgesehen hatte. Er hatte an ihrer Seite miterlebt, wie ihre Schwester verschwunden war, wie ihre Mutter Jahre später eine Beerdigung veranstaltet hatte, wo ein leerer Sarg in die Erde gelassen wurde. Er hatte sie in den Armen gehalten, nachdem sie aus den Fängen ihres Entführers befreit worden war. Weiß Gott, Camilla hatte viel erlebt, doch diesen Gesichtsausdruck hatte er nie bei ihr gesehen. Es war lange her, dass sie ein Paar gewesen waren. Sie waren fast noch Kinder gewesen. Trotzdem hatte ihre Beziehung erstaunlich lange gehalten, bis sie schließlich erkannt hatten, dass sie Abstand voneinander brauchten. Umso schöner war es, dass sie sich nach wie vor so gut verstanden. Sie glaubte, dass sie ihm ihr Leben zu verdanken hatte. Doch das stimmte nicht. Er hatte nur geholfen, die losen Fäden zu verknüpfen, die sie zu dem Mann führten, der sie und all die anderen Frauen gefangen gehalten hatte. Jetzt saß sie in ihrem

Stuhl, der mit einem Mal viel zu groß wirkte. Sie war so blass, dachte er und beschloss endgültig, sie bei ihrer Lektüre zu unterbrechen. Egal, was sie zu ihm sagen würde.

„Hey, meine Lieblingsermittlerin", sagte er und ging auf sie zu.

Camilla blickte auf. Als sie Manuel erkannte, huschte ein Lächeln über ihr Gesicht. „Hey, mein Lieblingsspion", antwortete sie und erreichte damit, dass Manuel sich mit beiden Händen ans Herz griff und nach Luft schnappte.

Lachend ging er auf sie zu. Dabei beobachtete er, wie sie wieder etwas Farbe im Gesicht bekam. So gefiel sie ihm schon besser, dachte er und drückte ihr einen Kuss auf die Wange. Doch das Zittern in ihrer Stimme war ihm nicht entgangen. Ebenso wenig, dass sie sich fröhlicher gab, als sie tatsächlich war. „Wie geht's dir?", fragte er, hielt sie etwas auf Abstand und musterte sie gründlich.

Sie hatte keine Ahnung warum, doch bei Manuel machte es ihr nichts aus, wenn er sie kritisch anschaute. Sie wusste, dass er sich wirklich dafür interessierte, wie es ihr ging. Auch die Tatsache, dass er mittlerweile als interner Ermittler arbeitete, hatte ihrer Freundschaft nichts anhaben können. Ihre Meinung war, dass nur Beamte, die etwas zu verbergen hatten, Angst vor der Inneren haben mussten. Wer sich an die Regeln hielt, dem konnten die aus dem achten Stockwerk nichts anhaben.

„Es geht mir eigentlich ganz gut", antwortete sie ihm ehrlich. „Wir sind gerade an einem schwierigen Fall, aber das weißt du sicher schon."

Er wusste es tatsächlich. Er wusste immer, woran sie gerade arbeitete. Sein Beschützerinstinkt ihr gegenüber war nach wie vor ausgeprägt. Sie hatte die Rolle einer kleinen Schwester eingenommen, seit sie nicht mehr seine Partnerin war, dachte er sich oft. Doch das würde er ihr nicht sagen.

„Ich bin im Bilde. Habt ihr schon irgendwelche Anhaltspunkte?"

„Nein, gar nichts."

„Das ist nicht viel, nach dieser langen Zeit", gab Manuel zu bedenken.

„Genau das macht uns so zu schaffen. Aber wir bekommen einfach nichts zu fassen."

„Was liest du da?", fragte er dann.

„Ihr Tagebuch."

„Oh. Offensichtlich keine einfache Lektüre."

„Überhaupt nicht. Er ist ein Scheusal", bestätigte Camilla seine Annahme.

„Hat er sie verschwinden lassen?"

„Ich denke nicht. Sie ist sein Spielzeug. Er hat nichts davon, wenn sie weg ist."

Manuel nickte. „Er hat weitreichende Kontakte."

„Woher weißt du das?"

„Das kann ich dir nicht sagen."

Camilla sah ihn an und nickte. Wenn er ihr etwas nicht verriet, hatte das Hand und Fuß und er tat es zu ihrem Schutz. Sie vertraute ihm blind.

„Ist Hendrik da?", fragte Manuel dann.

„In seinem Büro."

„Wenn du willst, können wir später miteinander Mittagessen, hättest du Lust?"

„Große, aber wir haben nachher noch eine Besprechung."

„Melde dich, wenn es geschickter ist und grüß' Samuel von mir."

„Das mache ich, danke."

Er nahm sie noch einmal fest in den Arm und ging dann zu Hendriks Büro. Da die Tür offen stand, klopfte er an den Rahmen. „Kann ich dich kurz stören?"

„Klar, komm rein", bat Hendrik und legte den Block zur Seite, auf dem er sich gerade Notizen gemacht hatte. „Was kann ich für dich tun?"

„Du kannst etwas für dich selbst tun."

Fragend blickte Hendrik Manuel an und wartete darauf, dass sein Kollege etwas präziser wurde.

„Jemand interessiert sich für eure Beweismittel."

Er wartete noch einige Sekunden, als Manuel aber schwieg, nickte er nachdenklich. „Wir haben sie hier unter Verschluss", sagte er langsam und ging in Gedanken die Liste der sichergestellten Beweismittel durch.

„Sorg dafür, dass es auch so bleibt. Packt nichts in die Asservatenkammer und achtet darauf, dass eure Rechner nicht unbeaufsichtigt sind."

„Danke", sagte Hendrik.

Manuel nickte ihm zu und verließ das Büro. Er zwinkerte Camilla im Gehen noch einmal zu. „Vergiss mich nicht." Grinsend verließ er das Großraumbüro.

Camilla blickte ihm hinterher. Er sah wirklich zum Anbeißen aus, dachte sie und überlegte, ob ihr dieser Gedanke ein schlechtes Gewissen gegenüber Samuel bereiten sollte, entschied sich aber dagegen. Mit Manuel war es seit Jahren zu Ende. Sie waren damals ein schillerndes Paar gewesen. Seine blonden Haare waren immer etwas zu lang, und aus seinen grünen Augen blickte stets der Schalk. Wie er es schaffte, trotz strenger Kleiderordnung mit Boots und Lederjacke ins Büro zu gehen, blieb sein Geheimnis. Als sie ihren Blick abwandte, sah sie, dass Hendrik vor ihr stand. Sie zuckte zusammen.

„Du hast mich erschreckt."

„Das wollte ich nicht, tut mir leid."

„Schon gut. Was wollte Manuel von dir?"

Hendrik setzte sich auf die Kante von Tims Schreibtisch, der neben dem von Camilla stand und erzählte ihr von dem kurzen Gespräch.

„Er hat seine Gründe für die Heimlichtuerei. Damit, dass er uns überhaupt informiert, lehnt er sich schon verdammt weit aus dem Fenster", sagte Camilla und blickte noch einmal durch die Tür, durch die Manuel gerade gegangen war.

„Das habe ich auch gedacht."

17.

Es wurde Nachmittag, bis sie alle wieder zusammentrafen. Hendrik ließ seine Leute der Reihe nach erzählen, was sie herausgefunden hatten.

„Wir haben alle Kontoauszüge der letzten beiden Jahre auseinandergepflückt", begann Max und blätterte in seinen Aufzeichnungen. „Wir haben nichts, aber auch gar nichts gefunden, was ungewöhnlich wäre. Sie führt kein ausschweifendes Leben, das kann man mit Sicherheit sagen. Die Summe, die Waller ihr jeden Monat zur Verfügung stellt, ist recht hoch, für seine Verhältnisse aber wahrscheinlich lächerlich gering. Dennoch gibt sie nur einen Bruchteil davon aus."

Als er nichts mehr hinzuzufügen hatte, fuhr Tim fort: „Er hat sich natürlich geweigert, uns den Ehevertrag einsehen zu lassen. Das war zu erwarten. Wir haben also fast zwei Stunden lang auf den Beschluss gewartet und dann noch einmal so lange im Warteraum seines Anwalts, bis der sich dazu herablassen konnte, uns das Dokument auszuhändigen." Er wedelte mit einem Packen Papier in den Händen. „Wir sind das Ding mal durchgegangen. Aber ich fürchte, dass man Jura studiert haben muss, um alles zu verstehen. Unterm Strich kann man jedoch sagen, dass sie nahezu leer ausgegangen wäre, wenn sie die Scheidung eingereicht hätte oder er, nachdem sie vertragsbrüchig geworden wäre. Und die

Punkte, gegen die sie hätte brüchig werden können, sind seitenlang. Dass sie das Ding überhaupt unterschrieben hat, ist nicht nachzuvollziehen. Durchgelesen hat sie den sicherlich nicht. Wahrscheinlich hat er sie erst später mit den Fakten konfrontiert."

Camilla war die Nächste, die berichtete. „Im Tagebuch ergeben sich keine Hinweise darauf, dass sie vorhatte abzutauchen. Aber ich bin erst mit dem ersten Buch fertig. Das alles zu lesen, ist nicht gerade einfach", fügte sie entschuldigend hinzu. „Ich habe versucht, im Netz alte Freunde von ihr ausfindig zu machen. Aber bisher hatte ich keinen Erfolg. Es scheint gerade so, als hätte sie nach ihrem Schulabschluss jeglichen sozialen Kontakt abgebrochen. Sie war nur noch in Wallers Begleitung."

Ein durchdringender Klingelton unterbrach die Gesprächsrunde. „Entschuldigung", sagte Tim und zog sein Handy aus der Hosentasche.

„Du bezahlst morgen das Frühstück. Du hast Regel Nummer vier gebrochen – keine Handys während der Besprechung", sagte Max und grinste seinen Kollegen an.

„Das stimmt. Ich bezahle das Frühstück auch. Aber das hier ist nicht privat", sagte Tim und tippte etwas auf das Display. Dann erzählte er: „Ich habe das Foto, das ihr aus Linas Zimmer geholt habt, eingescannt und ein Gesichtserkennungsprogramm darüber laufen lassen", begann er.

Hendrik zog die Augenbrauen zusammen und sah seinen Beamten an. „Das ist nicht legal", sagte er.

„Ich weiß. Nicht bei uns. In anderen Ländern aber schon. Dort habe ich mir einen Account erstellt. Ich habe es über mein Handy gemacht und nicht über einen dienstlichen Rechner. Jedenfalls habe ich gerade einen Treffer gemeldet bekommen." Er blickte in die Runde.

„Darf ich vorstellen? Das hier ist Luan MacMillan." In den nächsten Minuten las er alles vor, was das Programm über die Person herausgefunden hatte.

Als er fertig war, sagte Hendrik: „Macht euch an die Arbeit, ich möchte, dass ihr alles über diesen Mann herausfindet, was in euren Möglichkeiten liegt." Gerade, als alle aufstanden, fügte Hendrik hinzu: „Und achtet darauf, dass ihr eure Rechner abmeldet, wenn ihr nicht dran sitzt und die Akten nicht offen herumliegen."

Alle verharrten in ihren Bewegungen und sahen ihren Vorgesetzten an. Keiner konnte sich daran erinnern, schon einmal eine solche Mahnung von ihm erhalten zu haben. Da er ihren Blicken standhielt, jedoch keine weiteren Erklärungen anfügte, nickten sie nur und verließen nacheinander das Büro.

„Was war das denn?", fragte Natalie leise, als sie Max eingeholt hatte.

„Das weiß ich auch nicht. Aber er hat das nicht gesagt, weil er uns misstraut, das kannst du mir glauben."

Natalie sah ihn an und nickte dann. Sie setzte sich an ihren Rechner und rief Tim zu: „Schick mir mal bitte das Bild per Mail."

„Klar", antwortete Tim und hackte auf seiner Tastatur herum. „Du bekommst es gleich."

Ein leises Pling kündigte den Eingang der Mail an. „Hab es, danke." Sie öffnete die Datei und sah den Mann auf dem Bild an. Er war sehr attraktiv, dachte sie. Etwas Spitzbübisches verlieh ihm ein Aussehen, das ihn um einiges jünger erscheinen ließ, als er wirklich war.

Natalie sah sich im Raum um. Alle waren in ihre Arbeit

vertieft. Das leise Klappern der Tastaturen war das einzige Geräusch, das zu hören war. Ihr Blick fiel auf Harald. Er war über einen Block gebeugt und schrieb konzentriert. Lächelnd dachte sie, dass ihr Kollege lieber tot umfallen würde, als einen PC zu benutzen. Er weigerte sich standhaft, diese Maschinen Teil seines Lebens werden zu lassen. Eine Schreibkraft würde sich den Aufzeichnungen annehmen, sobald er damit fertig war. Oder, wenn sie es schnell brauchten, Tim. Dann überlegte sie, was sie tun könnte, um etwas über Luan herauszufinden. Schließlich kam ihr eine Idee und sie öffnete die Datei, in der die Aufnahmen der Flughafenkamera gespeichert war.

Wieder und wieder sah sie im Einzelbildvorlauf die Gesichter in der Abflughalle an und verglich sie mit dem Mann auf dem Foto. Dann schob sie mit der Maus den Pfeil der Wiedergabe so weit nach links, wie es ging. Die Uhr sprang auf fünfzehn Uhr zurück. Gut eineinhalb Stunden, bevor Lina verschwunden war. Sie beschleunigte die Wiedergabe um einige Prozent, da die Halle zu dieser Zeit menschenleer war. Nach und nach kamen die ersten Personen, mit denen das Ehepaar Waller in den Urlaub hätte fliegen sollen. Schließlich kam sie zu der Stelle, an der Lina die Toilette betrat.

Und plötzlich hatte sie einen Geistesblitz. „Oh Mann, kommt alle her!", rief sie.

Das Klappern der Tastaturen hörte mit einem Schlag auf. „Was hast du?", fragte Max, der ihr am nächsten saß.

„Ich glaube wir haben die ganze Zeit etwas übersehen", antwortete Natalie. Die Aufregung, die sie erfasst hatte, war ihr deutlich anzuhören.

„Lass sehen", bat Hendrik, der sich ebenfalls über Natalies Schreibtisch beugte.

„Ich bin das Band bis zum Anfang zurückgegangen. Es sind gute eineinhalb Stunden, bis Lina in die Toilette geht. Und eine Stunde und dreiundvierzig Minuten, bis diese Putzfrau hier", sie deutete auf den Monitor und zeigte auf eine Frau, die eine hellblaue Schürze trug und mehrere Mülltüten schleppte, „die Räumlichkeiten wieder verlässt. Nur – und jetzt kommt es – die Putzfrau hat in all dieser Zeit die Toiletten gar nicht betreten."

„Erzähl keinen Scheiß!", entfuhr es Tim.

„Überzeugt euch selbst." Natalie startete die Sequenzen wieder. Sie beschleunigte auf doppelte Geschwindigkeit in der Wiedergabe. Als Lina ins Bild kam, stoppte sie.

„Ich werd verrückt. Wir hatten es die ganze Zeit vor der Nase und haben es nicht gesehen", murmelte Camilla, die noch gar nicht richtig fassen konnte, was ihre Kollegin da entdeckt hatte.

„Okay, das ändert alles", mischte sich Hendrik ein. „Wo wohnt MacMillan?"

„Gemeldet ist er hier", sagte Tim und griff nach dem Auszug des Melderegisters, der auf seinem Schreibtisch lag, und reichte ihn Hendrik.

„Du gehst mit Camilla mal wieder zu unserem Freund vom Liegenschaftsamt. Findet heraus, wo dieser MacMillan etwas hat, das ihm gehört", sagte Hendrik an Tim gewandt. „Sobald ihr zurück seid, überprüfen wir alle Adressen, die uns vorliegen. Dann werden wir das Leben dieses Kerls in seine Einzelteile zerlegen."

Camilla und Tim machten sich sofort auf den Weg.

„Ich seh weiter zu, was ich über MacMillan herausfinde", sagte Natalie und machte sich an die Arbeit.

„Ich bin gerade dabei zu überprüfen, welche Fahrzeuge auf ihn zugelassen sind", fügte Max hinzu.

„Und ich richte die Einsatztaschen und Fahrzeuge her." Harald verließ das Großraumbüro.

Hendrik nickte. Ein Zahnrad griff in das nächste. Dieses Team arbeitete Hand in Hand. Er ging wieder in sein Büro und vergrößerte das Bild der Putzfrau, der sie bis dahin so wenig Beachtung geschenkt hatten. Dann schickte er den Ausschnitt per Mail an das Labor, gleichzeitig griff er nach dem Telefonhörer und wählte.

„Grüß dich", sagte er zu der Kollegin, die sich recht schnell meldete. „Ich hab euch grad ein vergrößertes Bild gemailt. Zudem die Originaldatei. Kannst du mir das so scharf wie möglich machen und zwar supereilig?"

„Ihr habt es immer supereilig", antwortete die Kollegin, lachte aber dabei. „Okay, die Datei ist da."

Hendrik hörte, wie sie einige Befehle eintippte und dabei leise vor sich hinmurmelte. Sekunden später sagte sie laut: „Das war leicht. Ich hab es dir zurückgeschickt. Kann ich noch etwas für dich tun?"

„Erst mal nicht. Vielen Dank. Ich schulde dir was."

„Du schuldest mir so viel, dass dieses Leben gar nicht reicht, um alles einzufordern. Also, gern geschehen."

Hendrik lächelte, als die Kollegin auflegte. Doch dann kündigte sein E-Mail-Programm die neue Nachricht an, und er war wieder konzentriert. Er öffnete die Datei und pfiff leise. Da hatten sie Lina. Eindeutig. Sie hatte sich große Mühe gegeben, ihr Äußeres zu verändern. Allein das Kopftuch machte eine andere Person aus ihr. Sie hatte aber auch ihre Augenbrauen und Wimpern dunkel eingefärbt. Vielleicht trug sie sogar eine Perücke, vermutete er. Zudem hatte sie ihren blassen Teint dunkel überdeckt. Eine große Brille mit dunklem Gestell verwandelte sie in einen anderen Menschen. Diese Frau war nicht entführt worden. Diese Frau hatte ihre Flucht geplant, schoss es ihm durch den Kopf.

Er druckte das Bild für jeden aus und verließ sein Büro genau in dem Moment, als Camilla und Tim wieder zurückkamen. Auch Harald war dicht hinter ihnen wieder hereingekommen.

„Nichts", klärte Tim alle auf. „Er wohnt zur Miete. Wie es aussieht hat er keinen Besitz, was Immobilien anbelangt."

„Ich hab die Adresse seines Arbeitgebers", mischte sich Max ein.

„Dann teilen wir uns auf und schwärmen aus", sagte Hendrik.

Der Jagdinstinkt war in seinem Team wieder ausgebrochen.

18.

In Robert Wallers Büro klingelte dessen Handy. Nur wenige Menschen besaßen diese Nummer. Er unterbrach das Telefonat, das er gerade parallel führte und nahm den Anruf entgegen.

„Was Sie nicht sagen", sagte er leise, dann lauschte er dem Anrufer weiter. „Sobald Sie mehr wissen, melden Sie sich sofort." Ohne ein weiteres Wort, trennte er die Verbindung und rief eine weitere Nummer an. Noch während er mit seinem neuen Gesprächspartner sprach, verließ er sein Büro. Seiner Sekretärin, die ihn verdutzt ansah, sagte er im Vorbeigehen: „Canceln Sie alle Termine für heute."

Sie nickte und machte sich sofort an die Arbeit.

Waller verließ sein Bürogebäude, in der Tiefgarage stieg er in seinen Wagen. Er programmierte das Navigationssystem mit der Adresse, die ihm gerade mitgeteilt worden war. Die Reifen quietschten, als er aus der Garage hinausschoss. All seine Gedanken drehten sich nur um den einen Satz, der sich in sein Hirn eingebrannt hatte: *Das wird dir leidtun!*

„Das hier muss es sein", sagte Hendrik und suchte nach einer Parklücke.

Camilla sah auf das Mehrfamilienhaus, in dem MacMillan wohnen sollte. Sie wussten, dass sich nur fünf

Wohnungen in dem Haus befanden. Im Erdgeschoss wohnten zwei Rentnerehepaare. Darüber eine Familie mit drei Kindern, außerdem ein Paar, das nicht verheiratet war und auch keine Kinder hatte. Im Dachgeschoss befand sich die Wohnung, in der der Mann wohnte, den sie suchten.

Hendrik wurde fündig und parkte ein. Die Lücke war so groß, dass Max' und Natalies Fahrzeug auch noch hineinpasste. Harald und Tim waren unterwegs zur Arbeitsstelle des Mannes, dessen Foto sie bei Lina gefunden hatten.

„Ruhige Wohngegend", stellte Max fest und ließ seinen Blick umherschweifen. Von den Autos, die in der Straße parkten hatte keines ein auswärtiges Kennzeichen, hatte er festgestellt, als sie langsam durchgefahren waren. Hinter den Fenstern der umliegenden Wohnungen stand niemand, der sie beobachtete, zumindest konnte er niemanden erkennen. Er stellte fest, dass auch seine Kollegen die Umgebung scannten. Polizistenkrankheit, dachte er und lächelte in sich hinein. Er fragte sich, ob es irgendeinen Polizisten auf dieser Welt gab, der nicht ständig alles im Blick hatte, was sich um ihn herum abspielte.

In stummer Übereinkunft gingen sie zu dem Haus mit der Nummer siebzehn. Die Briefkästen und Klingelschilder waren einheitlich beschriftet. Die Namen stimmten mit ihren Erkenntnissen überein.

Hendrik klingelte bei der Familie mit den kleinen Kindern. Sekunden später wurde die Tür geöffnet, ohne, dass zuvor jemand an der Sprechanlage nachgefragt hätte, wer da ins Haus wollte.

Sie gingen die Treppen nach oben. Die Wohnungstür der Familie, bei der sie geklingelt hatten, blieb geschlossen, was ihnen Erklärungen ersparte. Eine Etage höher lag die Wohnung, zu der sie wollten.

„Shit", entfuhr es Hendrik leise. „Die Tür ist aufgebrochen."

Er hatte den Satz noch nicht zu Ende gesprochen, da hatten alle ihre Waffen im Anschlag. Mit Handzeichen verständigten sie sich und betraten die Wohnung.

Im Flur ging ein Team nach links und eins nach rechts. Camilla blieb dicht an Hendrik, immer darauf bedacht, dass er ihre Schusslinie nicht querte. Sie überprüften Bad, Toilette und zuletzt ein Zimmer, das als Abstellkammer und Büro zugleich genutzt wurde, wie es den Anschein hatte.

„Hierher!", rief Natalie plötzlich.

Ohne eine Tür aus den Augen zu lassen, gingen Hendrik und Camilla in die Richtung ihrer Kollegen. Als sie wieder an der Wohnungstür vorbeikamen, sahen sie schon den Grund, warum Natalie sie gerufen hatte. Max war am Telefon. Er forderte einen Rettungswagen an.

Vor ihnen, auf dem Boden im Wohnzimmer, lag ein Mann in einer Blutlache. Natalie hatte sich über ihn gebeugt, trotz des Blutes, das überall klebte, fühlte sie nach dem Puls des Mannes.

Zusammen mit Camilla sicherte Hendrik noch die übrigen Räume, die beide als Schlafzimmer genutzt wurden. Wobei in einem offensichtlich ein Kind wohnte. Das passte nicht zu dem, was sie über den Bewohner wussten, doch darüber würden sie sich später Gedanken machen.

Außer dem Mann, der am Boden lag, war niemand in der Wohnung. Spuren zeigten, dass ein heftiger Kampf stattgefunden hatte. Überall lagen Scherben, der Beistelltisch neben dem Sofa war umgestoßen, und die Lampe, die wohl darauf gestanden hatte, lag auf der anderen Seite des Raums und war kaputt. An der Wand, vor der sie lag, war der Putz kaputt. Jemand hatte sie geworfen, das Ziel aber vermutlich verfehlt, dachte Hendrik.

„Er lebt noch, aber sein Puls ist schwach. Er hat eine üble Wunde am Kopf, sonst sehe ich nichts", sagte Natalie. Sie hatte eine Tischdecke genommen, die auf dem Boden lag und drückte damit auf die Verletzung, um die Blutung zu stoppen.

Hendrik nickte. Erst jetzt sah er, dass seine Kollegin Latexhandschuhe angezogen hatte, bevor sie sich um den Verletzten gekümmert hatte. Obwohl sie noch jung war, hatte sie einen kühlen Kopf bewahrt und an ihre eigene Sicherheit und Gesundheit gedacht, stellte er fest.

Er ging ins Bad, um einen Verbandskasten zu suchen, dabei rief er die Zentrale an und meldete den Vorfall. Er forderte eine Streifenbesatzung und die Spurensicherung an. Dann zog er selbst ein Paar Latexhandschuhe aus der Hosentasche, bevor er den Medizinschrank öffnete und alles Verbandszeug herausholte, das er finden konnte.

Als er in den Raum zurückkam, sagte Natalie: „Max und Camilla sind gegangen, um die Nachbarn zu befragen. Zu viele Menschen in der Wohnung machen zu viele Spuren kaputt."

Wieder nickte Hendrik. Er half Natalie, die Wunde notdürftig zu versorgen. Der Druck, den sie ausgeübt hatte, hatte die Blutung nahezu gestoppt. Den Verband legten sie vorsichtig an, um keine weiteren Verletzungen zu verursachen. Dann stand Hendrik auf und machte Bilder von dem Raum.

„Das ist Luan MacMillan, stimmt's?" fragte sie leise.

Hendrik nickte. Er blickte auf den Verletzten hinab. Dabei fragte er sich, was hier geschehen war. Doch bevor er sich mit diesem Gedanken befassen konnte, musste er sich um die Sicherung des Tatorts kümmern.

„Wenn die Sanitäter kommen, wird hier drin nichts mehr so aussehen, wie zuvor", sagte er zu seiner Kollegin. „Es ist unsere Aufgabe dafür zu sorgen, dass sie ihre Arbeit machen können, aber nicht alles kaputt machen, sodass wir im Anschluss unsere Arbeit machen können. Du musst also immer drauf achten, was sie verändern. Fassen sie etwas an – merk es dir. Lass sie ihre Arbeit machen, aber halte hinterher fest, was der Täter am Tatort hinterlassen hat und was die anderen Einsatzkräfte. Alle, die nichts an einem Tatort zu suchen haben, verlassen ihn. Und zwar alle auf einem Weg. In einer Wohnung ist das leichter, weil es meistens nur einen Flur gibt. In der Natur sieht das anders aus. Wenn die erste Besatzung vor Ort noch keinen Weg markiert hat, machen wir das."

Natalie hörte aufmerksam zu, während sie den Verletzten nicht aus den Augen ließ. Es war nichts Neues, was Hendrik ihr erzählte. Doch im Eifer des Gefechtes hatte sie das eine oder andere vergessen gehabt. Es war gut, alles noch einmal zu hören. Hendrik war ein ausgezeichneter Vorgesetzter, dachte sie, von ihm konnte sie noch so viel lernen. Er vermittelte alles, was er wusste, seinen Beamten. Wenn jemand einen Fehler machte, sagte er ihm, was man besser machen konnte, ohne dass man sich wie ein Totalversager vorkam. Sie hatte das schon anders erlebt. Hendriks Art war effektiver. Die Fehler, die man gemacht hatte, wiederholte man nicht mehr. Er konnte alles so erklären, dass es schlüssig war und sich ins Gedächtnis einbrannte.

Dann hörten sie Schritte im Treppenhaus. Die Hilfe war eingetroffen. Drei Sanitäter und ein Notarzt betraten den engen Raum unter der Dachschräge.

Natalie schilderte, wie sie den Verletzten aufgefunden und was sie gemacht hatten. Dann stand auch sie auf und zog sich neben Hendrik zurück. Sie beobachtete, wie die vier Männer sich um den Verletzten kümmerten. Zugänge wurden gelegt und eine Blutdruckmanschette angelegt. In Gedanken machte sie sich die Notizen, von denen Hendrik gerade gesprochen hatte. Sie merkte sich, wo die Zugänge gelegt worden waren, aber auch, welcher Stuhl verrückt wurde, um den Patienten besser versorgen zu können, weil der Raum so eng war.

Schon nach wenigen Minuten war der Verletzte bereit zum Abtransport.

Die Spurensicherung war ebenfalls eingetroffen. Sie warteten, bis die Sanitäter das Feld geräumt hatten. Hendrik trat zu seinen Kollegen. Er wies sie in den Sachverhalt ein. „Wir haben hier noch nichts durchsucht, auch wissen wir nicht, wer hier eingedrungen ist und das Opfer so zugerichtet hat. Sobald ihr fertig seid, werden wir damit anfangen, Licht ins Dunkel zu bringen."

Hendrik ließ seinen Blick durch den Raum schweifen. Er

sah Natalie, die sich gerade ihre blutverschmierten Handschuhe auszog und zu den Verpackungen, die die Sanitäter zurückgelassen hatte, warf. Dann zog sie neue Handschuhe an. Er ließ den Rest des Raumes auf sich wirken. Hatte Lina sich hier drin aufgehalten und mit Luan einen Streit bekommen, der in einem Unfall geendet hatte? War sie deshalb verschwunden und er verletzt? Doch wie passte die Tür ins Spiel, die offensichtlich aufgebrochen worden war?

„Wir fangen an", riss der Kollege der Spurensicherung Hendrik aus seinen Gedanken.

Er nickte und verließ das Wohnzimmer. In der Tür blieb er stehen. Die Kante des Rahmens war beschädigt. Blut und Haare klebten daran.

„Seht euch das hier nachher mal genauer an", bat er die Kollegen, deutete auf die Stelle und ging dann weiter in den Flur.

An der kaputten Wohnungstür blieb er erneut stehen. Er legte die Stirn in Falten und dachte nach. *Du bist mit deiner Geliebten hier. Sie ist vor ihrem Ehemann geflüchtet und du versteckst sie hier. Zumindest bis euch etwas Besseres eingefallen ist. Ihr habt nichts, wo ihr sonst hingehen könnt. Dann tritt jemand deine Tür ein. Mit einem Satz bist du im Flur. Doch du hast nicht mit dem Gewaltausbruch deines Gegenübers gerechnet. Er packt dich und rammt deinen Kopf gegen den Türrahmen. Du gehst sofort zu Boden. Der Typ kommt rein und packt sich deine Geliebte. Sie versucht sich zu wehren, wirft nach dem Eindringling, was ihr gerade in die Finger kommt. Doch sie hat keine Chance. Er packt sie und nimmt sie mit.*

Hendrik sah sich weiter um, ohne sich von der Stelle zu rühren. So könnte es passiert sein, dachte er. Doch wer war der Kerl? Wer entführte eine vermisste Person? Und wo hatte er sie hingebracht? Falls sich seine Vermutung bestätigte, dann wurde die Vermisste schon wieder vermisst. Wie krank war das denn?, dachte er und schüttelte ungläubig den Kopf.

„Hendrik?", fragte Camilla leise. Sie wusste, dass er gerade vollkommen vertieft war in dem Versuch, den Tatablauf zu rekonstruieren.

„Ja?", antwortete er und drehte sich zu seiner Kollegin.

„Die Nachbarschaftsbefragung läuft. Hier im Haus ist nur die Mutter mit dem Kleinkind, alle anderen Mieter haben wir nicht angetroffen. Die Mutter sagte uns, dass es nur einmal heute geklingelt habe und ihr Sohn auf den Türöffner gedrückt habe, bevor sie ihn davon hatte abhalten können. Das dürften wir gewesen sein. Sonst ist ihr nichts aufgefallen. Allerdings läuft da drin der Fernseher im Wohnzimmer, ein Hörspiel im Kinderzimmer und das Tablet auf dem Küchentisch. Wundert mich nicht, dass sie nichts mitbekommen hat. Die Kollegen von der Streife befragen die Anwohner in der Straße. Außerdem habe ich mit Tim gesprochen. Sie haben in Erfahrung gebracht, dass MacMillan seit drei Tagen nicht mehr bei der Arbeit war. Er hat sich krankgemeldet und auch eine Bescheinigung geschickt. Eigentlich sei er nie krank, meinte der Chef."

„Verstehe", murmelte Hendrik.

„Ich denke, dass wir sicher sein können, dass eure vermisste Person sich hier aufgehalten hat", unterbrach ein Kollege der Spurensicherung das Gespräch.

Hendrik wandte sich ihm zu und sah ihn fragend an. Er nahm die Sachen entgegen, die sein Kollege ihm hinhielt. Es war der Ausweis und das Flugticket von Lina.

„Wir haben auch ihre Handtasche und ein wenig Kleinkram, der vermutlich von ihr stammt", zählte der Beamte auf. „Es müsste schon ein komischer Zufall sein, wenn all die Sachen hier sind, sie selbst aber nicht in dieser Wohnung war. Wir schauen auf jeden Fall nach Fingerabdrücken."

Hendrik nickte. Dann drehte er sich zu Camilla: „Lass uns zu Waller fahren", sagte er schlicht.

„Ihm sagen, dass wir seine Frau verloren haben, gerade als wir sie gefunden hatten?"

„Vielleicht fällt dir auf der Fahrt noch eine bessere Formulierung ein."

„Das hoffe ich auch."

19.

Verdammt, wohin ist das Biest untergetaucht?, fragte sich Waller. Wie er befohlen hatte, hatte sie noch in der Nacht sein Haus verlassen. Doch bei ihren Eltern war sie nicht gewesen. Zumindest hatten sie ihm das gerade versichert. Am liebsten hätte er die Wohnung selbst auf den Kopf gestellt, doch sie hatten ihn nicht einmal hereingebeten. Er schlug mit der Faust aufs Lenkrad. Die Kleine hatte ihn verarscht, soviel stand fest. Und er würde sie finden.

Wieder quietschten die Reifen, als er in die Tiefgarage fuhr. Es kümmerte ihn nicht. Er steuerte den Wagen auf seinen Stellplatz und machte sich auf den Weg ins Büro. Er hatte zwei Stunden verloren, dachte er wütend. Wobei verloren nicht ganz richtig war, dachte er. Einen kleinen Erfolg hatte er zu verbuchen.

Ohne auf den fragenden Blick seiner Sekretärin zu achten, ging er in sein Büro und knallte die Tür hinter sich zu. Kaum, dass er an seinem Schreibtisch saß, rief sie ihn auf der internen Leitung an. Kapierte die blöde Kuh nicht, dass er nicht gestört werden wollte? Er griff nach dem Hörer und bellte hinein: „Was?"

„Hier sind zwei Herrschaften von der Polizei, die Sie zu sprechen wünschen."

Das hatte ihm gerade noch gefehlt. „Schicken Sie sie herein."

„Haben Sie meine Frau gefunden?"

Offensichtlich übersprang man mal wieder die Begrüßung, dachte Hendrik. Laut erklärte er, was in den letzten Stunden geschehen war.

Mit zusammengezogenen Augenbrauen hörte Waller dem Polizisten zu. Als er fertig war, stand Waller langsam auf und stützte sich mit beiden Händen am Schreibtisch ab. Sie waren jetzt beide miteinander auf Augenhöhe. „Wollen Sie damit sagen, dass meine Frau in der Wohnung von irgendeinem wildfremden Kerl war und von dort allen Ernstes entführt wurde? Wer ist der Typ, bei dem sie da war?"

„In welchem Verhältnis die beiden zueinanderstanden, wissen wir derzeit noch nicht", antwortete Hendrik ruhig und überging den Rest der Frage.

„Kommen Sie mir nicht mit diesem Quatsch! Ich verlange, dass Sie mir sofort sagen, wer der Typ ist!"

„Das werden wir nicht tun, und das wissen Sie auch."

„Hören Sie mir genau zu, denn ich werde das nur einmal sagen", er stach mit dem Zeigefinger in Richtung Hendrik. „Sie sagen mir den Namen und wo ich ihn finde. Und zwar jetzt gleich. Ansonsten werde ich dafür sorgen, dass Sie in einer Stunde wieder Strafzettel schreiben. Habe ich mich klar ausgedrückt?"

„Das haben Sie. Dennoch werden Sie nicht bekommen, was Sie wollen, zumindest nicht von mir. Habe ich mich klar ausgedrückt?" Hendrik hielt Wallers Blick stand. Er war lange genug Polizist, um sich von niemandem einschüchtern zu lassen. Auch von keinem, der mehr Geld hatte, als gut für ihn war.

„Verlassen Sie sofort mein Büro!"

Sein Tonfall war keine Nuance lauter geworden, trotzdem spürte Camilla Wallers Zorn bei jedem Wort, das er aussprach. Sie bewunderte Hendrik einmal mehr, wie cool er in solchen Situationen blieb.

„Und jetzt?", fragte Camilla, als sie auf den Fahrstuhl warteten.
„Ich denke, dass wir das in nicht einmal zwei Minuten erfahren werden."
Sie hob eine Augenbraue und sah Hendrik fragend an.
„Warte einfach ab", sagte er schlicht.
Kaum, dass sie im Erdgeschoss aus dem Aufzug gestiegen waren, klingelte Hendriks Telefon. Er zog es aus der Tasche, warf einen Blick auf das Display und hielt es Camilla hin, bevor er das Gespräch entgegennahm. Zeitgleich gab er ihr den Autoschlüssel.
Camilla saß noch nicht richtig, da hörte sie schon die Schimpfkanonade, die der Leiter der Kriminalpolizei abschoss. Sie wusste, dass Hendrik ihm ein Dorn im Auge war. Egal was Hendrik auch tat, welche Erfolge sein Dezernat aufweisen konnte, für Fischer war es nie genug. Er hatte Hendrik nicht auf diesem Posten haben wollen und ließ ihn das, sooft er konnte, spüren. Oft genug bekam sie mit, was Hendrik sich anhören musste. Dabei fragte sie sich immer wieder, warum er sich das antat. In einer anderen Dienststelle würde er das gleiche Geld verdienen und hätte es ruhiger. Doch das Vermisstendezernat war Hendriks Wunsch gewesen. Er hatte sich hochgearbeitet und war der jüngste Dezernatsleiter geworden, den es je gegeben hatte. Auch das war für Fischer ein untragbarer Zustand. Anstatt sich damit zu brüsten, versuchte er alles, um

Hendrik zu vertreiben. Sie konnte nur hoffen, dass Hendrik dem Druck standhielt. Denn einen besseren Chef und Partner konnte sie sich nicht vorstellen.

„Puh, acht Minuten vierundzwanzig. Das ist ein neuer Rekord. Vermerk das irgendwo", sagte er zu Camilla. Sie lächelte ihn schwach an.

„Du brauchst mir nicht zu sagen, was er gesagt hat, denn ich habe jedes Wort verstanden", gab sie zurück.

„Ja, mein Ohr klingelt immer noch. Vielleicht sollte ich ihm eines Tages die Vorzüge eines Telefons aufzählen. Ich glaube er denkt immer noch, dass er mit seiner Stimme die Distanz überwinden muss, die zwischen ihm und seinem Gesprächspartner liegt und er deshalb die Lautstärke anpassen muss. Ich frage mich wie sich ein Telefonat bei ihm anhört, wenn er mit dem Ausland spricht."

Jetzt musste Camilla lachen. Obwohl sie wusste, dass das Gespräch ihn nicht kalt gelassen hatte, war sie froh, dass er es sich nicht allzu nahe gehen ließ. Zumindest hoffte sie das.

„Wenn ich richtig verstanden habe, musst du aber deine Schicht nicht mit dem Schreiben von Knöllchen beenden, oder?" Ihr fielen Manuels Worte ein. Waller habe weitreichende Kontakte, hatte er ihr gesagt. Was hatte das für den Fall im Allgemeinen und für das Team im Besonderen zu bedeuten, fragte sie sich; dabei lief ihr ein kalter Schauder über den Rücken.

Jetzt lachte Hendrik. „Nein, zumindest heute nicht."

„Wo soll ich dich hinfahren?" Sie war froh, dass er sie in ihren Gedanken unterbrochen hatte.

„Lass uns ins Krankenhaus gehen. Ich will sehen, ob MacMillan schon ansprechbar ist."

Lina schlug die Augen auf. Angst nahm von ihrem Körper Besitz. Wo war sie? Der Raum war kalt. Die Fenster waren mit undurchsichtigen Plastikplanen abgeklebt, sodass sie nicht hinausschauen konnte. Ein wenig Tageslicht fiel hindurch. Ein Rohbau, war ihr erster Gedanke. Wie kam sie hierher? Was hatte sie hier zu suchen? Und warum lag sie auf dem blanken Boden? Obwohl ihr jeder Knochen im Leib wehtat, versuchte sie sich aufzurappeln. Immer wieder wurde ihr jedoch schwarz vor Augen und der Raum begann sich zu drehen. Schließlich schaffte sie es, sich gegen die kühle Wand zu lehnen. Sie zog die Beine an und stützte den Kopf gegen die Knie, dabei versuchte sie, gleichmäßig zu atmen, um die Übelkeit loszuwerden.

Als ihr Kreislauf ein wenig in Schwung gekommen war, blickte sie wieder auf. Erneut fragte sie sich, wo sie war. Sie wollte mit Robert in den Urlaub fliegen. Sie waren früh am Morgen zum Flughafen gefahren. Und dann hörte schlagartig ihre Erinnerung auf. Ihr wurde eng in der Brust und das Atmen fiel ihr schwerer. Wo war Robert? Sie rief seinen Namen, doch ihrer Kehle entwich nur ein leises Wispern. Lina zog und zerrte an ihrem T-Shirt, als könnte sie damit die Enge in ihrem Brustkorb loswerden. Wieder wurde ihr schwarz vor Augen. Obwohl sie saß, schaffte sie es kaum, aufrecht zu bleiben. Ihr Mund wurde staubtrocken. Als sie versuchte, die Lippen zu befeuchten, blieb ihr die Zunge förmlich am Gaumen kleben und verursachte lediglich ein schmatzendes Geräusch. Ein neuerliches Wimmern entwich ihrer Kehle. Wieder rief sie nach ihrem Mann. Wo war Robert? Ihre Lippen zitterten unkontrollierbar, während sie immer weniger Luft bekam. Was passierte hier mit ihr? Und warum schmerzte ihr ganzer Körper? Am anderen Ende des Raums sah sie eine silberne Stahltür. Sie erschien ihr unerreichbar. Der Raum war riesig und die Tür so weit entfernt. Obwohl sie wusste, dass es lächerlich war, streckte sie eine Hand aus, um nach der Klinke zu greifen. Hysterisch kichernd ließ sie sie wieder sinken.

Entgegen aller Vernunft, drückte sie sich vom Boden ab. Sofort wurde ihr schwarz vor Augen. Doch immerhin stand sie jetzt, dachte sie. Obwohl sie fast nichts mehr sah, machte sie einen Schritt nach dem anderen. Mit ausgestreckten Armen suchte sie ihren Weg in Richtung Tür. Sie wusste, dass sie kein Hindernis erwarten würde. Der Raum war gänzlich leer. Wieder versuchte sie, ihre trockenen Lippen zu befeuchten. Wieder scheitere sie. Und dann gaben beide Beine gleichzeitig nach. Lina verlor jeglichen Halt und stürzte zu Boden. Die Welt um sie herum versank mit einem Schlag in tiefes Schwarz.

20.

Es war spät an diesem Abend, als sie sich alle in Hendriks Büro trafen.
„MacMillan ist noch nicht vernehmungsfähig", begann Hendrik die Besprechung. „Er liegt im künstlichen Koma. Sie werden in den nächsten Tagen versuchen, ihn aus dem Koma herauszuholen. Die Schädelverletzung, die er erlitten hat, ist erheblich. Wegen des Komas können sie noch nicht abschätzen, ob er Schäden davongetragen hat. Sie werden morgen versuchen, die Dosis der Narkotika herabzusetzen, um Tests machen zu können. Wann sie ihn aber letztendlich in die Aufwachphase bringen, konnte noch niemand sagen."
„Ich frage mich, in welche Richtung dieser Fall gehen wird", sagte Tim leise und sprach damit aus, was alle dachten.
„Eine Verschwundene verschwindet. Ich komme mir vor, wie in einem Groschenroman", fügte Max hinzu.
„Wir waren noch einmal am Flughafen und haben mit Peters gesprochen. Sie können dort nicht sagen, ob ein Kleidungssatz der Reinigungskräfte fehlt. Es gibt keine Listen, wo das erfasst werden würde. Jede Putzfrau hat ihre eigene Kleidung. Sie nehmen sie entweder selbst mit zum Waschen nach Hause oder lassen sie über die Firma reinigen, bei der sie angestellt sind. Das ist also eine Sackgasse", fuhr er fort.

„Wallers Anwalt hat mich ein paar Mal angerufen", berichtete Hendrik. „Dazwischen kamen mehrere Anrufe von unserem Chef."

„Was wollte der denn?", fragte Natalie. Sie war dem Leiter der Kriminalpolizei nur einmal begegnet, als sie sich vorstellte, um zum Vermisstendezernat zu wechseln. Sie hoffte, dass es für den Rest ihrer Karriere bei dem einen Zusammentreffen bleiben würde. Es gab auf dieser Welt sicher keinen zweiten Menschen, der ihr so unsympathisch war, wie dieser Mann.

Camilla sah Hendrik an, ohne eine Miene zu verziehen. Sie wusste, dass Wallers Anwalt nicht nur ein paar Mal angerufen hatte. Es war keine Stunde vergangen, in der er nicht mindestens dreimal angerufen, sich nach dem Sachstand erkundigt und Drohungen ausgesprochen hatte. Wahrscheinlich würde er Waller dafür eine saftige Rechnung schreiben. Dass diese Anrufe nichts brachten und Hendrik nur von der Arbeit abgehalten hatten, wussten sie alle. Auch ihr Chef hatte es sich nicht nehmen lassen und ständig angerufen. Hendrik hatte heute einiges ertragen müssen. Und all das, wo er einen Fall zu bearbeiten hatte, dessen Wendung keiner hatte ahnen können. Wieder fragte sie sich, ob die Zeit, in der sie alle miteinander arbeiten würden, nicht befristet war. Wenn Hendrik seine Sinne beisammenhätte, würde er seine Sachen packen und woanders arbeiten. Doch noch schien er nicht mit dem Gedanken zu spielen, sich weg zu bewerben. Zumindest hatte er es ihr gegenüber noch nicht ausgesprochen. Andererseits wusste sie, dass er vieles für sich behielt. Wenn sie nicht dabei gewesen wäre, hätte sie nicht gewusst, was er heute alles an sich hatte abprallen lassen müssen.

„Er hat mir in seinen Worten erklärt, dass wir uns mit der Aufklärung des Falles nicht allzu lange Zeit lassen sollen", antwortete Hendrik auf Natalies Frage und erntete damit ein Lachen der anderen.

„Was wissen wir über MacMillan bisher?", fragte er dann und blickte in die Runde.

„Er fährt einen schwarzen BMW neueren Baujahrs", begann Natalie und rasselte aus dem Gedächtnis das Kennzeichen runter.

„Habt ihr nach dem Auto geschaut?", fragte Hendrik.

„Ja, es stand in der Tiefgarage, die zu dem Haus gehört, in dem er wohnt. Wir haben es abschleppen lassen. Es steht jetzt bei uns in Verwahrung", sagte Max.

„Außerdem haben wir überprüft, ob es am Tag von Linas Verschwinden auf dem Gelände des Flughafens von einer Kamera erfasst worden war. Das geht recht einfach, sie brauchen dort nur das Kennzeichen und können es dann mit allen Fahrzeugen abgleichen, die sich in dem bestimmten Zeitraum, den man vorgibt, dort bewegt haben."

Hendrik nickte. Seine Leute dachten mit, das war gut.

„Er arbeitet in einem Chemielabor eines Pharmakonzerns. Genauer gesagt, leitet er das Labor", fügte Tim hinzu. Er blätterte in seinem Notizbuch. „Wir haben dort mal einen Besuch gemacht. MacMillan ist wohl sehr zuverlässig. Ist nie krank. Arbeitet gewissenhaft. Hat mehrere große Sachen entdeckt, zu denen ich aber nichts sagen kann, weil ich nur Bahnhof verstanden hab." Entschuldigend blickte er in die Runde.

„Ich hab versucht zu notieren, was er alles für Entdeckungen gemacht hat. Aber als ich die Begriffe ins Internet eingegeben habe, kamen keine Treffer.

Entweder kennt Google sich damit nicht aus oder ich. Ihr dürft raten. Wenn es wichtig ist, komm ich aber auf anderem Weg zu den Informationen. Jedenfalls hat MacMillan vor drei Tagen eine Krankmeldung in die Firma geschickt. Seitdem hat man ihn dort nicht mehr gesehen. Komisch ist, dass er im Anschluss an die Krankmeldung Urlaub hat. Er nimmt seinen Jahresurlaub meistens zusammenhängend. Diesen hat er vor gut acht Wochen eingereicht. Seinen Kollegen hat er erzählt, dass er mit dem Rucksack durch Vietnam wandert. Da er immer solche Touren unternimmt, hat keiner sich etwas dabei gedacht. Seine Kollegen waren alle entsetzt, als sie hörten, dass MacMillan nicht in Vietnam, sondern auf der Intensivstation ist. Wir haben eine Weile darüber nachgedacht, warum er diese Krankmeldung eingereicht haben könnte. Letztendlich ist es Spekulation, aber vielleicht hat etwas seine Pläne durcheinandergebracht. Vielleicht hatten sie geplant, dass Lina sich bei ihm versteckt hält und er seinen Tagesablauf ganz normal weiterführt, um keinen Verdacht zu erwecken. Dann hat sie es vielleicht mit der Angst zu tun bekommen und wollte nicht mehr alleine in der Wohnung sein. Urlaub hat er keinen mehr, also musste ein Plan B her."

Sie ließen sich Tims Worte durch den Kopf gehen und nickten dann. Es war eine Möglichkeit.

„Hat die Spurensicherung irgendwelche Flugunterlagen gefunden?" hakte Hendrik nach.

„Ich habe die Liste hier mit allem, was sie eingetütet haben. Außerdem eine Lichtbildmappe, wo alle Gegenstände noch einmal abfotografiert zu sehen sind. Aufgefallen ist mir nichts", sagte Harald und wedelte mit einer dicken Mappe in der Luft.

„Wir gehen morgen in die Wohnung und schauen selbst nach." Hendrik machte sich eine Notiz.

„Findet ihr es nicht auch komisch, dass gerade da, wo wir herausfinden, wer der Mann auf dem Bild ist, bei ihm eingebrochen, er niedergeschlagen und unsere Vermisste allem Anschein nach verschleppt wird?", fragte Max.

„Vielleicht wurde Lina gar nicht verschleppt. Vielleicht ist sie aus der Wohnung geflüchtet und irrt jetzt da draußen irgendwo herum. Sie kann ja nirgendwo hin. Immerhin hat sie ihr Verschwinden vorgetäuscht", meinte Natalie nachdenklich.

„Das passt nicht zu den Spuren in der Wohnung. Da drin hat ein Kampf stattgefunden und MacMillan war nicht daran beteiligt. Der ist, wie es aussah, sofort ausgeschaltet worden", gab Hendrik zu bedenken.

Natalie nickte.

„Gibt es irgendwelche Schnittmengen im Leben von Lina und MacMillan?", wollte Hendrik wissen. „Wo haben sie sich kennengelernt? Immerhin hat Lina nicht viel am gesellschaftlichen Leben teilgenommen."

„Waller ist Hauptaktionär des Pharmakonzerns, in dem MacMillan arbeitet. Sie haben sich bestimmt auf dem einen oder anderen Empfang oder was es in diesen Kreisen so gibt, getroffen", antwortete Max.

„Das erklärt einiges", warf Camilla ein und rieb sich nachdenklich das Kinn.

„Trotzdem hat Max recht", sagte Tim. „Komisch ist das schon. Ich glaube nicht, dass diese Wohnung zufällig von einem Einbrecher ausgesucht wurde. Schon gar nicht von einem, der nicht auf Schmuck und Bargeld aus war, sondern auf die Frau, die sich in der Wohnung befand."

Hendrik dachte an den Besuch von Manuel. Sein Kollege hatte ihm nahegelegt, die Akten unter Verschluss zu halten. Was wusste Manuel, was er ihm nicht direkt hatte sagen können?, überlegte Hendrik krampfhaft. Es gab nur einen Grund, warum Manuel nicht im Klartext mit ihm hatte reden können. Sie ermittelten gerade gegen jemanden. Und dieser jemand musste unter ihnen sein. Ein Maulwurf. Während er seine Schlüsse zog, biss er auf seiner Unterlippe herum. Dann schlug er sich mit dem Kugelschreiber, den er in der Hand hatte, in die Handfläche der linken Hand.

„Was überlegst du?", fragte Camilla.

„Ich kann es noch nicht sagen", meinte Hendrik. „Aber achtet darauf, mit wem ihr in nächster Zeit über den Fall redet und lasst nichts offen rumliegen. Auch nicht, wenn ihr nur kurz euren Arbeitsplatz verlasst. Schon gar nicht, wenn wir alle das Büro verlassen."

Nachdenklich sahen alle Hendrik an. Jeder hing seinen Gedanken nach und überlegte, was die Worte ihres Chefs zu bedeuten hatten.

„Lasst uns für heute Schluss machen", sagte Hendrik dann.

Am anderen Ende der Stadt, ging Robert in seinem Haus im Büro auf und ab. Es kostete ihn alle Willenskraft, nicht alles kurz und klein zu schlagen. Keiner würde ihn verarschen. Keiner!

21.

Die Kälte war das Erste, was sie spürte, als sie zu sich kam. Lina schlug die Augen auf. Um sie herum war es dunkel. Durch die abgeklebten Fenster fiel nur wenig Licht herein. Sie fragte sich, wie spät es war. Ihr Kopf dröhnte. Mit einem lauten Stöhnen richtete sie sich auf. Wo war sie? Ihre Beine fühlten sich an wie Wackelpudding. Trotzdem zwang sie sich, einen Schritt nach dem nächsten zu machen und schwankte so zum Fenster. Sie riss ein Stück der Folie auf und sah nach draußen. Weit unter ihr lag die Straße. Sie sah die Scheinwerfer und Rücklichter der Autos, die sich ihren Weg durch die Straßen bahnten. Bunte Lichter der Neonreklamen blinkten in der Nacht. Sie erkannte den Teil der Stadt, in dem sie sich befand, doch sie wusste nicht, was sie in diesem Gebäude machte. Wo war ihr Mann?

Sie sah sich um und entdeckte einen Stapel mit Gegenständen, von dem sie nicht sicher war, ob sie ihn übersehen hatte, als sie den Raum zum ersten Mal gesehen hatte oder ob die Sachen da gar nicht hier gewesen waren.

Nach wie vor schwankend, ging sie hinüber und erkannte schnell, dass es sich um eine Decke, ein Kissen, etwas zu essen und zu trinken handelte. Jetzt war sie sich sicher, dass die Sachen zuvor nicht hier gewesen waren. Jemand musste hier gewesen sein, als sie bewusstlos am Boden lag. Jemand, der sie hier zurückgelassen hatte. Warum? So schnell sie konnte, rannte sie zu der Stahltür, die sich am anderen Ende des riesigen Raums befand. Als sie sie erreichte, riss sie panisch an der Türklinke, doch die Tür blieb zu. Sie rüttelte und rüttelte, aber nichts geschah. Die Tür war verschlossen. Mit beiden Fäusten trommelte sie gegen das kalte Blech, bis ihre Hände schmerzten. Dabei schrie sie, bis ihre Kehle brannte.

Lina verstand nicht, was geschehen war. In Gedanken ging sie Minute für Minute des Tages durch. Sie waren früh morgens zum Flughafen losgefahren. Waren sie dort angekommen? Warum erinnerte sie sich einfach nicht? Der Schmerz in ihrem Kopf brachte sie schier um den Verstand. Sie raufte sich die Haare, was den Schmerz jedoch schlagartig verschlimmerte.

Ihr Handy! Warum war ihr das nicht schon früher eingefallen? Sie sah sich in dem düsteren Raum um, konnte ihre Handtasche jedoch nicht entdecken. Es war hier drin einfach zu dunkel, entschied sie. Doch egal wie oft sie auf den Schalter schlug, das Licht blieb aus. Die Neonröhren, die an der Decke angebracht waren, schienen sie zu verspotten, indem sie ihr verweigerten, wozu sie da waren – Helligkeit zu spenden.

Ein Schluchzen breitete sich in ihrer Kehle aus. In ihrem Kopf drehte sich alles. Sie widerstand der Versuchung, sich hinzusetzen und ging stattdessen wieder zu den Fenstern. Nacheinander riss sie alle Plastikfolien ab, doch es kam nur wenig mehr Licht in den Raum, als zuvor. Dennoch reichte es ihr, um zu erkennen, dass ihre Tasche nicht da war.

Weil sie nicht wusste, was sie tun sollte, ging sie noch einmal zu den Sachen, die jemand hier abgelegt hatte. Tausend Fragen schossen ihr zugleich durch den Kopf. Wer hatte sie eingesperrt und warum? Und dann hatte sie die Antwort vor Augen. Es gab nur einen Grund, warum jemand sie hier gefangen hielt!

Natalie fuhr langsam nach Hause. In Gedanken ging sie wieder und wieder die Fakten durch, die sie in ihrem Fall hatten. Doch es waren zu viele lose Enden. Sie schaffte es nicht, sie miteinander zu verknüpfen. Die Frage, die sich immer wieder in den Vordergrund drängte, war: Wo war Lina jetzt? Sie fragte sich, ob es ihr gut ging? Dabei blieb ihr nur zu hoffen, dass sie noch am Leben war. Zu oft brauchten sie am Ende ihrer Fälle das Morddezernat. Egal, wie sehr sie sich anstrengten, immer wieder kam es vor, dass sie als Verlierer aus den Ermittlungen herausgingen. Als Verlierer, weil jemand gar nicht wollte, dass sie erfolgreich waren. Es gab zu viele Menschen, die das Leben eines anderen Menschen nahmen, um sich selbst Befriedigung zu verschaffen. Um zu demonstrieren, welche Macht sie hatten. Um der Welt zu zeigen, dass sie doch jemand waren. Dass sie nicht der Loser waren, als der sie gesehen wurden. Es ging ihnen nicht um das Opfer, es ging ihnen nur um sie selbst. Und dabei gingen sie sprichwörtlich über Leichen.

Natalie fand eine Parklücke und stellte den Motor aus. Erst als sie aussteigen wollte, bemerkte sie, dass sie nicht vor ihrer Wohnung stand. Sie parkte vor dem Haus, in dem sie aufgewachsen war. Dem Haus, aus dem sie vor wenigen Wochen ausgezogen war und wo sie ihren Vater zurückgelassen hatte. Wie es ihm wohl ging?, fragte sie sich. Ihre Unterlippe zitterte bei dem Gedanken an den Mann, der jetzt gerade mutterseelenallein vor dem Fernseher saß. Es war längst Mitternacht durch und der Kasten flimmerte trotzdem noch. Vielleicht war er auch eingeschlafen. Saß in seinem Sessel, den er nur selten verließ und schlief. Sein Kopf würde nach vorne gesackt sein und er würde so laut schnarchen, dass sie es in ihrem Zimmer hören könnte, wenn sie dort wäre.

Die Szene vor ihrem geistigen Auge änderte sich. Ihr Vater war aus seinem Sessel aufgestanden. Der Grund dafür war sie selbst, die gerade zur Haustür hereinkam. Noch bevor sie ihn begrüßen konnte, hatte er sie schon angeschrien. Er beschimpfte sie und dann packte er sie. Ihr Oberarm schmerzte von seinem Griff. Bevor sie wusste, wie ihr geschah, warf er sie gegen die Wand. Ein Schlag, der sie von den Füßen holte, folgte.

Natalie schrak aus ihren Gedanken hoch. Unbewusst fuhr sie sich über den schmerzenden Arm. Sie veränderte ihre Sitzposition, um ihren schmerzenden Rücken zu entlasten. Tränen rannen ihr über die Wangen. Wie oft hatte er sie auf diese Art und Weise begrüßt. Wie oft hatte er sie so geschlagen, dass sie nicht wusste, wie sie die Verletzungen vor ihren Kollegen geheim halten sollte. Selbst jetzt, wo alles verheilt war, spürte sie die Schmerzen noch.

Obwohl sie bis vor wenigen Sekunden den Wunsch gehabt hatte, nach ihrem Vater zu sehen, startete sie jetzt den Motor und fuhr mit quietschenden Reifen die Straße entlang. Ein Zittern hatte ihren Körper erfasst, sodass sie gezwungen war, einige Straßen weiter erneut rechts ranzufahren. Sie legte den Kopf auf das Lenkrad und atmete gleichmäßig ein und aus.

Das Klingeln ihres Handys zwang sie, sich wieder aufzurichten. Auf dem Display grinste ihr Tim entgegen. Sie holte noch einmal tief Luft und begrüßte dann ihren Kollegen.

„Hi. Ich hoffe, du liegst noch nicht im Bett", sagte Tim.

„Nein, ich bin noch etwas durch die Gegend gefahren", antwortete Natalie ausweichend und hoffte, dass ihre Stimme fester klang, als sie den Eindruck hatte.

„Alles klar bei dir?"

Soviel dazu, dachte Natalie und schnaubte leise. Dabei schimpfte sie in Gedanken auf ihren Körper, der sie so leicht verriet. „Geht wieder", meinte sie ehrlich.

„Wo bist du?"

Sie sah sich um, erkannte die Straße, in der sie sich befand aber nicht. „Keine Ahnung."

„Das ist eine Antwort, die dafür sorgt, dass ich mir gleich viel weniger Sorgen mache", sagte Tim.

Natalie lachte leise auf. „Ich wollte eigentlich nach Hause fahren. Die Macht der Gewohnheit hat mich aber vor die Tür meines Vaters gebracht. Ich war in Gedanken versunken und habe nicht darauf geachtet, wohin ich fuhr", schilderte Natalie, was geschehen war.

„Verstehe. Was waren das für Gedanken?"

„Die Vergangenheit hat mich eingeholt. Offen gestanden bin ich einfach drauflosgefahren. Irgendwann bin ich dann rechts rangefahren und hier stehe ich jetzt."

„Ich könnte dein Handy orten und zu dir kommen", schlug Tim vor.

Sie hörte sein Grinsen durch die Leitung und fühlte sich schon besser. „Das könntest du. Oder ich starte mein

Navi und finde dann den Weg nach Hause", antwortete Natalie und lächelte ein wenig.

„Puff und jegliche Romantik ist dahin", frotzelte Tim.

„Ich wusste nicht, dass du romantisch sein kannst."

„Ich auch nicht. Aber ich dachte, ich kann es mal versuchen." Er machte eine kurze Pause und sagte dann: „Notiz an mich selbst: Versuch das nie wieder."

Jetzt lachte Natalie laut. Sie spürte, wie alle Anspannung von ihr abfiel. „Wo bist du denn?", fragte sie, als sie wieder zu Atem gekommen war.

„Gut, dass du fragst", sagte Tim. „Ich steh vor deiner Wohnung."

„Was?"

„Mein Hirn tanzt noch Tango. Da sind einfach zu viele lose Enden in diesem Fall. Deshalb dachte ich, ich fange dich zu Hause ab und überrede dich noch dazu, was mit mir trinken zu gehen. Oder vielleicht sogar zu essen. Denn ich habe außer einem Burger heute nichts gehabt", meinte Tim.

„Etwas essen hört sich gut an. Treffen wir uns bei dem Imbiss direkt bei mir um die Ecke?", schlug Natalie vor. Sie war mit einem Mal sehr froh, dass sie noch nicht alleine in ihre Wohnung musste. So sehr ihr ihre neuen vier Wände gefielen, jetzt gleich wollte sie dort nicht alleine sein. Sie beendete das Telefonat und legte den ersten Gang ein.

Hendrik traf zeitgleich mit Hannah vor seinem Haus ein. Er stieg aus seinem Wagen aus und ging hinüber zu ihrem. Dabei beobachtete er sie im Licht des Mondes, wie sie ihre Sachen auf dem Beifahrersitz zusammensuchte und öffnete ihr die Tür.

„Hi du", sagte er leise.

Hannah blickte ihn lächelnd an und stieg aus. „Selber hi du", antwortete sie und ließ sich von ihm küssen. Seine Lippen waren warm und weich. Der Kuss würde ausreichen, um einen Teil ihrer Anspannung abzuschütteln, doch ganz sicher nicht, um auch ihm seine Sorgen zu nehmen, dachte sie. Ein Blick hatte ihr gereicht, um zu sehen, dass er einen rabenschwarzen Tag gehabt hatte.

Hendrik schloss die Tür auf, und für einen letzten kurzen Moment genoss Hannah die kühle Luft und legte den Kopf in den Nacken, um die Sterne sehen zu können. Dabei atmete sie tief ein. Sie liebte das Viertel, in dem Hendriks Haus stand. Es stand in völligem Kontrast zu ihrer Innenstadtwohnung. Sie hatte zwar eine Penthouse-Wohnung, aber auf Grund der Helligkeit, die immer in einer Stadt war, konnte sie nie die Sterne beobachten. In diesem alten Industriegebiet waren bislang nur wenige Gebäude zu Lofts umgebaut worden. Hendrik hatte diesen Schritt als einer der Ersten gewagt. Seine Wohnung erstreckte sich auf über dreihundert Quadratmeter mit noch einmal der gleichen Fläche auf der Dachterrasse. Da das Gebiet hier noch nicht richtig erschlossen war, waren die Straßen, die seit vielen Jahren instandsetzungswürdig waren, entsprechend holprig und die Beleuchtung beschränkte sich auf das Licht des Mondes.

„Willst du noch ein wenig auf die Terrasse?", fragte Hendrik.

„Das wäre sehr schön", antwortete Hannah und folgte ihm ins Haus.

Sie suchten ein paar Decken und die Polsterauflagen zusammen. Dann holte Hendrik eine Flasche Wein und zwei Gläser, und sie stiegen auf die Dachterrasse hoch.

„Möchtest du mir von deinem Tag erzählen?", wollte Hannah wissen und kuschelte sich neben ihn auf die Sitzecke, auf dem er die Polster ausgebreitet hatte. Sie zog eine Decke über sie beide und nahm das Glas, das er ihr reichte. Sie nippte daran, stellte es dann zur Seite und sah ihn abwartend an.

„Lina ist verschwunden."

Mit zusammengezogenen Augenbrauen sah sie ihn an. „Ist alles in Ordnung mit dir?", fragte sie dann vorsichtig.

Hendrik richtete seinen Blick in den Himmel. Der Große Wagen stand direkt über ihnen. Zwei Flugzeuge zogen vorbei. Ohne wegzuschauen, fing er an zu erzählen: „Wir haben den Mann ausfindig gemacht, der auf dem Bild abgelichtet war, das wir zwischen ihren Sachen gefunden haben. Als wir bei ihm zu Hause ankamen, war die Wohnungstür aufgebrochen und er lag, schwer verletzt, am Boden. Jetzt liegt er im künstlichen Koma auf der Intensivstation. Wir haben Hinweise darauf, dass Lina bei ihm war. Aber als wir kamen, war sie weg. Von ihr fehlt jede Spur."

„Diese Frau hat einen Hang zur Dramatik", entfuhr es Hannah.

Hendrik lachte kurz auf und wandte sich dann Hannah zu. Sekunden verstrichen, in denen er sie schweigend ansah.

„Der große Boss hat dich angerufen", sagte sie leise.

„Nicht nur einmal", bestätigte Hendrik ihre Annahme.

Das erklärte seine Anspannung, dachte Hannah. Dieser Typ war ein Arsch. Es gab keinen anderen Ausdruck für diesen Mann. Sie konnte nur hoffen, dass der Tag kommen würde, an dem er merken würde, was er an Hendrik hatte. Doch wahrscheinlich würde vorher die Hölle zufrieren.

„Und wie war dein Tag?"

„Alles ganz normal, was unter den gegebenen Umständen komisch war."

„Hat dich jemand direkt angesprochen?" Hendrik hoffte, dass der Täter sich auf diese Art und Weise verraten würde.

„Nun ja, wir sind Journalisten. Wir sind dazu geboren, Geheimnisse zu lüften. Als ich in den Sender kam, hatte sich die Neuigkeit bereits wie ein Lauffeuer verbreitet gehabt. Alle haben Einzelheiten wissen wollen. Es wäre verdächtig gewesen, wenn jemand nicht gefragt hätte."

Hendrik nickte. „Ich frage nicht noch einmal, ob du dir nicht eine kleine Auszeit nehmen möchtest, bis die Sache geklärt ist."

„Gut, denn ich möchte dich nicht enttäuschen."

Er lachte leise auf. Sie kannte ihn einfach zu gut.

„Wer weiß, wie lange man diese Spielchen noch mit mir spielt, ich kann mich nicht ewig verstecken. Das würde nicht funktionieren."

„Hannah, es waren keine Spielchen!"

„Du hast recht. Das war keine glückliche Wortwahl. Aber du verstehst, was ich damit sagen möchte."

„Ja."

„Lass uns ins Bett gehen", sagte sie leise.

Hendrik zog sie zu sich auf den Schoss und küsste sie. Sie waren beide müde. Viel zu müde, um gleich schlafen zu können. Er warf die Decke, unter der sie saßen, zur

Seite und trug die kichernde Hannah hinunter, wo er sie sachte auf sein Bett legte.

22.

„Wer war das?", fragte Camilla und streckte den Kopf in Hendriks Büro.

„Wallers Anwalt."

„Was wollte der um diese Zeit von dir?" Der Mann, dessen Anzug ganz sicher maßgeschneidert war, hatte sie fast umgerannt, als er das Büro verlassen hatte, während sie es gerade betreten wollte. Er hatte weder eine Entschuldigung noch eine Begrüßung für sie übriggehabt. Sie hatte eine bissige Bemerkung hinuntergeschluckt.

„Dasselbe wie gestern. Er wollte sich über den Sachstand erkundigen."

„Jetzt hat er so lange die Beine stillgehalten, und seit gestern ist er wie eine Zecke. Drehen jetzt alle durch?", fragte Camilla und ging zur Kaffeemaschine. In der Kanne war nur noch der Bodensatz. Sie fragte sich, wie lange Hendrik schon hier saß. „Ich geh neuen machen", sagte sie.

Hendrik sah ihr hinterher. Dann heftete sich sein Blick wieder an seine Tafel. Es waren knapp vier Tage vergangen, seit Lina am Flughafen verschwunden war. Sie waren in dieser Zeit weit gekommen, wenn man bedachte, dass sie rein gar nichts hatten. Und dann, mit einem Schlag waren sie wieder am Anfang. Binnen Sekunden hatten sie mit leeren Händen dagestanden.

Camilla kam mit der Kanne Wasser wieder ins Büro und goss es in die Maschine.

„Ich werde gleich in dem Tagebuch weiterlesen", sagte sie und löffelte Kaffeepulver in den Filter. „Die anderen kommen erst in gut einer Stunde."

„Ist gut. Ich habe herausgefunden, dass MacMillan einen Sohn hat. Deshalb das zweite Schlafzimmer. Er war nie verheiratet, das Kind hat er alle zwei Wochen an den Wochenenden bei sich."

„Wie hast du das herausgefunden?"

„Standesamt."

„Klar. Aber um diese Uhrzeit?"

„Ich habe so meine Mittel und Wege", sagte er geheimnisvoll. Dann platschte der kleine Pinguin seines Bildschirmschoners wieder in den Schnee und entlockte ihm ein Lächeln.

„Lachst Du über deinen Pinguin?", fragte Camilla.

Hendrik räusperte sich. Dann nickte er. „Keine Ahnung, warum der kleine Kerl mich immer zum Lachen bringt. Er fällt alle zwanzig Sekunden auf die Nase und in den gleichen Abständen könnte ich darüber lachen."

„Es gibt Schlimmeres als zu lachen."

„Das stimmt. Aber ist es nicht auch traurig, wenn man immer über ein und dasselbe lacht? Was sagt das über einen aus?"

„Dass du dich am Leid der anderen erheiterst. Wenn jemand stürzt und sich womöglich verletzt, wenn er am Boden liegt, dann freust du dich. Hendrik, wenn du mich so fragst, glaube ich, dass dein Charakter verdorben und dein Verstand kurz vor dem Überschnappen ist."

„Na toll, danke für die Lektion in Psychologie."

Wieder fiel der kleine Kerl in den Schnee und diesmal lachten sie beide.

Ich habe keine Ahnung, was ich anziehen soll. Mein Körper ist übersät von blauen Flecken. Sie zu verdecken wird eine echte Herausforderung. Ich werde das hochgeschlossene Kleid mit den langen Ärmeln anziehen müssen. Es wird nicht das sein, was er sich vorstellt, aber er weiß, was er getan hat und wird deshalb nichts sagen. Lieber würde ich Gift nehmen, als mit ihm zu dieser bescheuerten Veranstaltung zu gehen. Doch ich habe keine Wahl.

Der Eintrag hörte so plötzlich auf, wie er begonnen hatte und Camilla blätterte nachdenklich um. Sie hatte bewusst einige Seiten nur überflogen. Um in dem Fall voranzukommen, musste sie sich mit den neueren Einträgen befassen. Die beiden Tagebücher waren zu umfangreich, das hatte sie unterschätzt. Zudem kam, dass sie während der regulären Arbeitszeit kaum dazukam, darin zu lesen. Ihr Blick fiel zum Fenster hinaus auf die Straße. Sie erinnerte sich noch zu gut daran, wie sie dort, auf der anderen Straßenseite immer wieder Samuel hatte stehen sehen. Sie hatte zuerst gedacht, dass er ihr auflauern würde. Doch er hatte einfach ihre Nähe gesucht und sich nicht getraut, Kontakt zu ihr aufzunehmen. Beim Gedanken an ihn, musste sie lächeln. Er hatte gestern Nacht auf sie gewartet. Obwohl sein Tag auch lang und anstrengend gewesen war, hatte er es sich nicht nehmen lassen, wach zu bleiben, bis sie zu Hause war. Zu Hause. Das war es wohl, was all dem am nächsten kam. Sie fühlte sich so wohl bei ihm. Egal, was sie im Laufe eines Tages alles erlebte, sobald sie in seinen Armen lag, war alles nicht mehr so wichtig.

Er hatte ihr eine heiße Schokolade gemacht und Feuer im Kamin angezündet. Dann hatte er ihr auf der Gitarre vorgespielt und dabei leise gesungen. Sie konnte ihm stundenlang zuhören. Seine Stimme verursachte ihr eine Gänsehaut. Doch so schön die Gedanken an Samuel waren, sie musste sie aufschieben. Mit einem leisen Aufstöhnen, rutschte sie wieder bequem in ihren Stuhl und las weiter.

So viel ist heute Abend passiert. Wir kamen zu dem Empfang und irgendwie schaffte ich es, eine Heile-Welt-Miene aufzusetzen. Ich war die strahlende Frau an der Seite meines Mannes, genauso, wie er es erwartete. Und, wie ich es tatsächlich einmal gewesen war. Damals, als mein Mann mich noch auf Händen getragen hatte. Wir saßen an einem großen Tisch und mussten zahllose langweilige Reden über uns ergehen lassen. Vor dem Dessert entschuldigte ich mich und ging zur Toilette. Dazu musste ich in eine andere Etage. Ich entschied mich, die Treppen hinunter zu nehmen und ging am Aufzug vorbei. Es dauerte eine Weile, bis ich den richtigen Weg gefunden hatte. Zuerst nahm ich den falschen Flur und kam an einer Sitzecke vorbei, wo ein Feuer im Kamin brannte. Bücher standen in einem großen Regal daneben. Ein Mann saß dort ganz allein und blickte gedankenverloren ins Feuer. Ich spürte, wie gern ich mich zu ihm setzen würde. Alles wäre besser, als zu dieser scheinheiligen Veranstaltung zurückzukehren. Dann blickte der Mann auf und unsere Blicke kreuzten sich. „Sie sind seine Frau", sagte er zu mir. Es war sinnlos zu fragen, wen er meinte. Meinem Mann gehört der größte Teil des Konzerns. Es war klar, dass man mich erkannte, also nickte ich. „Ich hasse solche Veranstaltungen", meinte er, ohne eine Antwort von mir zu erwarten. „Ich habe gerade überlegt, ob ich nicht anfangen sollte zu rauchen, dann hätte ich wenigstens in regelmäßigen Abständen eine Ausrede, warum ich den Tisch verlasse." Ich musste lachen. Irgendwie war ich davon ausgegangen, dass allen anderen diese Art von Schaulaufen gefiel. Offensichtlich hatte ich mich geirrt. Wieder überkam mich das Bedürfnis, mich einfach zu dem Mann zu setzen und alles andere zu vergessen. Er hatte eine Ausstrahlung, die es einem schwer machte, sich ihr zu entziehen. Seine blonden Haare waren leicht verstrubbelt, als wäre er den ganzen Abend mit den Händen hindurchgefahren und seine blauen Augen waren so warm und strahlend, wie ich es bisher noch nicht gesehen hatte. In diese Augen würde ich gern am Abend als Letztes und am Morgen als Erstes schauen, dachte ich und errötete vor meinen eigenen Gedanken. Dann wurde mir bewusst, dass ich schon viel zu lange weg war. Robert würde mich sicher schon suchen, und wenn das zutraf, dann Gnade mir Gott, erst recht, wenn er mich hier, bei einem anderen Mann, finden würde. Mir wurde schlecht bei dem Gedanken. „Ist alles in Ordnung mit Ihnen?" Ich stammelte etwas vor mich hin und eilte davon. Ein paar Flure weiter hatte ich zwar die Toilette noch nicht gefunden, dafür rannte ich aber in die Arme meines Mannes. Er hatte mich gefunden. Und seine Wut ließ seinen Körper förmlich vibrieren. Ich versuchte ihm zu erklären, dass ich mich verlaufen hatte, doch er packte mich am Arm und zerrte mich in eine Nische. Vor

Wut bebend, beugte er sich zu mir hinab und spie mir Worte ins Gesicht, die mir Tränen in die Augen trieben. Seine Finger bohrten sich in meine Oberarme, die von seinem letzten Wutanfall noch schmerzten. Ich schluckte und musste mich zwingen, ihn nicht zu bitten, seinen Griff zu lockern. Gegen den Schmerz und die Übelkeit ankämpfend, ließ ich seinen Groll über mich ergehen. Bei seinen letzten Worten stieß er mich von sich, sodass ich gegen die Wand stolperte. Ich stieß mir heftig den Kopf, doch ich hatte mich zum Glück schnell wieder unter Kontrolle. Das Geräusch, das mein Kopf an der Wand verursacht hatte, versuchte ich aus meinen Gedanken zu verdrängen, genauso wie die Worte, die mein Mann für mich übriggehabt hatte. Beides gelang mir nicht besonders gut. Eigentlich hatte ich keine Vorstellung davon, wie ich den restlichen Abend überstehen sollte, doch ich wusste, dass mir nichts anderes blieb, als mein Bestes zu geben. Den Besuch auf der Toilette konnte ich jedenfalls abschreiben. Ich sagte auch dann nichts, als mein Mann wieder meinen Arm griff und mich hinter sich herzog. Aus den Augenwinkeln sah ich hinter mir jemanden stehen. Ich drehte mich um und sah den Mann, der zuvor beim Kamin gesessen hatte. Er starrte mich mit offenem Mund an. Ich schüttelte den Kopf und hoffte, dass er mich verstand. Dabei betete ich darum, dass er nicht alles mitbekommen hatte. Später, als wir wieder bei Tisch saßen und ich mein Dessert hinunterwürgte, spürte ich, dass ich beobachtet wurde. Eigentlich war das bei solchen Veranstaltungen nichts Ungewöhnliches. Doch heute hatte ich ein ungutes Gefühl. Sah man mir meine Gefühle doch an? Ich sah mich vorsichtig um, und dann traf mein Blick den seinen.

Ich sah in die blauen Augen, in denen ich mich schon zuvor hatte verlieren wollen. Schnell widmete ich mich wieder meinem Nachtisch und hoffte, dass Robert nichts bemerkt hatte.

Was für ein Monster, dachte Camilla.

„Kommst du voran?", fragte Natalie. Sie legte ihre Jacke über die Lehne ihres Bürostuhls und sah ihre Kollegin an. Camilla wirkt ziemlich mitgenommen, dachte sie. Dabei war sie wieder froh, dass es ihr erspart blieb, diese Tagebücher zu lesen. Auch ohne diese Art der Lektüre, hatte sie schlaflose Nächte. Sie vermochte sich gar nicht auszumalen, wie es wäre, wenn sie derart tief in die Gefühlswelt von Lina abtauchen müsste. Ein schlechtes Gewissen gegenüber ihrer Kollegin machte sich in ihr breit.

„Ja, aber es ist schwer", antwortete Camilla ehrlich.

„Man sieht es dir an. Ich sollte das nicht sagen, aber ich bin froh, dass du das machst."

„Du kannst das ruhig sagen. Ich denke, dass es nur menschlich ist. Es ist doch immer so, dass man insgeheim froh ist, wenn solch ein Kelch an einem vorbeigeht."

Natalie nickte. „Hast du was entdeckt, was uns weiterhelfen könnte?", fragte sie dann.

„Ich glaube, dass ich die Stelle gefunden habe, an der sie Luan zum ersten Mal getroffen hat."

„Oh. Das hört sich doch gut an."

„Sollte es. Ich werde sehen, was als Nächstes kommt." Camilla stand noch immer unter dem Eindruck des Gelesenen. Sie konnte es einfach nicht begreifen, dass ein Mensch ein solches Leben wählte. Wäre es nicht besser in völliger Armut zu leben, als an der Seite eines solchen Menschen? Sie konnte fast nicht glauben, dass nur die Erinnerungen an die schönen Zeiten Lina bei ihrem Mann hielten. Was sollte das für ein Leben sein, das nur aus Erinnerungen bestand. Lina lebte Hier und Jetzt. Doch scheinbar, war sie bereit, dieses Opfer auf sich zu nehmen. Vielleicht klammerte sie sich auch an die Hoffnung, dass Robert eines Tages wieder der Mann werden würde, der er einst gewesen war. Camilla dachte daran, wie es Samuel ergangen war, nachdem er sich hatte scheiden lassen. Seine Ex-Frau hatte ihm das letzte Hemd ausgezogen. Es hatte Zeiten gegeben, da hatte er im Auto geschlafen, weil er sich keine Unterkunft hatte leisten können. Doch er hatte nie aufgegeben. Er war dem Sog entkommen. Lina hätte das auch geschafft, dessen war Camilla sich sicher. Zu schade, dass Lina dieses Vertrauen in sich selbst nicht gehabt hatte. Sie steckte ein Lesezeichen an die Stelle des Buchs, an der sie aufgehört hatte zu lesen und klappte es zu. Dann legte sie es neben ihren Monitor, besann sich aber doch eines Besseren und schloss es in ihren Schreibtisch ein.

Innerhalb der nächsten Minuten erwachte das Großraumbüro zum Leben. Nacheinander trafen alle Kollegen ein. Sie begrüßten einander und wechselten ein paar Worte. Als letzter betrat Max das Büro. Er jonglierte eine große weiße Pappschachtel zur Tür herein, was ein allgemeines Aufjubeln auslöste. Wieder hatte sich einer gefunden, der alle mit etwas zum Frühstück versorgte.

„Wenn die Herrschaften es einrichten könnten, könnten wir mit der Besprechung beginnen", rief Hendrik aus seinem Büro heraus. Lachend machte sich die Truppe auf den Weg in sein Büro.

Die ganze Nacht hindurch hatte dieser eine Gedanke Lina wach gehalten. Sie war entführt worden. Jemand hielt sie hier gefangen und forderte von ihrem Mann ein Lösegeld. Würde Robert die Summe aufbringen können? War schon ein Übergabetermin vereinbart worden? Wären ihre Stunden hier drin gezählt? Tausend Fragen schwirrten ihr durch den Kopf. Sie hatte sich die Decke und das Kissen genommen, sich an eine Wand gelehnt und zugedeckt. Der Raum war empfindlich kalt. Wer immer bei ihr gewesen war, hatte etwas zu Essen und Trinken für sie dagelassen. Zudem hatte sie eine Campingtoilette in einer Nische entdeckt. Sie hatte sich gefragt, ob das bedeutete, dass man beabsichtigte, sie hier längere Zeit festzuhalten. Doch dann hatte sie den Gedanken abgeschüttelt und sich an die Hoffnung geklammert, dass Robert sie hier herausholen würde.

Als der Morgen hereinbrach, wurden ihr Hunger und Durst so groß, dass sie nicht mehr widerstehen konnte. Sie hatte sich vorgenommen gehabt, nichts anzufassen von dem, was man ihr vorsetzte. Sollten ihre Entführer ruhig sehen, dass sie lieber verhungern würde, als etwas zu sich zu nehmen, was in deren Hände gewesen war. Doch dann wurde der Durst übermächtig und sie trank gierig einen großen Schluck Wasser. Da es keinen Stuhl und kein Sofa gab, lehnte sie sich erneut auf dem kalten Betonboden gegen die Wand. Das Kissen hatte sie sich in den Rücken gestopft. Plötzlich flackerten vereinzelte Bilder vor ihrem geistigen Auge auf. Robert, wie er sie schlägt. Robert, wie er sie anbrüllt. So fest sie konnte, schüttelte sie den Kopf. Was waren das für Bilder?, fragte sie sich um Atem ringend. Sie sah Bilder von

Menschen, die sie nicht kannte, von Orten, die sie noch nie gesehen hatte. Ganz unvermittelt hatte sie das Bild eines Mannes mit blonden Haaren und blauen Augen vor sich, der sie mit einem Strahlen anlächelte, dass ihr warm ums Herz wurde. Noch bevor sie darüber nachdenken konnte, wer der Mann war, driftete sie weg.

Wenn er nur wüsste, wo dieses Miststück steckte. Wütend knallte Waller das Telefon zurück in die Ladestation. Zwei Tage waren vergangen, seit er sie entlassen hatte. Seitdem war sie wie vom Erdboden verschwunden. Fast bereute er seinen Entschluss, sie aus seinem Haus zu verbannen. Hier hätte er sie unter Kontrolle gehabt. Er vermutete, dass ihre Eltern sie deckten. Ganz sicher war sie zu ihnen zurückgekrochen und hatte von dem bösen Mann erzählt, der sie bei Nacht und Nebel aus dem Haus geworfen hatte. Doch er hatte schon drei Mal bei ihnen vor der Tür gestanden. Sie hatten ihm jedes Mal den Zutritt verweigert. Er musste sie in seine Finger bekommen. Denn er wusste, dass sie ihn angelogen hatte. Keiner log ihn an. Wenn er sie dieses Mal etwas fragen würde, würde sie ihm die Wahrheit sagen. Sie würde nichts auslassen.

Als sein Handy klingelte, nahm er das Gespräch entgegen und fauchte hinein: „Was?"

„Ich bin es."

„Das sehe ich. Was willst du?"

„Wie lange willst du das noch durchziehen?"

„Lass das meine Sorge sein!" Damit beendete er das Gespräch und warf das Handy auf seinen Schreibtisch, dass es über die Platte rutschte und erst kurz vor der Kante liegen blieb. Verdammt! Er fragte sich, ob er wirklich noch alles unter Kontrolle hatte. Seine Gedanken gingen wieder zu dem kleinen Miststück zurück. Bisher war sie weder zur Polizei noch zur Presse gegangen. Doch wer wusste, wann sie diesen Schritt machen würde. Klar, ihr Wort würde gegen seines stehen. Vermutlich nicht mehr, als ein kleines Ärgernis. Er hatte Anwälte, die sich um so etwas kümmern würden. Aber lästig war es allemal. Viel lieber wäre es ihm, er könnte sie zum Schweigen bringen. Jeder hatte seinen Preis.

23.

Camilla brauchte eine Pause. Hendrik saß noch in seinem Büro, die anderen waren aufgebrochen, um ihre Ermittlungen für den heutigen Tag aufzunehmen. Kurzerhand beschloss sie, zwei Etagen höher zu gehen und Manuel einen Besuch abzustatten.

Im achten Stock herrschte ein reges Treiben. Sie fragte sich, was ihre Kollegen hier oben den ganzen Tag zu schaffen hatten. Sicher gab es nicht so viele Beamte, die aus der Spur liefen, um die Größe dieses Dezernates zu rechtfertigen. Als sie an den Büros vorbeikam, stellte sie fest, dass alle beschäftigt waren.

An der Tür zu Manuels Büro blieb sie stehen. Es war die einzige Tür, die geschlossen war. Ob er noch gar nicht im Dienst war?, fragte sie sich und klopfte an. In derselben Sekunde hörte sie, dass Manuel „herein" rief. Camilla öffnete die Tür einen Spalt und schielte in den Raum.

„Wie kommt es, dass hier oben jeder sein eigenes Büro hat, während es für uns nur zu einem Raum gereicht hat? Wussten die nicht, dass wir die bedeutsamere Arbeit machen oder dachten sie, dass ihr euch gegenseitig nicht über den Weg traut?", fragte sie und grinste Manuel an.

„Hey du, komm rein, du bedeutsamer Mensch, und sag mir, wie es dir geht", sagte Manuel und grinste zurück.

Er freute sich, dass sie ihn besuchte. Sie sahen sich viel zu selten.

„Ich brauch 'ne Pause", antwortete Camilla ehrlich.

„Bist du noch an den Tagebüchern?"

Camilla nickte. „Waller ist ein Arschloch der besonderen Güte."

„Ihr habt keine Ahnung, wo Lina steckt, oder?"

„Nicht die Spur. Dieser Fall ist zum Mäusemelken. Wallers Anwalt sitzt uns im Nacken. Komischerweise erst, seit Lina das zweite Mal verschwunden ist, wenn man das so sagen kann. Davor hatte er offensichtlich mehr Vertrauen in unsere Arbeit."

„Und Waller?", hakte Manuel nach.

„Der hat Hendrik das Leben noch schwerer gemacht. Er hat wüste Drohungen ausgesprochen. Dann hat er mit dem großen Chef telefoniert. Du kannst dir vorstellen, was Hendrik alles zu hören bekommen hat."

Manuel nickte. Er bewunderte Hendrik um dessen Willen, dieses Dezernat um diesen Preis zu leiten. Für Camilla war er froh. Sicher gab es keinen besseren Dienststellenleiter als Hendrik. Die Zahl der aufgeklärten Fälle, die sie vorweisen konnten, sprach zudem für sich.

„Was macht euer anderes Opfer?", fragte er.

„Er liegt immer noch im Koma. Die Ärzte sind guter Dinge. Sie haben in der Nacht die Dosis des Narkosemittels herabgesetzt und einige Tests gemacht, auf die er wohl angesprochen hat."

„Trotzdem fehlt er euch als Zeuge."

„Ganz genau", bestätigte Camilla.

Eine Weile schwiegen beide. Camilla ging zum Fenster und blickte über die Dächer der Stadt. Es hat etwas für sich, im achten Stock zu sein, dachte sie. „Warum sollen wir unsere Akten und Beweismittel unter Verschluss halten?", fragte sie unvermittelt und drehte sich zu Manuel.

Er hielt ihrem Blick stand, antwortete jedoch nicht.

„Wir sind alle lange genug Polizisten, um zu wissen, wie man mit Dokumenten umgeht. Trotzdem ermahnt uns Hendrik, dass wir nichts unbeaufsichtigt herumliegen lassen sollen. Ich bin blond, aber nicht blöd."

„Das hat auch nie jemand behauptet." Manuel stand auf. Er vergewisserte sich, dass seine Tür richtig geschlossen war. Dann ging er zu Camilla, stellte sich neben sie und ließ seinen Blick ebenfalls über die Stadt schweifen.

„Das macht man viel zu selten", sagte er nachdenklich.

„Lenk nicht ab", bat sie leise. Sie wusste, dass er es nicht böse meinte, dass er Zeit brauchte, um zu entscheiden, was er ihr anvertrauen konnte und was nicht.

„Wir vermuten, dass jemand nicht so mit den Beweismitteln umgeht, wie er sollte."

„Du meinst, dass jemand Drogen verkauft, die beschlagnahmt sind?", Camilla riss die Augen auf und sah Manuel an. Sie überlegte, was das mit ihrem Fall zu tun haben könnte.

„Nein, ich meinte die Leute in der Asservatenkammer."

„Ach du Schande." Diese Information musste Camilla erst einmal verdauen. „Seit wann habt ihr den Verdacht?"

„Wir ermitteln seit einigen Wochen. Der Kreis wird enger."

„Okay. Aber in unserem Fall haben wir nichts in die Asservatenkammer gebracht. Wir haben nicht wirklich viel und arbeiten mit den Dingen, die wir sichergestellt haben."

„Es ist eine Vorsichtsmaßnahme."

„Danke für dein Vertrauen", sagte Camilla.

„Ich weiß, dass ich mich auf dich verlassen kann."

Zum Beweis nahm sie Manuel in den Arm.

„Manchmal ärgere ich mich über mich selbst, dass ich dich habe gehen lassen", meinte Manuel und erwiderte die Umarmung.

„Es hätte nicht geklappt."

„Damals nicht."

„Du meinst heute wäre es besser mit uns beiden?", fragte Camilla und löste sich so weit aus der Umarmung, dass sie Manuel in die Augen schauen konnte.

„Vermutlich nicht."

„Du bist ein verrückter Kerl. Du verdrehst jeden Tag so vielen Frauen den Kopf."

„Die meisten sind schon in festen Händen. Sie sind höchstens auf ein Abenteuer aus", sagte Manuel.

Camilla wusste, dass er damit recht hatte. Bevor sie Samuel getroffen hatte, war es ihr nicht anders ergangen. Die Männer wollten sie in ihrem Bett haben, aber mehr auch nicht. „Komm uns doch mal besuchen", schlug sie vor.

„Dich und deinen Lover?"

Sie zwickte ihn in die Seite, was ihn zum Aufschreien brachte. „Autsch!", rief er.

„Das hast du dir verdient."

Die Tür wurde aufgerissen und eine Frau streckte ihren Kopf herein. „Bei dir alles in Ordnung?", fragte sie Manuel und starrte dann Camilla an.

„Alles klar hier, danke", antwortete Manuel. Dabei hielt er Camilla noch immer in seinen Armen.

Die Frau nickte und zog die Tür wieder zu.

„Oje, es hat ihr nicht gefallen, was sie gesehen hat", sagte Camilla.

„Was meinst du?", fragte Manuel und legte die Stirn in Falten.

„Du kapierst es nie, oder?", meinte Camilla und lachte. „Hast du nicht ihr Gesicht gesehen? Sie ist leichenblass geworden, als sie dich und mich gesehen hat."

„Inna? Quatsch. Die ist immer so."

„Wenn du dich da mal nicht täuschst, mein Lieber."

Manuel blickte auf die geschlossene Bürotür. Dann schüttelte er den Kopf. „Inna ist eiskalt. Sie geht über Leichen, ohne mit der Wimper zu zucken. Der Mann, der ihr Blut in Wallung bringen könnte, muss direkt aus der Hölle kommen."

Camilla lachte wieder auf. Solche Vergleiche waren typisch für Manuel. Und die Tatsache, dass er eine Frau, die in ihn verknallt war, nicht wahrnahm und wenn sie auf seinen Bauch gebunden wäre, dachte sie.

„Die Einladung steht jedenfalls. Komm vorbei, ruf aber vorher an. Oder bring Pizza mit. Ich muss jetzt wieder an die Arbeit."

„Es war gut, dass du hier warst." Er strich ihr mit dem Finger über die Nase. „Komm wieder, wenn es dir da unten zu viel wird."

„Danke." Sie drückte ihm einen Kuss auf die Wange und löste sich aus der Umarmung.

„Pass gut auf dich auf, Kleines", rief er ihr hinterher.
„Du auch."

Im Flur traf sie auf Inna. Kurz war sie versucht, der Frau reinen Wein einzuschenken, doch dann widerstand sie und ging lächelnd an ihr vorbei.

Camilla hing ihren Gedanken nach, während sie ins Treppenhaus ging und die beiden Stockwerke hinunter zu ihrem Dezernat lief. Als sie am Aufzug vorbeikam, verlangsamte sie ihre Schritte einen Augenblick lang. Sie fragte sich, ob der Tag wiederkommen würde, an dem sie in eine solche Kiste steigen konnte, ohne eine Panikattacke zu bekommen. Hendrik hatte sich ein paar Mal die Zeit genommen, um es mit ihr zu üben. Die Angst, die sie jedes Mal dabei überkommen hatte, konnte sie nicht in Worte fassen. Dann verwarf sie den Gedanken wieder und betrat ihr Büro. Bevor sie sich an ihren Arbeitsplatz setzte, warf sie im Vorbeigehen einen Blick in Hendriks Büro und erstarrte.

„Was ist passiert?", rief sie und rannte zu ihm.

Hendrik blinzelte einige Male und sah sie dann an. Sein Mund war leicht geöffnet und seine Haut fahl. Camilla bekam es mit der Angst zu tun und kam um seinen Schreibtisch herum. „Hendrik, rede mit mir, was ist los?" Sie beugte sich zu ihm und sah ihm in die Augen.

„Ich habe gerade einen Anruf bekommen. Ich habe mit diesem Anruf früher oder später gerechnet. Doch jetzt, wo er kam, hat es mich trotzdem getroffen."

„Das sehe ich. Aber was für ein Anruf war das?"

„Die Kollegen stehen vor dem Haus von Natalies Vater. Er ist tot."

„Scheiße!", entfuhr es Camilla.

„Sie weiß es noch nicht. Ich rufe Max an und sage es ihm. Es wird das Beste sein, wenn wir uns dort treffen."

„Soll ich Harald und Tim Bescheid geben?", fragte Camilla.

„Mach das."

Camilla nickte und ging zu ihrem Arbeitsplatz. Ihr Herz pochte und die Hände zitterten so sehr, dass sie mehrere Anläufe brauchte, bis sie Tims Nummer gewählt hatte. Währenddessen hörte sie Hendrik sprechen. „Hey Max. Kann Natalie mithören?"

Dann meldete sich Tim, und sie konzentrierte sich auf ihr eigenes Gespräch.

Keine Minute später waren sie auf dem Weg in die Tiefgarage. Sie würden sich alle vor Natalies einstigem Zuhause treffen. Sie würden sie nicht allein lassen.

24.

Das Geräusch eines Schlüssels holte Lina zurück in die Wirklichkeit. Ihr pochte der Schädel und die Sicht war so verschwommen, dass sie kaum etwas sehen konnte. Trotzdem war sie sich sicher, dass sie ein Geräusch gehört hatte. Dann quietschte eine Tür. Sekunden später schlug die Tür zu und ein Schlüssel wurde wieder im Schloss umgedreht.

Sie blinzelte wieder und wieder, doch der getrübte Blick blieb. Zudem überkam sie eine solche Übelkeit, dass sie sich übergeben musste. Nicht einmal zur Toilette schaffte sie es mehr. Sie erbrach sich, wo sie gerade lag. Während sie würgte und schluchzte, spürte sie, wie jemand seine Hand auf ihre Stirn legte und ihre Haare aus dem Gesicht strich. Sie zuckte zusammen, doch sie konnte sich gegen die Berührung nicht wehren. Wieder und wieder überkam sie ein neuer Würgereiz. Erst als ihr Magen leer war, ließ die Übelkeit nach, nicht jedoch das Pochen in ihrem Kopf. Völlig erschöpft brach sie zusammen.

Zwei kräftige Arme nahmen sie hoch und trugen sie weg. Panik machte sich in ihr breit. Wer war der Mann? Es war nicht ihr Mann. Dieser roch anders, er war kleiner. Sie wollte etwas zu ihm sagen, doch ihr Verstand schaffte es nicht, Worte zu formen, die sie aussprechen konnte. Was war mit ihr? Sie atmete keuchend auf.

Dann wurde sie abgelegt. Sie spürte Decken unter sich. Ihr Kopf wurde auf ein Kissen gebettet. Wieder strich man ihr die Haare aus dem Gesicht. Dann wurde sie zugedeckt.

Tränen rannen ihr über die Wangen. Sie war eine Gefangene in ihrem eigenen Körper. Nicht in der Lage, sich zu bewegen. Nicht fähig zu sprechen. Ihr Blick verschwommen.

Sie hörte, wie jemand etwas wegräumte. Das Geschirr von dem Essen und Trinken, das sie zu sich genommen hatte?

„W-Wer …?", so sehr sie sich auch bemühte, sie konnte zwar in ihrem Gehirn Sätze bilden, war aber nicht in der Lage, einzelne Worte auszusprechen.

„Schsch. Ruhen Sie sich aus."

Wer ist das?, fragte sie sich und weinte weiter. Wer war der Mann, der sie hier versorgte und gleichzeitig gefangen hielt? Die Zeit verstrich. Sie wusste nicht, wie viel Zeit vergangen. Wenn sie richtig hörte, wischte der Mann ihr Erbrochenes weg und richtete ihr neues Essen her.

Lina versuchte aufzustehen, doch ihr Hirn sendete keine Signale an ihre Beine. Sie war wie gelähmt.

„Ich habe Ihnen etwas zu essen und zu trinken mitgebracht. Nehmen Sie immer nur kleine Schlucke. Nie zu viel auf einmal. Haben Sie das gestern getan? Haben Sie alles auf einmal getrunken?"

Sie schaffte es zu nicken und hörte, wie er einen Fluch ausstieß. Dann strich er ihr über die Wange. Verweilte ein wenig dort. Lina zitterte am ganzen Leib. Was hatte er mit ihr vor? Würde er jetzt ihre hilflose Lage ausnutzen? Würde er sie vergewaltigen? Was meinte er, dass sie nur wenig trinken durfte? Wenn doch nur ihr Kopf nicht so schmerzen würde, dachte sie. Sie wollte wieder klar denken können. Sie wollte sehen, was hier geschah. Sehen, wer der Mann war, der sie eingesperrt hielt. Dann zuckte sie innerlich zusammen. Was würde geschehen, wenn sie ihn sehen würde? Würde er sie dann umbringen? Sie könnte ihn identifizieren. Diese Gefahr konnte er nicht eingehen. Bedeutete das, dass sie hier nicht lebend rauskommen würde? Die Angst schnürte ihr die Kehle zu. Wie gerne hätte sie sich schützend zusammengekauert, doch ihre Beine gehorchten ihr nicht.

„Ich gehe jetzt. Morgen schau ich wieder nach Ihnen."

„N-N-nei..." Sie wollte Nein schreien. Sie wollte nicht, dass er ging. Sie wollte nicht alleine bleiben. Sie hatte Angst vor ihm. Sie hatte Angst vor dem Alleinsein. Sie wusste schlicht nicht mehr, was sie wollte. Lina versuchte, eine Hand nach ihm auszustrecken, ihn festzuhalten, ihn wegzustoßen. Doch nichts an ihrem Körper funktionierte. Ein letztes Mal spürte sie die warme Haut auf ihrer Wange, als er darüberstrich, dann hörte sie, wie Schritte sich von ihr entfernten. Er würde sie zurücklassen. Allein und krank. Tränen strömten noch immer über ihre Wangen und nahmen ihr auch den letzten Rest Sehvermögen.

Sie zuckte zusammen, als die Tür ins Schloss fiel und der Schlüssel umgedreht wurde. Jetzt war sie wieder allein. Wieder krampfte sich ihr Magen zusammen. Sie übergab sich erneut. Ihr letzter Gedanke, bevor sie bewusstlos wurde war, dass dieses Mal niemand ihre Haare halten würde.

Vor dem Haus erhellten Blaulichter den grauen Morgen. Einige der Nachbarn waren auf die Straße gekommen und reckten neugierig ihr Hälse, um sehen zu können, was sich im Haus gegenüber abspielte. Hendrik parkte hinter einem Krankenwagen. Er sah, dass Harald und Tim schon eingetroffen waren. Max und Natalie konnte er nicht sehen. Zusammen mit Camilla ging er zu seinen Leuten. Eine Gruppe von Streifenbeamten stand bei ihnen. Das Gespräch verstummte und Hendrik stellte sich vor.

„Wer hat euch gerufen?", fragte er.

„Er hat wohl eine Dauerbestellung bei einem Bäckerservice. Der Junge, der die Lieferung ausfährt, bringt sie jeden Morgen direkt über die Terrassentür ins Wohnzimmer rein. Die Tür ist wohl immer offen. Seines Wissens nach, werden alle Lieferungen auf diese Art zugestellt", sagte einer der uniformierten Beamten.

Hendrik nickte. „Wo ist der Lieferjunge jetzt?"

„Sitzt bei uns im Streifenwagen. Es war kein schöner Anblick." Der Polizist deutete mit der Nase in Richtung eines der Fahrzeuge, an dem auch das Blaulicht eingeschaltet war.

„Wie lange ist er schon tot?", fragte Hendrik weiter.

„Ganz genau kann uns das erst der Gerichtsmediziner sagen. Aber die Totenstarre ist voll ausgeprägt. Ich würde also auf 6 bis 12 Stunden tippen."

„Und trotzdem ist die Leiche in keinem guten Zustand?", hakte Hendrik nach. Er versuchte einen Blick auf den Lieferboten zu bekommen, doch der hatte sich mit vorgekrümmtem Oberkörper in den Streifenwagen gesetzt, sodass er nicht sehen konnte, wie alt er war.

In diesem Moment fuhr der Wagen von Max und Natalie die Straßen entlang. Hendrik beobachtete, wie Max das Fahrzeug parkte und den Motor abstellte. Dann sah er, dass Max sich zu Natalie drehte, die ihren Blick in den Fußraum gerichtet hielt. Er sagte etwas zu ihr, woraufhin sie nickte. Die Sekunden dehnten sich zu Minuten. Irgendwann stieg Max aus und ging um das Auto herum. Er nickte seinen Kollegen zu und öffnete die Beifahrertür. Als Natalie aus dem Auto stieg, griff er ihr stützend unter den Arm und führte sie zum Fußweg, der zur Haustür führte. Dort blieben sie stehen und Hendrik ging zu ihnen hinüber.

„Wenn du willst, geh ich erst einmal rein und verschaffe mir einen Überblick", bot Hendrik an.

„Das ist nett von dir, aber das würde es nur hinauszögern", antwortete Natalie.

Camilla fiel auf, wie zittrig sich Natalies Stimme anhörte. Sie hoffte, dass ihre Kollegin nicht zusammenbrechen würde. Nicht wegen dem Gerede der Kollegen, sondern um ihretwegen.

„Sollen wir dich begleiten?", wollte Hendrik wissen.

„Ich würde gern mit Max hineingehen. So haben wir es abgesprochen. Ihr könnt einfach nachkommen", bat Natalie.

Tim hätte sie gern in den Arm genommen. Sie hatten am Abend zuvor noch lange über das Thema gesprochen, nachdem sie Pizza essen gegangen waren. Sie hatte mehrfach gesagt, dass sie vielleicht doch den ersten Schritt machen sollte und den Kontakt zu ihrem Vater suchen. Er hatte es ihr ausgeredet. Nun fragte er sich, ob sie ihn dafür hassen würde. Wäre sie gestern Abend noch zu ihm gegangen, hätte er wahrscheinlich noch gelebt. Sie hätte ihn noch einmal gesehen. Sie hätten im Guten auseinandergehen können. Doch wie wahrscheinlich wäre das gewesen? Wenn man die Sache realistisch betrachtete, hätte er Natalie wieder grün und blau geschlagen, wenn er das noch gekonnt hätte. Er hätte sie beschimpft und beleidigt. Er hätte sie wie eine Leibeigene durch das Haus geschickt zum Aufräumen. Aber würde Natalie das auch erkennen? Oder würde sie sich und ihm Vorwürfe machen? In ihm sogar einen Schuldigen finden, der sie davon abgehalten hatte, ihren Vater zu besuchen? Tim sah ihr hinterher, wie sie an der Seite von Max mit schweren Schritten auf die Haustür zuging.

Sekunden später waren sie im Haus verschwunden. Die anderen sahen sich ratlos an. Nach einer Weile sagte Hendrik: „Ich denke, wir können jetzt nachkommen."

Froh, etwas tun zu können, setzten sie sich in Bewegung und betraten hintereinander das Haus.

Sie kamen nicht weit. Schon im Flur trafen sie auf Natalie und Max. Der Gestank, der ihnen allen entgegenschlug, raubte ihnen schier den Atem.

Natalie hatte es nicht geschafft, dachte Camilla, als sie sah, wie ihre Kollegin in den Armen von Max lag und weinte. Er hielt sie fest und flüsterte ihr beruhigende Worte zu. Über ihren Kopf hinweg sah er seine Kollegen an.

Er war mit Natalie nur wenige Schritte in das Haus gegangen. Schon im Flur waren sie auf Berge von Müll gestoßen. Der Gestank, der aus allen Ecken des Hauses zu dringen schien, war bestialisch. Max hatte schwer schlucken müssen. Er hatte alle Willenskraft zusammennehmen müssen, um nicht würgend aus dem

Haus zu rennen. Bevor er sich jedoch weitere Gedanken machen konnte, war Natalie an seiner Seite zusammengebrochen. Er hatte sie in die Arme genommen, um zu verhindern, dass sie in den Müll stürzte. Seitdem weinte sie an seiner Schulter. Immer wieder raschelte es in dem Müll unter ihren Füßen. Er konnte nur hoffen, dass sie sich hier drin nichts einfangen würden.

„Soll ich dich rausbringen?", fragte er leise.

Natalie schüttelte den Kopf. „Ich muss das durchziehen." Ihre Stimme war kaum mehr als ein Flüstern. Sie zog die Nase hoch und löste sich aus Max' Umarmung. Dann sah sie ihre Kollegen, die hinter ihnen standen und warteten. Sie sah den Ausdruck, der in ihren Augen lag und erkannte, dass sie von ihnen all die Unterstützung bekommen würde, die sie brauchte. Diese fünf Menschen würden mit ihr über die Müllberge steigen. Sie würden mit ihr in dieser Hölle bleiben, wenn sie es wollte. Erneut brannten ihr Tränen in den Augen. Dieses Mal vor Dankbarkeit, Teil dieses Teams zu sein. Als ihr Blick den von Tim streifte, sah sie jedoch noch etwas anderes. Sie sah, dass Tim sie voller Angst anstarrte. Es dauerte einen Moment, doch dann begriff sie, woher diese Angst rührte. Er machte sich wahrscheinlich Vorwürfe, weil er sie vor wenigen Stunden davon überzeugt hatte, dass es besser für sie wäre, nicht in dieses Haus zu gehen. Er hatte sie darum gebracht, noch ein letztes Mal mit ihrem Vater zu sprechen. Diese Vorwürfe durfte er sich nicht machen. Sie hatte in der Nacht stundenlang wach gelegen und über ihr Gespräch nachgedacht, hatte alle möglichen Szenarien in Gedanken durchgespielt, was sie erwartet hätte, wenn sie das Haus betreten hätte. Keines hatte ein Happy End gehabt. Natalie bemühte sich um ein Lächeln und hoffte, dass es ihr gelang. Dann sah sie förmlich, wie ein Felsbrocken von Tims Schultern fiel. „Ihr müsst das hier nicht tun", sagte sie schließlich.

„Das wissen wir. Wenn wir es nicht wollten, würden wir vor dem Haus warten oder wären erst gar nicht hergefahren", antwortete Camilla und lächelte ihre Kollegin an.

Natalie nickte. Dann wandte sie sich wieder Max zu. „Ich hoffe, dass ich jetzt weitergehen kann."

Max griff wieder ihren Arm und führte sie über leere Styroporverpackungen und Pizzaschachteln. Unter ihren Tritten knackten leere Plastikflaschen. Die Tür zur Küche stand offen. Schon auf den ersten Blick wurde klar, warum der Müll im Flur lag. In die Küche passte schlicht nichts mehr hinein. Man konnte nur noch erahnen, wo die eigentliche Küchenzeile sich befunden hatte.

Natalie verharrte in der Bewegung und sah in das Chaos, das sich vor ihr auftat. Wenn sie es nicht besser gewusst hätte, würde sie denken, dass hier seit Jahren nicht mehr aufgeräumt worden war. Dabei war es noch keine drei Monate her, seit sie ausgezogen war. Sie hatte es immer erfolgreich verdrängt, zu erfassen, wie viel ihr Vater an einem Tag, in einer Woche aß. Wenn sie am Abend nach Hause gekommen war, hatte sie seine Hinterlassenschaften weggeräumt. Klar, sie hatten den größten Müllcontainer in der Straße. Genaugenommen hatten sie sogar zwei davon. Beide waren auch immer bis obenhin gefüllt. Da es jedoch nichts gebracht hätte, eine Liste zu führen, hatte sie einfach ignoriert, was so offensichtlich war. Sie hatte sich der Krankheit ihres

Vaters ergeben. Sie hatte resigniert. Sich innerlich wappnend, ging sie einige Schritte weiter. Gleich würden sie zur Tür des Wohnzimmers gelangen. Nur noch wenige Schritte trennten sie von ihrem Vater. Das Herz schlug ihr förmlich bis zum Hals. Dass ihre Beine sie überhaupt noch trugen, grenzte an ein Wunder, dachte sie.

  Und dann stand sie in der offenen Tür. Unter ihren Füßen knirschte der Müll und vor ihr saß, in seinem Sessel, ihr Vater. Der Sessel stand mit der Lehne in ihre Richtung, sodass ihr der frontale Anblick ihres Vaters noch für einen Augenblick verwehrt blieb. Natalie musste einige Male schlucken. Trotzdem schaffte sie es nicht, ihre Tränen zurückzuhalten. Neben ihrem Vater stand der Arzt, der die Leichenschau durchführte. Sie sah aus den Augenwinkeln, wie er ein Formular ausfüllte, schaffte es aber nicht, ihren Blick von der Lehne abzuwenden.

  Es war mit einem Mal, als wäre es nicht mehr sie selbst, die hier in der Tür zu diesem Zimmer stand. Sie fühlte sich wie eine seelenlose Hülle. Wenn es überhaupt möglich war, war dieser Raum noch vermüllter als der Rest, den sie bisher gesehen hatte. Zwar stand die Terrassentür offen, doch der Gestank hielt sich hartnäckig. Kurz überlegte sie, warum überhaupt noch ein Lieferdienst hierhergekommen war. Der einzige Grund konnte sein, dass die Bestellungen ihres Vaters den Großteil des Tagesumsatzes ausmachten. Ihrer Kehle entwich ein hysterisches Auflachen. Sie erschrak vor dem Geräusch, das dabei entstand. Es half ihr jedoch dabei, sich wieder darauf zu konzentrieren, was vor ihr lag.

Darauf bedacht, nicht zu stolpern, watete Natalie durch den Müll. Dabei hielt sie sich an Max fest, der ihr die Hand gereicht hatte, ohne dass sie das bemerkt hatte. Als sie um die Lehne des Sessels herumblickte, sah sie zum ersten Mal seit drei Monaten wieder das Gesicht ihres Vaters. Ihre Beine versagten ihr den Dienst und sie sackte in sich zusammen. Jetzt kauerte sie vor ihm am Boden. Sie spürte, dass Max sie nach wie vor stützte, dass er ihr mit seinen Beinen Halt im Rücken gab.

„Papa", flüsterte sie leise zwischen zwei Schluchzern. Dann brach ihre Stimme. Dafür schoss ein Wort durch ihre Gedanken wie zahllose Salven aus einem Maschinengewehr. *Warum?* Warum war er so von ihr gegangen? Warum hatte sie eine solche Kindheit und Jugend erleben müssen? Warum hatte sie nicht die Kraft und den Willen gehabt, schon früher zu gehen? Warum hatte er sich nicht helfen lassen? Wann war alles derart eskaliert?

Natalie hatte schon viele Tote gesehen. Manche sahen friedlich aus. Andere hatten einen verkrampften Gesichtsausdruck, als hätten sie sich bis zum Schluss gewehrt, von dieser Welt zu gehen. Ihrem Vater jedoch fehlte jeglicher Ausdruck. Seine Augen blickten starr und farblos auf einen Punkt vor ihm auf dem Boden. Sein Mund war halb geöffnet. Der Kopf ruhte schwer auf den Schultern, ein Hals war nicht zu erkennen. Seine Körperfülle hatte ihm nahezu alles Menschliche genommen. Ein Berg aus Fleisch und Fett, gepresst in einen Sessel, aus dem er vermutlich schon eine Weile nicht mehr aufgestanden war. Den Flecken auf seiner Hose und dem erbarmungslosen Gestank nach zu urteilen, war er nicht einmal mehr zur Toilette gegangen. Wieder fragte sie sich, warum niemand sie angerufen hatte. Wie oft hatte tagtäglich hier jemand etwas zu Essen hereingebracht und war dann fluchtartig weggerannt? Doch dann merkte sie, dass sie dabei war, einen Schuldigen zu suchen. Sie konnte nicht erwarten, dass jemand Fremdes sich um ihren Vater sorgte, wenn sie selbst ihm den Rücken zugekehrt hatte.

Ihr Blick blieb an dem fleckigen, speckigen T-Shirt hängen, das sich um seinen Körper spannte und einen Blick auf seinen gewaltigen Bauch gewährte. War es dasselbe das er getragen hatte, als sie das Haus mit gepackten Koffern verlassen hatte? Während die Tränen über ihre Wangen liefen, versuchte sie ihre Gedanken unter Kontrolle zu bringen. Dann spürte sie, wie ein paar starke Arme sie nach oben zogen. Max hielt sie wieder im Arm. Sie wollte ihm danken, brachte aber keinen Ton heraus.

Sie hatte jegliches Zeitgefühl verloren. Irgendwann sagte Hendrik zu ihr: „Wir müssen gehen. Der Bestatter ist eingetroffen." Er wollte um jeden Preis verhindern, dass sie mit ansah, wie ihr Vater zuerst aus dem Sessel und dann aus dem Haus gebracht wurde. Diesen Anblick würde sie nie vergessen können.

25.

Er hatte nie darauf geachtet, wie viele Auszeichnungen im Laufe der Jahre zusammengekommen waren. Seine Sekretärin hatte sie jedoch stets gerahmt und aufgehängt. Sie hatten alle denselben Abstand zueinander und alle Rahmen waren gleich. Sie fügten sich nahtlos in das Mobiliar seines Büros ein. Erinnerungen tauchten auf, als er die Daten auf den Urkunden las. Vor dem letzten Rahmen blieb er stehen. Es schmerzte ihn, zu wissen, dass kein weiterer hinzukommen würde. Er hatte große Opfer für seine Karriere gebracht. Zu große. Und jetzt war er zu weit gegangen. Er hatte es nicht geschafft, nein zu sagen und für diese Schwäche würde er büßen. Es war nur noch eine Frage der Zeit, bis sie vor seiner Tür stehen würden. Wie oft er an diesem Tag schon den Hörer in der Hand gehabt hatte und den entscheidenden Anruf hatte machen wollen, konnte er gar nicht mehr zählen.
    Er hatte sich irgendwann eingestehen müssen, dass er ein schwacher Mensch war. Und dass diese Schwäche erst ausgenutzt und nun gegen ihn verwendet werden würde. Als er merkte, dass er in Selbstmitleid verfiel, schüttelte er den Kopf. Wie ein Tiger im Käfig schritt er weiter durch sein Büro, ging von Fenster zu Fenster und betrachtete das Treiben auf den Straßen. Er konnte sich nicht daran erinnern, wann er zuletzt am Fenster

gestanden und seinen Gedanken nachgehangen hatte. Ja, wann er überhaupt einmal bewusst hinausgesehen hatte. Das war ein Luxus, den er sich nie genehmigt hatte. Er hatte seinen Beruf geliebt. Er hatte ihn mit Leib und Seele ausgeübt. Die vielen Menschen, denen er geholfen hatte, gingen ihm durch den Kopf, aber auch diejenigen, denen er nicht hatte helfen können. Wann er an den Falschen geraten war, wusste er nicht mehr. Es spielte auch keine Rolle mehr. Es war passiert. Er hatte es kommen sehen, dass der Tag kommen würde, an dem er dafür büßen müsste. Doch dieses Wissen machte es ihm nicht leichter. Es war ein Unterschied, sich in Gedanken auf etwas vorzubereiten oder es tatsächlich erleben zu müssen.

Heute Morgen hatte er seine Sekretärin darum gebeten, alle Termine für den Tag abzusagen. Sie hatte ihn mit großen Augen angesehen, jedoch nichts gesagt. In all den Jahren hatte sie nie eine Frage gestellt. Sie hatte stets das getan, was er von ihr verlangt hatte. Oft auch das, was er gar nicht ausgesprochen hatte. Er überlegte, ob er sich jemals bei ihr bedankt hatte. Außer den kleinen Aufmerksamkeiten, die er ihr zu Weihnachten und zum Geburtstag zukommen ließ, hatte er nie seinen Dank zum Ausdruck gebracht.

Wie hatte ihm das entgehen können?, fragte er sich jetzt. Ihm wurde bewusst, wie wenig er von ihr wusste. War sie verheiratet? Hatte sie Kinder? Sie kannten sich seit über zehn Jahren und er wusste praktisch nichts von ihr. Die Erkenntnis, dass er so ein schlechter Mensch war, traf ihn wie der Schlag. Vielleicht wäre es gut, wenn geschehen würde, was so unmittelbar bevorstand. Die letzten beiden Tage lasteten schwer auf ihm. Er fühlte sich wie ein alter Mann. Mit schweren Beinen ging er zu seinem Schreibtisch. Er fuhr den Rechner hoch und rief die Personalakte seiner Sekretärin auf. Nur zu genau konnte er sich noch an den Tag ihres Vorstellungsgespräches erinnern, wie er jetzt feststellte. Warum wusste er das noch, so vieles andere aber nicht?, überlegte er. Mit tiefen Falten in der Stirn überflog er ihren Lebenslauf. Sie hatte ausgezeichnete Noten gehabt. Doch das hatten andere Bewerberinnen auch. Trotzdem hatte er sie zum Vorstellungsgespräch geladen. Konnte es wirklich sein, dass er nur sie hatte vorsprechen lassen? Er konnte sich nicht mehr erinnern. Als er das Foto sah, das ihrer Bewerbung beigefügt und nun eingescannt war, musste er schmunzeln. Sie hatte sich in den zehn Jahren nicht großartig verändert, stellte er fest. Auch heute noch würde er sie vom Fleck weg wiedereinstellen. Seine Gedanken drifteten ab zu einer anderen Frau. Sofort begann sein Magen zu rebellieren. Obwohl er seit zwei Tagen nichts mehr gegessen hatte, wusste er, dass er sich gleich übergeben musste. Genauso wie er wusste, dass er es nicht mehr zu der kleinen Toilette schaffen würde, die hinter der Schrankwand verborgen war. Er beugte sich zur Seite und erbrach sich in seinen Papierkorb. Sein ganzer Leib krampfte. Oh Gott, hilf mir, bat er im Stillen und wartete darauf, dass sich sein Körper wieder beruhigen würde. Als der Brechreiz abgeklungen war, lehnte er sich keuchend im Stuhl zurück. Schweiß stand ihm auf der Stirn. Ohne weiter darüber nachzudenken, stand er auf, knotete die Abfalltüte zusammen und ging in das winzige Badezimmer. Er warf die Tüte dort in den Müll und putzte sich die Zähne. Dann spritzte er sich kaltes

Wasser ins Gesicht und stütze sich mit den Händen am Waschbecken ab. Als sein Blick den Spiegel streifte, erschrak er über sich selbst. Er fühlte sich nicht nur älter, er sah auch älter aus. Die letzten Stunden hatten ihm schwer zugesetzt. Die Übelkeit wich einer Wut, die neue Lebensgeister in ihm weckte. Er blickte in die grauen Augen seines Spiegelbilds. Das Feuer, das darin zu lodern begann, verhalf ihm zu neuer Tatkraft. Er musste handeln, beschloss er, stieß sich am Waschbecken ab und ging zu seinem Schreibtisch. Dieses Telefonat würde er führen, solange sein Zorn noch anhielt.

26.

Natalie saß an ihrem Schreibtisch im Büro und starrte auf den Monitor. „Ich frage mich, wann er gefunden worden wäre, wenn kein Lieferdienst zu ihm gekommen wäre", sagte sie, dabei war ihre Stimme kaum mehr als ein Flüstern.

„Wenn kein Lieferdienst gekommen wäre, hätte er vermutlich noch seine Familie um sich. Es wäre vielleicht gar nicht so weit gekommen, dass er sich mit Anfang fünfzig zu Tode gefressen und alle Menschen in seinem Umfeld vergrault hätte." Max sah von seinem Rechner auf und stützte die Ellbogen auf den Schreibtisch. Das Kinn lehnte er auf die gefalteten Hände. Er wusste noch nicht so recht, was er davon halten sollte, dass Natalie darauf bestanden hatte, weiterzuarbeiten. Doch als er wieder mit ihr im Auto gesessen hatte und ihr sagte, dass er sie nach Hause fahren werde, hatte sie ihn angesehen und gesagt, dass sie nicht allein sein wollte. Sie wollte arbeiten, weil sie die Ablenkung brauchte. In den letzten beiden Stunden war sie damit beschäftigt gewesen, ihre Mutter oder Schwester ausfindig zu machen. Doch jeder Hinweis, dem sie nachgegangen war, endete in einer Sackgasse. Die beiden wollten nicht gefunden werden.

„Möchtest du nicht doch nach Hause?", fragte Max sie.

Natalie hob den Kopf und sah ihren Partner an. Er war ihr heute eine große Stütze gewesen. Obwohl sie beide noch nicht lange zusammenarbeiteten, konnte sie sich zu hundert Prozent auf ihn verlassen. Das bedeutete ihr unendlich viel. „Ehrlich gesagt, weiß ich nicht so recht, was ich will. Ich weiß, dass ich euch gerade keine große Hilfe bin, aber ich kann es mir nicht vorstellen, untätig in meiner Wohnung zu sitzen. Ich kann aber auch nicht in das Haus gehen und aufräumen. Ich habe die ganze Zeit seine Stimme im Ohr. Wie er mich anschreit, weil es so dreckig ist." Tränen sammelten sich wieder in ihren Augen. „Max, wie hat es so weit kommen können?", rief sie. Ihre Stimme überschlug sich beinahe.

Max stand auf und ging zu seiner Kollegin. Er setzte sich auf die Kante des Schreibtisches und sagte: „Jetzt hör mir mal zu! Was geschehen ist, ist geschehen. Du kannst es nicht rückgängig machen und du kannst dir auch nicht die Schuld geben. Es war das Leben deines Vaters. Er hat es so für sich gewählt. Nur er ist verantwortlich. Verstehst du?" Er sah sie eindringlich an. Als sie schwach nickte, nickte auch er.

Sie hörten, wie in Hendriks Büro das Telefon klingelte. Da er und Camilla unterwegs waren, ging Max hinüber und nahm den Anruf entgegen.

„Ist Herr Baur zu sprechen?", fragte eine zarte Stimme.

„Nein, der ist außer Haus, kann ich Ihnen weiterhelfen?", sagte Max und notierte sich die Nummer, die am Telefon angezeigt wurde. Es war ihm nicht entgangen, dass die Anruferin sich nicht mit dem Namen gemeldet hatte. Vielleicht war sie nur überrascht, dass jemand anderes sich meldete, doch in Max hatte bereits eine Alarmglocke aufgeschrillt.

„Ich weiß nicht ..." Die Frau verstummte.

„Wollen wir es versuchen?", bot er vorsichtig an.

Eine Weile blieb es in der Leitung still. Max konnte förmlich spüren, wie die Anruferin mit sich kämpfte.

„Ich dachte, er kann mir vielleicht helfen", sagte die Frau schließlich.

„Nun, vielleicht kann ich das auch."

„Es geht um Lina", fing die Frau dann an.

Max richtete sich auf. Er war ganz Ohr. Dann zog er sich Hendriks Bürostuhl heran und den Block, auf den er die Telefonnummer gekritzelt hatte. „Ich bin mit dem Fall vertraut", sagte er, um die Anruferin zu motivieren, weiterzusprechen.

„Ich habe für sie gearbeitet."

Wieder trat ein Schweigen ein. Max blickte an die Tafel in Hendriks Büro und war dankbar dafür, dass sie so sorgfältig geführt wurde.

„Maria, hab ich recht?" Er wusste, dass er auf volles Risiko ging. Entweder würde sie jetzt sofort auflegen oder er hatte ihr Vertrauen.

„Stimmt", sagte Maria. „Ich weiß nicht, was ich mir von diesem Gespräch erhoffe", gestand sie dann. „Vielleicht war es ein Fehler, anzurufen."

„Wollen wir das nicht erst entscheiden, wenn Sie mir erzählt haben, was Sie bedrückt?", schlug Max vor, erleichtert darüber, dass sie nicht aufgelegt hatte.

„Wie gesagt, ich habe für Lina gearbeitet. Vor drei Tagen, bin ich davon aufgewacht, weil Herr Waller in Linas Schlafzimmer alles kurz- und kleingeschlagen hat. Er hat von mir wissen wollen, was ich alles der Polizei erzählt habe und was für Bilder in ihrem Regal gestanden haben. Dann eskalierte die Situation und er hat mich noch in der Nacht aus dem Haus geworfen. Ich habe gestern in der Zeitung gelesen, dass Lina vermutlich erneut entführt worden ist. Ich habe große Angst um sie."

„Wir tun, was wir können, um sie zu finden. Wir hatten sie schon fast", sagte Max, als Maria schwieg.

„Das habe ich gelesen. Ich habe auch Angst um mich", fügte sie so leise hinzu, dass Max nicht sicher war, ob er sie richtig verstanden hatte.

„Was macht Ihnen Angst?", hakte er nach.

„Waller sucht mich. Er war schon ein paar Mal bei meinen Eltern. Er ruft bei ihnen an und auf meinem Handy. Sie schicken ihn immer weg und täuschen vor, dass sie nicht wüssten, wo ich bin. Er hat aber seine Mittel und Wege zu bekommen, was er will. Und offensichtlich will er gerade mich. Ich weiß nicht, was er sich davon verspricht, aber ich habe große Angst. Ich habe Sachen aus Linas Zimmer genommen und Herrn Baur gebracht. Wenn Waller davon erfährt, bin ich mir sicher, dass er mich umbringt."

„Wie kommen Sie auf diese Idee?", fragte Max. Er wusste von der Antibabypillenpackung, die Maria ihnen gebracht hatte, als sie die Kleidung hatte identifizieren sollen, die am Flussufer aufgefunden worden war.

„Ich glaube, dass er weiß, was ich getan habe. Ich weiß nicht, woher. Sie wissen selbst, dass Geld die Welt regiert. Und er hat jede Menge davon. Ich habe tage- und nächtelang überlegt, was er von mir wollen könnte. Doch mir fällt nichts ein. In der Zeit, in der ich in seinem Haus gearbeitet habe, hat er kein einziges Wort mit mir gesprochen. Ich wurde erst interessant für ihn, als Lina verschwand. Aber so interessant, dass er sogar persönlich nach mir sucht?" Maria brach ab. Sie atmete tief ein und aus.

„Das macht alles Sinn, was Sie mir erzählen, aber deshalb jemanden umzubringen?"

„Sie wissen nicht, wozu dieser Mensch fähig ist. Wenn jemand nicht nach seiner Pfeife tanzt, wird er zur Bestie. Ich habe ihn erlebt, ich weiß, was er tut, wenn er sich nicht mehr unter Kontrolle hat."

Max nickte. Von dem, was Camilla erzählt hatte, wusste er, dass dieser Mann ein jähzorniges, unkontrolliertes Monster werden konnte. „Wo sind Sie jetzt?", wollte er wissen.

„Wenn ich Ihnen das sage, taucht das dann in einer Akte auf?"

Max konnte Marias Angst fast durchs Telefon spüren. „Nein. Ich werde die Adresse nicht einmal notieren. Ich werde sie mir merken und dann entscheiden, wie es weitergeht."

„Ich bin bei einer Freundin untergekommen. Sie hat ein kleines Kind und steht Todesängste aus. Trotzdem darf ich bei ihr wohnen. Können Sie mir versprechen, dass ihr und dem Kind nichts geschieht?"

Das Flehen in ihrer Stimme, traf ihn in Mark und Bein. „Sie müssen mir nicht sagen, wo Sie sind. Wir können uns auch irgendwo treffen. Im Moment ist es nicht vonnöten, dass ich weiß, wo Sie sich aufhalten. Es wäre nur wichtig, dass Sie für uns erreichbar sind." Er hörte, wie Maria aufatmete.

„Ich habe mein Handy Tag und Nacht bei mir. Herr Baur hat meine Nummer."

„Ich werde sehen, was ich für Sie tun kann. Sagen Sie mir nur noch eines: Hat Frau Waller sich mit Ihnen in Verbindung gesetzt?"

„Nein, nein das hat sie nicht. Wenn ich etwas von ihr höre, werde ich dafür sorgen, dass sie in Sicherheit ist und mich bei Ihnen melden", versprach Maria und beendete das Gespräch.

Für ihr Alter, ist diese Frau sehr vernünftig, dachte Max und starrte auf den Hörer. Er konnte nur hoffen, dass nicht die Erlebnisse im Hause Waller an diesem schnellen Erwachsenwerden schuld waren. Er wusste, dass auch ihr Onkel in dem Haus arbeitete. Doch dem schienen die Vorkommnisse egal zu sein. Dem Anschein nach war er seinem Arbeitgeber hörig.

„Wer war das?", fragte Natalie.

Max sah seine Kollegin an, die in der Tür zu Hendriks Büro stand. „Das war Maria."

„Oh, was wollte sie?"

27.

Der Anruf war um die Mittagszeit gekommen und hatte Hendrik erreicht, als er gerade Hannah anrufen wollte. Sie waren eben erst aus dem Haus von Natalies Vater gekommen. Das Krankenhaus hatte sich gemeldet. MacMillan war aus dem künstlichen Koma aufgewacht. Zwar konnte er noch nicht lange am Stück wach bleiben, und die Ärztin, die ihn anrief meinte, dass er sich an nichts mehr erinnern könnte, was sie heute miteinander sprechen würden, doch Hendrik wollte trotzdem hinfahren.

Auf der Fahrt zum Krankenhaus rief er kurz Hannah an. Er musste einfach ihre Stimme hören und sich vergewissern, dass es ihr gutging.

„Hi du, hast du nichts zu tun?"

Hendrik schmunzelte über die Begrüßung. Er sah zu Camilla, die sich aber auf den Verkehr konzentrierte.

„Ich mache gerade Pause und wollte dich hören", sagte er zu Hannah.

„Klar, als ob du mitten in einem Fall Pause machen würdest, aber schön, dass du anrufst. Du brauchst dir keine Sorgen zu machen, es geht mir gut."

Entweder er war ein schlechter Schauspieler oder sie kannte ihn einfach zu gut, überlegte er. Vermutlich eine Mischung aus beidem. „Sieh zu, dass das auch so bleibt", bat er Hannah.

„Mach ich."

Da sie das Krankenhaus erreichten, beendete er das Telefonat.

Wie immer, wenn er ein Krankenhaus betrat, fragte sich Hendrik, warum die Böden derart schmatzende Geräusche von sich gaben, wenn man darüber lief. Wurden diese Beläge eigens für Krankenhäuser hergestellt?, überlegte er.

„Ich mag Krankenhäuser nicht. Ich weiß nicht warum, aber ich habe immer das Gefühl, dass ich mir dort alle möglichen Krankheiten hole." Camilla ging neben Hendrik her. Sie rieb ihre Hände aneinander, nachdem sie zuvor an einem Spender Desinfektionsmittel darauf gesprüht hatte. Wie immer hätte sie ihm um den Hals fallen können, als er zielstrebig an den Aufzügen vorbei, ins Treppenhaus trat.

„Geht mir genauso", stimmte er ihr zu. Es war ihm nicht entgangen, dass Camilla die Luft angehalten hatte, als sie an den Fahrstühlen vorbeigekommen waren. Die Angst steckte tief in ihr. Sie wussten beide, dass sie sich dieser Angst stellen musste. Sonst würde sie sie eines Tages gar nicht mehr überwinden können. Im Präsidium hätten sie dafür genug Gelegenheiten. Da sie meist eh länger arbeiteten als die anderen Dezernate, wären sie meist ungestört. So würde es auch niemandem auffallen, wenn sie von ihrer Angst übermannt werden würde. Aber genau dort hatte der Albtraum, durch den sie gegangen war, ihren Ursprung gehabt. In dem Aufzug, an dem sie Tag für Tag vorbeiging. Trotzdem würde er mit ihr sprechen müssen, beschloss er. Sie erreichten die dritte Etage, in der sich die Intensivstation befand und verließen das Treppenhaus.

„Hoffentlich ist er wach", sagte Camilla und wartete neben Hendrik, bis ihnen die Tür geöffnet wurde. Die Krankenschwester ging mit ihnen über einen langen Flur. Überall piepsten Geräte. Die meisten Türen, an denen sie vorbeikamen, waren geöffnet und Camilla warf einen Blick hinein. Vorhänge wahrten die Intimsphäre der Patienten. Trotzdem sah sie einige Menschen, die regungslos in ihren Betten lagen. Schläuche führten zu Maschinen. Infusionsbeutel versorgten die Patienten mit Nährlösungen und Medikamenten. Es schüttelte sie innerlich.

„Hier sind wir." Die Schwester blieb vor einem Zimmer stehen. „Er schläft gerade. Ich vermute, dass sich daran auch in nächster Zeit nichts ändern wird."

„Danke, dass Sie uns trotzdem zu ihm durchlassen."

„Das ändert sich in Sekundenbruchteilen, wenn Sie ihn aufregen."

„Das werden wir nicht. Versprochen", sagte Hendrik und nickte der Schwester zu, die mit schnellen Schritten weiterging.

Camilla holte noch einmal tief Luft und trat dann hinter Hendrik in das Zimmer. Sie kamen an zwei Patienten vorbei. Luan lag im dritten Bett am Fenster. Doch die Aussicht konnte er nicht genießen. Er hatte die Augen geschlossen. Ein Monitor überwachte seine Atmung. Zudem war sein Kopf in einen dicken Verband gehüllt. Das blonde Haar war nur an wenigen Stellen zu sehen. Sein Gesicht, um das rechte Auge herum, war schwarz verfärbt, das Auge dick zugeschwollen. Selbst wenn er wach wäre, würde er dieses Auge nicht öffnen können, dachte Camilla. Es blieb nur zu hoffen, dass es keinen

Schaden genommen hatte. Aber vielleicht war das gerade das kleinste Problem.

In Luans linkem Handrücken steckte eine Nadel. Auch er erhielt über einen Tropf eine Flüssigkeit. Trotz der Verletzung im Gesicht, machte er einen entspannten Eindruck. Er war blasser, als auf dem Foto, das sie hatten. Aber diese Aufnahme war dem Anschein nach auch im Sommer entstanden. Blonde Bartstoppeln ließen ihn älter aussehen, als er war.

Die Minuten verstrichen, während Camilla und Hendrik am Bett des Patienten verweilten. Einem Impuls folgend, setzte sich Camilla auf die Bettkante und griff nach Luans Hand. Sie streichelte darüber. Dann beugte sie sich etwas vor, dass sie nicht so laut sprechen musste und sagte: „Hallo Luan. Ich bin Camilla." Sie erzählte ihm, wer sie war und was geschehen war. Während all der Zeit veränderte sich nichts an dem Patienten. Das Piepen der Maschinen ging eintönig weiter.

Hendrik bewunderte Camilla für das, was sie tat. Er selbst hätte sich nie an das Bett eines fremden Menschen setzen können und praktisch gegen eine Wand sprechen. Dann aber musste er eingestehen, dass sie hier ihre Zeit verschwendeten. MacMillan machte keine Anstalten, aufzuwachen. Gerade, als er Camilla sagen wollte, dass sie abbrechen sollten, flatterten jedoch MacMillans Augenlider. Hendrik sah gespannt auf den Monitor. Er beobachtete, wie sich Herzschlag und Puls veränderten. Camilla redete einfach weiter. Im Wechsel blickte Hendrik von seiner Kollegin zu ihrem Zeugen.

„Sind Sie wach?", fragte Camilla leise.

MacMillan versuchte zu antworten. Er schaffte aber nicht mehr, als ein Krächzen.

„Es genügt, wenn Sie nicken oder den Kopf schütteln."

Sicher kostete es ihn einiges an Anstrengung, aber dann nickte er.

„Wissen Sie, wer ich bin?"

Ein Kopfschütteln.

Erneut stellte Camilla sich vor. „Wir haben ein paar Fragen an Sie. Meinen Sie, dass Sie die beantworten können? Ich werde sie so stellen, dass Sie mit Ja oder Nein antworten können."

Ein schwaches Nicken folgte.

„Erinnern Sie sich daran, was geschehen ist?"

Nach einer Pause nickte Luan kaum merklich.

„Kennen Sie den Mann, der in Ihre Wohnung eingedrungen ist?"

Wieder folgte ein Nicken.

An Camillas Nacken stellten sich die Härchen auf. Er kannte den Täter! Sie waren so dicht dran. Wenn er doch nur sprechen könnte! Sie beobachtete, wie MacMillan verzweifelt versuchte, ihr eine Frage zu stellen. Dabei sah er sie mit seinem einen Auge eindringlich an.

„Sie wollen wissen, wie es Lina geht?"

Ein hektisches Nicken. Die Geräte begannen, schneller zu piepsen. Tränen rannen über seine Wangen.

„Bitte, bleiben Sie ruhig", bat Camilla und legte ihm eine Hand auf die Schulter, um ihn zu beruhigen. „Wir wissen nicht, wo sie ist", sagte sie dann ehrlich.

„Sie müssen sofort das Zimmer verlassen", rief die Schwester, die gefolgt von zwei Kolleginnen das Zimmer betrat. Sie ging an den Monitor und drückte auf eine

Taste. Dann blickte sie wütend zu Hendrik und Camilla.

„Ich habe Ihnen gesagt, dass Sie ihn nicht aufregen dürfen!"

„Er wollte wissen, wie es seiner Freundin geht. Das ist sein gutes Recht!", antwortete Camilla und erwiderte den wütenden Blick der Schwester.

„Jetzt reicht es. Sie verlassen jetzt umgehend die Station!", forderte die Schwester sie auf.

Camilla drehte sich zu ihrem Zeugen. „Wir gehen jetzt, Luan. Aber wir kommen wieder, das verspreche ich Ihnen."

Luan hielt Camillas Hand fest.

„Sehen Sie, er will gar nicht, dass wir gehen", rief sie und zeigte auf ihre Hand.

„Unsinn, das ist ein Reflex des Patienten."

„Das glauben Sie doch selbst nicht!"

„Camilla, lass uns gehen."

Die Stimme von Hendrik ließ sie zusammenzucken. Was war geschehen?, fragte sie sich. Wie konnte sie derart die Beherrschung verlieren? Sie nickte und entschuldigte sich bei der Schwester. Dann löste sie vorsichtig Luans Griff von ihrer Hand und verabschiedete sich von ihm. „Sammeln Sie noch ein paar Kräfte. Dann kommen wir wieder und reden miteinander", versprach sie.

Ohne sich noch einmal umzublicken, verließ sie den Raum. Erst als sie wieder an der Tür zum Treppenhaus standen, blieb sie stehen und sah Hendrik an. „Es tut mir leid. Ich habe die Kontrolle verloren."

„Ist ja nichts passiert. Wir dürfen es uns nur nicht mit den Schwestern und Ärzten verscherzen. Wir brauchen sie."

Camilla nickte beschämt. So etwas war ihr noch nie passiert. Die Situation hatte sie völlig aus dem Konzept gebracht.

„Du hast das toll gemacht", sagte Hendrik und erntete damit einen erstaunten Blick.

„Wie bitte?"

„Wie du dich an das Bett gesetzt und zu ihm gesprochen hast. Auch wie du die Fragen gestellt hast, das war gute Arbeit."

„Hendrik, er weiß, wer ihm das angetan hat! Und damit weiß er auch, wer Lina in seine Gewalt gebracht hat."

„Ich weiß. Ich habe es mitbekommen. Aber solange er nicht sprechen kann, kann er uns nicht helfen. Wir müssen ohne ihn weitermachen."

„Das ist doch großer Mist!"

Hendrik huschte ein Lächeln über das Gesicht. „Das ist es." Dann wurde er wieder ernst. „Was ich nicht verstehe ist, warum er nicht sprechen konnte."

„Ist es nicht normal, wenn jemand extubiert wird, dass seine Stimmbänder angegriffen sind?", fragte Camilla.

„Ich habe das bisher noch nicht erlebt. Wir werden es bei unserem nächsten Besuch abklären, sollte er da immer noch nicht sprechen können. Ich hoffe nur, dass er keine Schädigung im Sprachzentrum seines Gehirns hat, die die Ärzte bislang nicht entdeckt haben."

Camilla sah ihn mit großen Augen an.

28.

Max erreichte Hendrik, als er gerade mit Camilla das Krankenhaus verließ. Er berichtete ihm von dem Telefonat mit Maria.
„Wir werden Waller noch einmal gründlich durchleuchten", sagte Hendrik. „Kannst du das mit Natalie zusammen in die Hand nehmen?"
„Das bekommen wir hin."
„Wie hält sie sich?", hakte Hendrik nach.
„Ablenkung hilft. Zumindest im Augenblick."
Hendrik brachte Camilla auf den neuesten Stand.
„Dieser Typ macht mich krank. Warum tut er der Menschheit keinen Gefallen und fällt einfach tot um?", rief Camilla. Sie hob die Arme und ließ sie dann wieder sinken.
Hendrik musste sich ein Lächeln verkneifen. Es kam äußerst selten vor, dass seine Kollegin so deutlich ihre Aversionen kundtat. Zudem musste er ihr recht geben. Die Welt war voll von Menschen, wie Waller einer war. Auch er musste sich zusammenreißen, um wenigstens den Anschein von Neutralität zu wahren. Bevor er Camilla antworten konnte, klingelte sein Handy erneut. Diesmal überlegte er kurz, es einfach auf den Boden zu werfen und darauf herumzutrampeln. Er könnte sich dabei noch vorstellen, dass es sich um den Kopf der Person handelte, die ihn gerade anrief. Auf diese Weise

würde es sich sogar lohnen, dass das Telefon kaputtging. Stattdessen atmete er tief ein und nahm den Anruf entgegen.

Camilla wusste sofort, wer da anrief. Sie fragte sich, was ihr Chef jetzt schon wieder von Hendrik wollte. Warum rief er derart oft an?

„Da muss ich Ihnen widersprechen."

Camilla sah Hendrik mit großen Augen an. Hatte er das gerade wirklich gesagt? Shit, damit schaufelte er sich sein eigenes Grab. Sie versuchte, dem Gespräch zu folgen, es gelang ihr allerdings nicht mehr, da Hendrik einige Schritte weiterging und sie ihm nicht folgen wollte.

Sobald Hendrik das Telefonat jedoch beendet hatte, rief sie: „Was hast du getan?"

Hendrik antwortete nicht. Er drehte sich um, und ging erneut ein paar Schritte, bevor er wieder umdrehte und vor Camilla stehen blieb. „Er wirft uns vor, dass wir schlampig gewesen sind. Wir hätten Linas Räume nicht richtig durchsucht."

„Was? Spinnt der? Wie kommt er auf so etwas?"

„Das weiß der Himmel. Er meinte, dass es dem Ansehen der Polizei schadet, wenn das Hauspersonal ein Beweismittel bringen würde, das von uns übersehen worden war."

Mit offenem Mund sah Camilla Hendrik an. „Ich denke nicht, dass Maria ihm das geflüstert hat."

„Das denke ich auch nicht."

„Wer also dann?"

„Wenn ich das wüsste." Hendrik sah zum Himmel. Einen Moment lang beobachtete er die Wolken, die vorbeizogen. Im ganzen Universum waren sie doch nur ein winziger Teil. Genauso winzig wie er selbst, war auch sein Vorgesetzter, warum also belastete es ihn so sehr, wenn er Anrufe dieser Art bekam?, fragte er sich. Eine Wolke schob sich vor die Sonne. Sofort wurde es dunkler und die Stimmung glich sich seinem Gemüt an. Jeden Tag riss er sich den Hintern auf. Sein Team und er schufteten oft bis zum Umfallen. Sie ließen nicht locker bis sie Antworten auf ihre Fragen fanden. Dabei scheuten sie sich nicht, dem einen oder anderen auf den Fuß zu treten. Sie waren gewissenhaft und gründlich. Doch all das zählte kein bisschen. Egal, welche Erfolge sie vorweisen konnten, irgendetwas gab es immer zu bemängeln. Und wenn es nichts gab, grub man so tief, bis man etwas konstruieren konnte. Die Tatsache, dass sie die Pille übersehen hatten, ließ sich nicht abstreiten. Doch jeder Polizist wusste aus seiner Berufserfahrung heraus: Versteckte jemand in seinem Haus etwas, weil er nicht wollte, dass es gefunden wurde, dann schaffte er das auch. Zudem hätte es in ihrem Fall nichts geändert. Sie wären mit dem Auffinden der Tabletten dem Aufklären des Falles keinen Schritt näher gewesen, doch das zählte nicht. Einzig das Versagen zählte. Hendrik dachte weiter: Außer seinem Team wusste bislang niemand, dass Maria ihnen Beweismittel ausgehändigt hatte. Er hatte einen Bericht darüber geschrieben, doch den hatte er bislang noch nicht bei den Akten. Wo also war der Maulwurf? Hendrik sah Camilla in die Augen. Er sah, dass auch sie die gleichen Fragen beschäftigten wie ihn. Wollte hier jemand Neid und Missgunst säen? Wollte jemand, dass das Team zerbrach? Er hatte schon einen Mann verloren. Gab es noch jemand, dem er nicht trauen konnte? Als er sich bei diesem Gedanken erwischte, wurde er wütend auf sich selbst. Genau das wollte man damit erreichen, sagte er sich. Über kurz oder lang würde die Saat keimen, und keiner würde dem anderen mehr über den Weg trauen. Das musste er auf jeden Fall verhindern.

Obwohl er gewiss Wichtigeres zu tun hatte, rief er alle zusammen. Man würde sich in einer halben Stunde in seinem Büro zur Lagebesprechung treffen.

Waller fragte sich, ob er der einzige Mensch auf dieser Welt war, der arbeitete. Seit einer Stunde versuchte er nun, seinen nichtsnutzigen Anwalt zu erreichen. Doch der Kerl schien vom Erdboden verschwunden zu sein. Vielleicht würde er ihn schneller erreichen, wenn er den Geldhahn zudrehen würde, überlegte er. Es fiel ihm zunehmend schwerer, die Kontrolle über sich zu behalten. Der Zorn, der in ihm tobte, war fast nicht mehr zu beherrschen. Mit zu Fäusten geballten Händen, tigerte er in seinem Büro auf und ab. Dabei zuckte seine Unterlippe vor ungebändigter Wut.

Als er zu seinem Schreibtisch kam, stütze er sich mit beiden Fäusten auf der Platte ab, dabei versuchte er, ruhig zu atmen. Doch die Luft entwich seinen Lungen stoßartig. Mit einem Ruck schlug er alles zur Seite, was sich auf dem Schreibtisch befand. Sein Monitor fiel krachend zu Boden. Sekunden später ging die Bürotür auf.

„Kann ich Ihnen helfen?"

Waller drehte sich zu der Stimme um. In der Tür stand seine Sekretärin. Angst spiegelte sich in ihren Augen wider. „Hab ich Sie gerufen?", fragte er. Dabei sprach er jede Silbe langsam und deutlich aus.

„Nein. N-nein, das haben Sie nicht."

„Trotzdem kommen Sie hier herein." Seine Stimme war heiser vor Rage und ganz leise.

Die Frau, die in der Tür stand nickte nur. Sie brachte keinen Ton mehr hervor.

„Merken Sie sich eines für jetzt und die Zukunft: Wenn ich Sie nicht rufe, bleiben Sie genau dort, wofür ich Sie bezahle, dass sie auch sind – nämlich an Ihrem verfluchten Schreibtisch. Sie werden nie wieder, verstehen Sie – nie wieder – hier hereinkommen, ohne dazu aufgefordert worden zu sein. Habe ich mich verständlich ausgedrückt?"

Die Frau nickte und zog die Tür hinter sich zu.

Robert starrte auf die geschlossene Tür. Er konnte nicht fassen, was hier gerade geschehen war. Machte hier jeder nur noch, was er wollte? Mit vor Wut zitternden Fingern, drückte er die Gegensprechanlage. „Verbinden Sie mich mit meinem nichtsnutzigen Anwalt!", brüllte er hinein.

Die Sekunden verstrichen, ohne dass etwas geschah. Schweiß bildete sich auf seiner Stirn. Erneut drückte er den Knopf und gab die Anweisung durch. Wieder passierte nichts. Mit hochrotem Kopf durchschritt er das Büro und riss die Tür auf. Gerade als er losbrüllen wollte, stellte er fest, dass niemand am Schreibtisch saß. Er fragte sich, wohin die blöde Kuh gegangen war. Sein Blick blieb an dem Arbeitsplatz haften. Er zog die Augenbrauen zusammen und fragte sich, was ihn an dem Bild störte. Als der Groschen fiel, gab er dem Schreibtisch einen Tritt, dass dieser einige Zentimeter weit rutschte. Es bestand kein Zweifel, seine Sekretärin hatte ihre Sachen zusammengepackt und war gegangen.

Nun, er würde dafür sorgen, dass sie in dieser Stadt keinen Job mehr bekam. Ach was, dass sie im ganzen Land nicht mal mehr als Putzfrau anfangen könnte. Und das war das Stichwort für eine weitere Raserei, die in ihm entfacht wurde. Wo war dieses leidige Stück von einer Putzfrau? Es konnte doch nicht sein, dass sie sich in Luft aufgelöst hatte.

Waller ging zurück in sein Büro. Er schlug die Tür hinter sich zu., da sie jedoch so schwer war, dass es nicht den gewünschten Knall tat, trug das nicht dazu bei, dass er seine Wut unter Kontrolle brachte.

Ein letztes Mal versuchte er, seinen Anwalt zu erreichen und war erstaunt, als der den Anruf entgegennahm.

„Lina, wachen Sie auf!"

Die Stimme drang leise in ihr Bewusstsein. Obwohl er ein Fremder war, erkannte sie seine Stimme sofort. Er war wieder hier. Lina versuchte die Augen zu öffnen, doch ihre Lider wollten ihr nicht so recht gehorchen. Endlich gelang es ihr. Doch die Welt um sie herum blieb verschwommen. „Was stimmt nicht mit mir?", fragte sie.

„Das ist eine Reaktion auf die Medikamente", sagte der Mann, der neben ihr saß und ihr dabei half, sich aufzurichten. Sie wollte ihn davor warnen, dass er sich in ihr Erbrochenes kniete, doch ihre Stimme versagte ihren Dienst. Erst nachdem sie einige Male geschluckt hatte, konnte sie wieder sprechen.

„Ich habe schon sauber gemacht", sagte der Mann.

„Warum tun Sie das?", fragte Lina. Endlich wurde ihr Blick schärfer.

„Was? Putzen?"

„Das auch. Aber warum halten Sie mich hier fest? Warum setzen Sie mich unter Drogen und sind gleichzeitig so freundlich zu mir?"

„Ich weiß es nicht", antwortete er.

An seiner Stimmlage erkannte Lina, dass er die Wahrheit sagte. Das verwirrte sie nur noch mehr.

„Werden Sie dazu gezwungen?", fragte sie dann und spürte, dass er nickte. Sie drehte sich zu ihm und sah ihn an.

„Ich muss tun, was man von mir verlangt. Ich hoffe, dass es zu Ihrer eigenen Sicherheit ist, wenn ich Ihnen die Medikamente verabreiche. Ich hoffe es mehr, als ich Ihnen sagen kann."

Lina hörte, wie verzweifelt die Stimme des Mannes klang. Wer immer sie hier festhielt, hatte auch ihn in seiner Gewalt, so viel stand fest. Ob seine Meinung, dass die Medikamente sie schützen würden, allerdings zutraf, zweifelte sie ernsthaft an. Wahrscheinlich bewahrte es nur ihn vor Schwierigkeiten. Schwierigkeiten, die er mit Sicherheit bekommen würde, wenn er sich den Anweisungen widersetzte.

„Sie haben keine Angst davor, dass ich Sie erkenne, oder? Sonst würden Sie doch maskiert hier hereinkommen."

Wieder nickte er.

„Bedeutet das, dass Sie mich am Ende umbringen werden?" Sie schreckte zurück und entzog sich damit seinem Griff.

Er senkte seinen Blick. „Nein", sagte er leise. „Ich werde Sie bestimmt nicht umbringen."

Als er schwieg, fragte sie fast schreiend: „Wer dann? Wer wird mich umbringen?"

Wieder antwortete er nicht. Sie packte ihn an seiner Jacke und schrie nun verzweifelt: „Sagen Sie es mir doch! Wer wird mich umbringen?"

„Das kann ich nicht."

Lina nickte. Sie ließ ihn los und ihre Hände sanken in ihren Schoss. „Wird mein Mann das Lösegeld bezahlen?", fragte sie dann.

„Was für ein Lösegeld?" Er sah sie fragend an.

„Haben Sie keine Forderungen gestellt? Sie haben mich entführt, halten mich hier gefangen, geben mir Drogen. Sie werden selbst unter Druck gesetzt und keiner stellt Forderungen?" In ihrem Kopf drehte sich alles. Die Übelkeit drohte wieder die Überhand zu gewinnen, doch Lina schluckte sie hinunter. Sie hatte das Gefühl, dass sie etwas übersah, konnte sich jedoch nicht darauf konzentrieren.

„Glauben Sie ihr Mann würde etwas für Ihre Freilassung bezahlen?"

„Wie meinen Sie das?" Bilder schossen ihr durch den Kopf, die sie nicht zu fassen bekam. Um sie zu stoppen, drückte sie beide Fäuste auf die Augen.

„Was ist los?", fragte er besorgt und griff nach ihren Schultern.

„Bitte, tun Sie mir nichts", bat sie und schrak zurück.

„Wenn ich Ihnen etwas tun wollte, hätte ich das längst tun können", meinte er.

„Ich kann mich nicht erinnern, wie ich hierhergekommen bin", sagte Lina, ihre Stimme kaum mehr als ein Flüstern. „Überhaupt kann ich mich an so vieles nicht erinnern, scheint mir. Ich habe die ganze Zeit Bilder vor Augen, die ich nicht deuten kann. Ich sehe meinen Mann der mich schlägt. Warum sollte er das tun? Sich sehe, wie er mich anschreit. Was soll das alles? Was stimmt mit mir nicht, warum sehe ich solche Bilder?"

„An was können Sie sich denn erinnern?", hakte er nach.

„Ich war am Flughafen. Und dann weiß ich nichts mehr."

Mit großen Augen sah er sie an. „Das ist das letzte, an das Sie sich erinnern können?"

Sie nickte. „Mein Mann und ich wollten verreisen. Ich weiß nicht mehr, wohin. Ich weiß auch nicht mehr, ob ich mich gefreut habe. Warum habe ich das alles vergessen?"

„Und aus der Zeit davor? An was können Sie sich da erinnern?"

„Nun, mein Mann und ich sind in das Haus gezogen. Wir haben in Las Vegas heimlich geheiratet und sein Geschenk an mich war das Haus."

Er blickte sie mit großen Augen an. In seinem Hirn ratterte es förmlich. Ihre Erinnerungen lagen gute zehn Jahre zurück! Ihr fehlte ein großer Teil ihres Lebens an Erinnerungen.

„Vielleicht liegt das an den Medikamenten", antwortete er und überlegte angestrengt weiter. Doch er war kein Mediziner. Er fand keine Antwort.

„Warum bekomme ich die?"

„Weil er es so will."

„Wer ist er?"

„Das kann ich Ihnen nicht sagen."

„Warum nicht? Warum sagen Sie mir das nicht?" Wieder griff sie an seine Jacke.

Dieses Mal löste er ihre Hände, hielt sie aber fest.

„Diese Frage können Sie sich selbst beantworten."

Lina nickte. „Sagen Sie mir, was Sie damit gemeint haben, dass mein Mann nicht für mich bezahlen würde."

„So habe ich es nicht gesagt."

„Aber gemeint!", entfuhr es ihr.

Das stimmte, dachte er und nickte. Eine Weile saß er ihr schweigend gegenüber und sah sie an. „Sobald Ihre Erinnerungen wieder alle da sind, werden Sie mich verstehen ", sagte er schließlich.

Mit zusammengekniffenen Augen sah sie ihn an. Wieder tauchten Millionen von Bildern vor ihrem geistigen Auge auf. Zuerst langsam, dann immer schneller, zogen sie an ihr vorbei. Eines brannte sich in ihr Gedächtnis ein. Sie lag in ihrem Bett, ein Auge zugeschwollen und weinte. Ganz leise sagte sie: „Ich kann mich nicht erinnern." Dann brach ihre Stimme und ihre Lippe begann zu zittern. „Wie soll ich mich erinnern, wenn Sie mich ständig unter Drogen setzen?" Linas Stimme war kaum mehr als ein Flüstern.

„Erinnern Sie sich an Luan?", fragte er genauso leise zurück.

29.

Manuel sah mit starrem Blick auf seinen Monitor. Er wusste, sie waren nah dran, Nägel mit Köpfen machen zu können. Eigentlich hätte er Begeisterung empfinden müssen, dachte er. Doch das tat er nicht. Entgegen der Annahme der gesamten Polizei, war es für die Beamten der Inneren Abteilung keine Genugtuung, wenn sie einen von ihresgleichen einer Straftat überführten. Erst wenn sie hundertprozentig sicher waren, machten sie den letzten Schritt. Den, der das Leben des entsprechenden Beamten für immer oder zumindest für eine lange Zeit auf den Kopf stellen würde. Dabei empfand er kein wirkliches Mitleid für diesen Kollegen. Jeder wusste, was er tat, was er mit seinem Handeln riskierte. Wer sich dennoch auf eine krumme Sache einließ, musste damit rechnen, dass es nicht ewig gut gehen konnte. Eigentlich verspürte Manuel an manchen Tagen eher eine Wut auf diese Kollegen. Eine Wut darüber, dass sie mit ihrem egoistischen Verhalten nicht daran dachten, was sie den Menschen in ihrer Umgebung zumuteten. Jetzt sah er auf die Personalakte eines weiteren schwarzen Schafes. Er fragte sich, was die Ursache dafür war, dass der Kollege tat, was sie vermuteten. Sie hatten seinen finanziellen Hintergrund durchleuchtet. Geldsorgen waren es sicher nicht. Auch sonst hatten sie nichts gefunden, was dessen Handeln rechtfertigen oder zumindest begründen könnte.

Es klopfte und Inna, seine Kollegin, streckte den Kopf zur Tür herein und holte ihn damit aus seinen Gedanken.

Zwei Stockwerke tiefer trafen sich Hendrik und seine Kollegen zur Besprechung.

„Danke, dass ihr alle hergekommen seid", fing Hendrik an. Dabei stellte er fest, dass alle ihn fragend anblickten, was sicher nicht an der Besprechung an sich lag, sondern vielmehr an der förmlichen Begrüßung, dachte er und räusperte sich. „Fischer hat mich angerufen", fuhr er dann fort.

„Fischer? Was will denn der schon wieder?", fragte Tim.

„Kontrolliert der uns jetzt ständig? Hat der große Chef nichts Besseres zu tun?", entfuhr es Max.

„Ich weiß nicht genau, wie ich seine Anrufe einschätzen soll", gab Hendrik zu, ohne auf die Fragen seiner Kollegen einzugehen. „Er hat mir vorgeworfen, dass wir nicht gründlich vorgegangen sind. Dass wir bei der Durchsuchung von Linas Räumen Beweismaterial übersehen haben, das uns dann vom Personal übergeben wurde." Er machte eine Pause und ließ das Gesagte erst einmal bei seinen Kollegen sacken. Es dauerte nicht lange, da hatte er, was er wollte.

„Woher weiß er das?", fragte Harald, „das steht bisher in keinen offiziellen Akten."

„Eben, woher weiß er das und was will er damit erreichen, wenn er dir sagt, was er weiß?", mischte sich Natalie ein.

„Ich habe keine Ahnung", sagte Hendrik ehrlich. „Camilla und ich sind uns aber sicher, dass er versucht, einen erneuten Keil zwischen uns zu treiben. Er legt es darauf an, dass wir uns gegenseitig misstrauen. Denn klar ist, dass die Schwachstelle bei uns sein muss."

„Das denkt er. Aber er weiß nicht, was wir wissen", sagte Harald.

„Was meinst du?", wollte Natalie wissen.

„Wir wissen, dass im Präsidium etwas heiß gekocht wird. Sonst wäre Manuel nicht bei uns gewesen. Stimmt's?", setzte er hinzu und blickte abwartend in die Runde.

„Das stimmt", gab Hendrik ihm recht. „Dieses Wissen muss aber in jedem Fall hier in diesem Büro bleiben. Wir gefährden eine laufende Ermittlung und das Vertrauen, das man uns von anderer Stelle entgegenbringt."

Tim lehnte sich zurück. Er kam sich vor, wie in einem Krimi. Intrigen und Machtspielchen und dazwischen ein Verräter.

„Ich möchte, dass wenn jemand aus unserem Team mit irgendetwas ein Problem hat, es offen angesprochen wird", fügte Hendrik hinzu und sah seine Kollegen an. Alle nickten. Er konnte nur hoffen, dass die Truppe so gefestigt und ehrlich war, dass man keinen Keil zwischen sie treiben konnte.

„Okay, dann konzentrieren wir uns jetzt wieder auf unseren Fall", schlug er vor. „Gibt es was Neues über Waller?"

„Er geht nach wie vor ins Büro, als wäre nichts geschehen, als würde seine Frau nicht vermisst", sagte Max. „Sein Vorzimmer war heute nicht erreichbar, was ein wenig merkwürdig ist, aber wir bleiben am Ball."

Hendrik nickte und berichtete dann von ihrem Besuch im Krankenhaus.

„Was?", entfuhr es Natalie, „er ist wach, kann aber nicht sprechen? Oh Mann, wie schlecht ist das denn?"

„Das kannst du laut sagen. Trotzdem hätte ich was aus ihm herausgebracht, wenn Oberschwester Hildegard uns nicht hinausgeworfen hätte", sagte Camilla.

„Wer hat euch rausgeworfen?", fragte Natalie.

„Die kennst du nicht, dafür bist du zu jung", mischte sich Harald ein und lachte.

„Ich kapier nur Bahnhof", meinte Natalie und kniff ein Auge zu.

„Egal, ich hoffe nur, sie lassen es uns wissen, wenn es MacMillan wieder besser geht", sagte Hendrik, „ich habe das Gefühl, dass sie die Nase von uns voll haben."

„Wir haben doch gar nichts gemacht!", entfuhr es Camilla.

„Das stimmt, aber das wissen die ja nicht. Die haben nur gesehen, dass die Maschinen ausgeschlagen haben und das reicht denen."

Dann erzählte Max von dem Anruf von Maria. „Sie hat sich wirklich verängstigt angehört", schloss er seinen Bericht.

„Meint ihr, dass sie in Gefahr ist? Würde Waller ihr etwas tun?", fragte Tim.

„Warum sollte er? Er weiß ja nicht, dass sie Beweismittel zu uns gebracht hat. Bisher ist er wohl nur stinkig auf sie, weil sie nicht mehr erreichbar für ihn ist, oder?", antwortete Harald.

„Ich habe keine Ahnung, was der Typ alles weiß", sagte Max. Waller war ihm suspekt.

„Wenn er weiß, was sie uns gebracht hat, ist sie geliefert." Natalie sprach so leise, dass man sie kaum verstand. Trotzdem waren innerhalb eines Sekundenbruchteils alle Augen auf sie gerichtet.

„Was meinst du?", fragte Tim.

„Der Typ wollte doch ein Kind. Es ist ein Schlag in sein Gesicht, dass seine Frau heimlich verhütete und ihn damit zum Narren hielt. Dass aber sogar das Personal davon wusste und womöglich hinter seinem Rücken über ihn lachte, muss für ihn jenseits jeglicher Vorstellungskraft liegen. Wenn er das erfahren hat, hat Maria ein wirkliches Problem. Hinzu kommt, dass sie zu uns gekommen ist, um es uns zu präsentieren." Natalie sah in die Runde. Jeder wusste, was ihr durch den Kopf ging. Sie wusste wie es ist, verprügelt zu werden.

„Du hast recht", räumte Hendrik ein. „Das ist ein Punkt, den wir priorisiert behandeln müssen. Maria muss erfahren, dass Waller vielleicht etwas weiß. Sie muss wissen, dass er ihr gegenüber eventuell nicht gut gestimmt ist. Und sie muss entscheiden, wo sie wohnen will. Wenn sie keine sichere Bleibe hat, bringen wir sie in eine unserer sicheren Wohnungen. Max, übernimmst du das? Ruf sie an und bring sie auf den aktuellen Stand."

Max nickte. „Ich werde das sofort machen." Er stand auf und verließ die Besprechung.

Nur Augenblicke später kam er zurück. „Da kommt nur die Ansage, dass der Anrufer nicht erreichbar ist."

30.

Luan. Luan. Es hatte nur den einen Namen bedurft, und ihre Erinnerungen kamen schlagartig zurück. Keuchend sackte Lina in sich zusammen. Nicht Robert war der Mann den sie liebte. Das war lange her. Wenn sie ihn überhaupt je geliebt hatte. Nein, das stimmte so nicht ganz, schränkte sie sich ein. Sie hatte diesen Mann geliebt. So sehr, dass sie sich gegen ihre Familie entschieden hatte. Doch diese Zeit war vorbei. Robert war nicht mehr der Mann, den sie einst kennengelernt hatte. Der Mann, der ihr seine Wasserflasche reichte, um ihr zu helfen. Sie hatten sich auseinandergelebt. Schlimmer, er benutzte sie, um seinem Zorn ein Ventil zu verschaffen. Einen Moment lang überlegte sie, wann er damit angefangen hatte, sie als Punchingball zu benutzen. Dann drifteten ihre Gedanken weiter. Luan war der Mann, für den sie alles riskiert hatte. Er war der Mensch, mit dem sie hatte leben und alt werden wollen. Mit einem Mal erinnerte sie sich an ihre Flucht aus dem Flughafenterminal. Die Angst, die sie dabei durchlebt hatte. Wie sie zitternd durch die Menschenmengen gelaufen war, immer damit rechnend, dass ihr jemand die Hand auf die Schulter legte und alles zu Ende sein würde, bevor es begonnen hatte. Sie hätte nicht mehr sagen können, wie sie den Weg gefunden hatte, doch plötzlich stand sie im Freien. Autos parkten kreuz und quer. Menschen stiegen ein und aus. Koffer wurden ein- und ausgeladen. Sie hörte ein Kind heulen, ein Hund bellte, irgendwo hupte jemand. Blindlings lief sie weiter. Und dann hatte sie es geschafft. Sie hatte den Treffpunkt erreicht, den Luan und sie vereinbart hatten. Lina fröstelte, als sie in Gedanken noch einmal alles durchlebte, was geschehen war. Dann erinnerte sie sich aber auch wieder daran, welcher Gedanke sie darin bestärkt hatte, dass es richtig war, was sie getan hatte. Sie wusste, dass es sich lohnte, all das auf sich zu nehmen, weil am Ende Luan auf sie warten würde. Vermutlich stand er schon seit Stunden da, ging es ihr noch durch den Kopf und dann hielt er sie in den Armen. Diese Arme sollten sie nie wieder loslassen, hatte sie sich gewünscht. Und dann hatte er sie tatsächlich festgehalten.

Es war Luan, der die Umarmung beendete. Sie hatten keine Zeit zu verlieren. Noch waren sie nicht in Sicherheit. Die nächsten Tage würde sie sich in seiner Wohnung versteckt halten und die Nachrichten verfolgen. Wenn der erste Staub sich gelegt hatte, würden sie mit dem Auto wegfahren. Erst einmal dorthin, wo sie keinen Pass brauchte, denn sie wollten nichts riskieren. Das hatten sie einkalkuliert. An die Fahrt in seine Wohnung erinnerte sie sich kaum noch. Immer wenn sie ein Einsatzfahrzeug mit Martinshorn hörte, dachte sie, dass es aus sei. Dass sie aufgeflogen waren. Doch keines der Fahrzeuge nahm die Verfolgung auf. Es schien eine Ewigkeit zu dauern, bis Luan die Wohnungstür aufschloss und sie in seine Wohnung schob. Er drückte die Tür zu und verriegelte sie. Jetzt waren sie in Sicherheit. Jetzt konnten sie aufatmen. Und erst jetzt merkten sie, welche Anspannung von ihnen abfiel.

Lina war nie zuvor in Luans Wohnung gewesen. Das war nicht möglich gewesen. Zu streng war ihre Überwachung. Trotzdem hatten sie es in den letzten Monaten immer wieder geschafft, sich heimlich zu treffen. Manchmal nur wenige Minuten. Immer mussten sie sich wie Fremde in der Öffentlichkeit verhalten. Nur einmal war es ihnen gelungen, in einem Kleidergeschäft zwei Umkleidekabinen zu finden, die nebeneinander lagen. Hier hatten ihre Fluchtpläne den Anfang genommen. Und dann war es so weit. Und jetzt war sie in seiner Wohnung. Die nächsten Stunden und Tage waren wie ein Traum. Lina war nie zuvor in ihrem Leben so verwöhnt worden. Nie war ihr diese Aufmerksamkeit zuteil geworden. Sie hatten geplant gehabt, dass Luan erst mal weiter arbeiten würde, bis sein Urlaub begann. Doch dann hatten sie es nicht geschafft. Die Vorstellung, auch nur eine Minute voneinander getrennt zu sein, hatte sie wahnsinnig gemacht.

Wenn sie darüber nachdachte, was für ein Leben sie bis zu diesem Zeitpunkt gelebt hatte, musste sie gegen die Tränen ankämpfen. Und dann, wie aus dem Nichts, wurde die Tür zu Luans Wohnung aufgebrochen und alles war zu Ende.

Lina fuhr aus ihren Erinnerungen auf. „Was ist mit Luan?", fragte sie den Mann, der sie abwartend anschaute.

„Ich weiß nur, dass er im Krankenhaus ist."

„Er lebt", sagte sie flüsternd.

Eine gute halbe Stunde war vergangen, seit dem ersten Versuch von Max, Maria zu erreichen. „Wir fahren jetzt zu ihren Eltern", sagte er zu Hendrik, nachdem er nach wie vor nur die Mailbox erreichte. „So ein Mist, dass ich nicht doch darauf bestanden habe, dass sie mir sagt, wo ihre Freundin wohnt, bei der sie untergekommen ist."

„Du wolltest, dass sie Vertrauen zu dir aufbaut", antwortete Hendrik, „ich gehe davon aus, dass ihre Eltern wissen, wo sie ist. Ihr dürft nur nicht lockerlassen."

Natalie und Max verließen das Dezernat. Auf dem Weg in die Tiefgarage hatte Natalie das Gefühl, beobachtet zu werden. Sie drehte sich um, sah aber niemanden. Das Gefühl ließ jedoch nicht nach. Alle paar Schritte drehte sie sich um.

„Was ist los?" Max war die Unruhe seiner Kollegin aufgefallen.

„Ich hab keine Ahnung. Ich dachte, dass uns jemand beobachtet."

„Wer sollte uns hier auf der Dienststelle beobachten?"

„Du hast recht. Vielleicht macht sich der Stress langsam bei mir bemerkbar."

„Es wäre hilfreich, wenn man schlafen könnte. Aber meistens ist es doch so, dass man all den Mist mit ins Bett nimmt, hab ich recht?"

Natalie sah Max an. Er hatte den Nagel auf den Kopf getroffen. Wenn sie eines Tages oder besser eines Nachts den Not-aus-Schalter für ihr Gedankenkarussell finden würde, würde sie vor Freuden tanzen anstatt zu schlafen.

Hendrik hatte seinen Beamten hinterher geschaut, bis alle das Büro verlassen hatten. Erschöpfung machte sich in ihm breit. Er rieb sich mit beiden Händen über das Gesicht. Wieder brannte sich die eine Frage in sein Gehirn: Wie konnte er einen Fall lösen, bei dem er derart wenig Ansätze hatte?

„Stör ich?"

Hendrik hatte nicht bemerkt, dass jemand sein Büro betreten hatte. Er blickte auf. „Was führt dich hierher?", fragte er seinen Besucher.

„Ich hab was für dich."

Hendrik hatte sich schon gefragt, wann sein Kollege sich melden würde. Es waren einige Tage vergangen, seit er mit ihm über die Sache in Hannahs Sender gesprochen hatte. Da er wusste, dass das nichts mit ihrem Fall zu tun hatte, bat er seinen Kollegen mit einem Kopfnicken, die Bürotür zu schließen und Platz zu nehmen.

„Warum rufst du nicht an?", fragte er neugierig.

„Ich dachte, dass wir das persönlich besprechen. Oder denkst du, dass ich dir deinen Kaffee wegtrinke?"

„Wenn du das schaffst, bekommst du von mir eine Auszeichnung", sagte Hendrik scherzhaft. Er stand auf und goss zwei Tassen Kaffee ein. „Mach es nicht so spannend." Er gab seinem Kollegen die Tasse und setzte sich ihm gegenüber.

„Wir haben eine Person in Gewahrsam."

„Ihr habt was?"

„Wir haben die letzten Tage damit verbracht, die Zugangskontrollen auszuwerten und Listen erstellt. Zum Schluss blieben zwei Leute übrig. Die haben wir genauer unter die Lupe genommen. Bei einer wurden wir fündig. Kennst du eine Ramona Stanski?"

„Klar, das ist eine Kollegin vor Hannah. Die beiden sind sich nicht grün. Wobei die Feindseligkeit von Stanski ausgeht. Sie ist der Ansicht, dass sie für ihre Sendung die Sendezeit verdient, die Hannah zugesprochen wurde."

„Genau das haben wir auch herausgefunden. Also haben wir uns die Frau mal vorgeknöpft. Sie ist eiskalt. So etwas habe ich lange nicht mehr gehabt, sag ich dir. Jedenfalls hat sie alles abgestritten. Dann hat sie sich in Widersprüche verstrickt. Wir hatten nicht viel, sind damit trotzdem zu einem Richter gegangen und haben einen Durchsuchungsbeschluss bekommen. In ihrer Wohnung sind wir dann fündig geworden. Sie hat dort Unterlagen gehabt, wie die Scheinwerfer angebracht sind. Zudem haben wir das Werkzeug gefunden, mit denen sie die Schrauben gelöst hatte. Zu guter Letzt fanden wir einen Schaltplan der Sicherungen für das Gebäude. Als wir sie mit all dem konfrontiert haben, ist sie eingeknickt. Allerdings nur für einen Moment, dann hat sie nach einem Anwalt verlangt. Auf den warten wir jetzt. Sie kommt aus der Nummer nicht raus. Zumal wir auch den Schlüssel gefunden haben, mit dem sie Hannahs Büro verschlossen hatte. Sie hatte keinen eigenen, der gepasst hätte. Aber wir haben herausgefunden, dass in der Woche zuvor im Büro des Hausmeisters ein Schlüssel entwendet wurde, nachdem der kurz sein Büro verlassen und nicht abgeschlossen hatte. Und das i-Tüpfelchen ist eine Rolle Draht. Wir gehen davon aus, dass sie von der das Stück abgezwickt hat, das sie dann in das Schlüsselloch gesteckt hatte, um zu verhindern, dass Hannah von Innen aufschließen kann. Beides ist im Labor. Wir gehen davon aus, dass die Schnittstelle übereinstimmt. Aber wenn wir es schwarz auf weiß haben, macht das die ganze Sache rund."

„Weiß Hannah Bescheid?"

„Ich war kurz bei ihr. Sie reagierte gefasst. Trotzdem ist es schwer für sie zu begreifen, dass eine Kollegin verantwortlich ist."

Hendrik nickte. Sobald er alleine war, würde er Hannah anrufen. Sie hatte großes Glück gehabt. Hätte der Scheinwerfer sie getroffen, wäre sie nicht mit dem Leben davongekommen. Es war mehr als ein glücklicher Zufall, dass sie einige Schritte entfernt von der Absturzstelle gestanden hatte. Daher hatten ihr nur die umherfliegenden Glassplitter Verletzungen zugefügt. Die waren oberflächlich und gut verheilt, doch im Inneren waren Narben zurückgeblieben.

Wenig später verabschiedete sich sein Kollege und er griff zum Hörer.

„Soll ich vorbeikommen?", fragte er, sobald Hannah abgehoben hatte.

„Hi du", antwortete sie, „das brauchst du nicht."

„Wie geht's dir?", hakte er nach. Er traute ihrem fröhlichen Tonfall nicht über den Weg.

„Einerseits bin ich froh, dass das Kind jetzt einen Namen hat, verstehst du? Dass ich jetzt weiß, wer hinter all dem steckt. Andererseits kann ich es nicht begreifen. Ramona und ich waren nie Freundinnen. Vielleicht waren wir Konkurrentinnen. Aber dass sie zu so etwas fähig ist, ist mir unbegreiflich. Ich bin froh, dass es ein Ende hat."

„Was sagt dein Chef dazu?"

„Er ist völlig von den Socken. Die juristische Abteilung bereitet gerade ein Kündigungsschreiben für sie vor. Egal, wie der Fall ausgeht, er meinte, dass das Vertrauen nachhaltig gestört sei und eine Zusammenarbeit nicht mehr möglich. Er muss einen Ersatz für sie finden, ihre Sendezeit muss gefüllt werden."

„Hast du schon etwas gegessen?", fragte Hendrik.

„Ich weiß nicht, ob ich etwas hinunter bekomme."

„Wir werden es versuchen. Ich bin in einer halben Stunde bei dir."

„Ich habe eigentlich keine Zeit und du auch nicht. Wenn du sie dir aber freischaufelst, werde ich das auch tun", meinte Hannah.

„Ich bin unterwegs", sagte Hendrik und legte auf.

31.

Immer wieder stellte er sich die Frage, ob dieses Arschloch jetzt völlig übergeschnappt war. Er konnte da nicht mehr mitspielen. Genauer gesagt, hätte er schon vor Jahren aussteigen sollen. Irgendwann hatte er sich eingestehen müssen, dass es zu spät war, dass er ihm ausgeliefert war. Doch was jetzt gerade geschah, entbehrte jeglicher Vernunft. Dass er seine Arbeit verlieren würde, das hatte er schon vor Jahren begriffen. Aber sein Leben, seine Freiheit würde er ihm nicht geben.

Er dachte an Lina. Die ganze Zeit, während er nach ihr gesehen hatte, hatte er sich schon gedacht, dass sie sich komisch verhielt. Da er sie jedoch nicht wirklich kannte, wusste er dieses Verhalten nicht einzuordnen. Jetzt wusste er, dass sie Erinnerungslücken hatte und zwar massive. Nun hatte sie sich erinnert. Offensichtlich hatten die Medikamente, die er ihr verabreichen musste, ihr Bewusstsein nicht nur getrübt, sondern sogar einen Gedächtnisverlust verursacht. Als ihr Gedächtnis diese Lücken vorher geschlossen hatte und sie wie ein Häuflein Elend niedergesackt war, hätte er sie am liebsten in den Arm genommen. Doch er hatte so schon viel zu viel Nähe zugelassen. Es hatte sich so ergeben. Im Gegensatz zu diesem Arschloch, verfügte er über Empathie gegenüber seinen Mitmenschen. Obwohl er sie nie wirklich kennengelernt hatte, hatte er stets so etwas wie Mitleid für sie empfunden. Sie waren einander nie vorgestellt worden, was wohl auch der Grund dafür war, warum er jetzt diese Drecksarbeit machen musste und keine Vorstellung davon hatte, wie er aus dieser Nummer wieder herauskommen würde.

Er fragte sich, wie lange diese Situation noch aufrechterhalten werden sollte. Irgendetwas musste ihm einfallen. Irgendetwas musste er unternehmen, um dem ein Ende zu bereiten. Wie es aussah, lag es in seiner Hand, wie lange Lina noch unter Drogen gesetzt und eingesperrt wurde.

Lina konnte nicht sagen, ob es Fluch oder Segen war, wenn sie von dem Wasser trank und in einen unruhigen Schlaf fiel. Als sie dieses Mal zu sich kam, spürte sie sofort, dass sie nicht alleine war. Doch es war nicht der Mann, der bei ihr war. Sein Atem hörte sich anders an. Wie gewohnt, war ihre Sicht noch verschwommen. Sie musste auflachen, als sie über ihre Wortwahl nachdachte. Hatte sie sich tatsächlich daran gewöhnt, unter Drogen gesetzt zu werden? Sie konnte nur hoffen, dass sie von dem Zeug nicht abhängig wurde. Wobei das vielleicht auch egal war, sie zweifelte mit jeder Stunde, die sie hier verbrachte mehr daran, lebend herauszukommen.

Endlich klärte sich ihr Blick und sie sah sich im Raum um. Es war dunkel. Nur der Mondschein, der durch die zerrissenen Plastikfolien hereinfiel, erhellte die Umgebung. Und dann sah sie das Bündel, das in der Nähe der Tür lag. Weil sie wusste, dass ihre Beine sie noch nicht tragen würden, krabbelte sie auf allen Vieren über den kalten Betonboden. Sie hatte sich nicht getäuscht. Das Atmen kam von dort. Lina streckte eine zitternde Hand aus und zuckte zurück, als sich etwas bewegte. Ein leises Stöhnen folgte. Sie näherte sich noch einige Zentimeter und wünschte sich dabei, dass es heller wäre. Wieder schoss ihr das Adrenalin durch die Adern, als ein erneutes Stöhnen die Stille durchbrach. Lina nahm ihren Mut zusammen und drehte die Person, die vor ihr lag um. Sie blickte in das Gesicht und schaffte es im letzten Moment noch, sich wegzudrehen, als sich ihr Mageninhalt über den Boden ergoss.

Keuchend und hustend erbrach sich Lina eins ums andere Mal. „Oh Gott, lass das nicht wahr sein", sagte sie flüsternd, während ihre Kehle brannte.

Sie drehte sich erneut um und sah in das verquollene Gesicht, das einmal so schön gewesen war. Lina fragte sich, ob es jemals wieder so aussehen würde, wie sie es in Erinnerung hatte.

„Maria", hauchte sie dann und legte eine Hand auf die blutverkrustete Stirn.

Hendrik hatte sich davon überzeugen können, dass es Hannah den Umständen entsprechend gut ging. Er hätte alles dafür gegeben, sie in sein Auto zu setzen und nach Hause zu fahren. Doch ihrer beider Arbeit hinderte ihn daran. Obwohl es noch früh am Abend war, war es bereits stockdunkel, als er beim Präsidium ankam. Er freute sich auf die Zeit, wenn die Nächte wieder kürzer würden. Er sprintete die Treppen in den sechsten Stock hoch und überlegte, warum er nicht den Aufzug nahm. Schließlich war Camilla nicht bei ihm. Als er das

Großraumbüro betrat, waren seine Kollegen alle dort. Doch keiner sprach ein Wort.

„Was ist los?", fragte er.

„Wir können Maria nicht finden", sagte Max. „Ihre Eltern haben uns die Adresse ihrer Freundin gegeben. Dort ist sie am Morgen weggegangen und seitdem nicht wieder zurückgekommen. Ihr Handy ist nach wie vor ausgeschaltet. Ich habe trotzdem eine Ortung beantragt. Vielleicht bringt es etwas", fuhr er fort. Die Hoffnungslosigkeit war seiner Stimme deutlich anzuhören.

„Scheiße", entfuhr es Hendrik.

32.

Manuel saß seinem Kollegen im Vernehmungsraum gegenüber – Martin Jacobi. Es war noch keine halbe Stunde vergangen, seit er zusammen mit Inna, an dessen Bürotür im siebten Stock des Gebäudes geklopft hatte. Schon auf den ersten Blick hatte er festgestellt, dass der Kollege nicht erstaunt war, sie zu sehen. Er hatte ihn über seine Rechte aufgeklärt und ihn dann mit in den achten Stock genommen. Dort saß er jetzt und starrte an Manuel vorbei an die Wand. Er hatte keinen Anwalt verlangt, was Manuel für ziemlich bescheuert hielt. Doch der Mann kannte seine Rechte, was sollte er da groß sagen. Zwischen ihnen, auf dem Tisch stand ein Diktiergerät, das alles aufzeichnen würde, was in der nächsten Zeit hier im Raum gesprochen würde.

„Fangen wir an", begann Manuel.

„Ich werde nichts sagen", sagte Jacobi.

„Doch einen Anwalt?", fragte Manuel.

„Das habe ich nicht gesagt, ich habe nur gesagt, dass ich nichts sagen werde."

„Das ist Ihr gutes Recht. Also fange ich erst einmal an", schlug Manuel vor. Das würde ein harter Brocken werden. Der Kerl war ihm jetzt schon unsympathisch. Wie er jemals Bedenken bezüglich seiner Schuld oder Begründungen für die Tathandlungen hatte suchen können, war ihm schleierhaft. Trotzdem versuchte er, neutral zu bleiben.

Inna betrat den Raum. Sie nickte Manuel zu und nahm neben ihm Platz. Manuel entging der Blick seines Kollegen nicht, mit dem er Inna betrachtete. Er sah sie als Objekt, das erkannte er sofort. Er würde keinerlei Respekt gegenüber seiner Kollegin aufbringen, dachte Manuel. Nun, der Kerl würde sein blaues Wunder erleben. Er konnte nur für ihn hoffen, dass Inna nicht in Fahrt käme, denn dann Gnade dem Kerl Gott. Oder vielleicht wünschte er es sich auch ein wenig, dass sie in Fahrt kam. Manuel sortierte seine Unterlagen. Das war nicht notwendig. Erst recht war es nicht notwendig, sie noch einmal durchzugehen. Er kannte jedes Wort, das darinstand, auswendig. Noch nie war er unvorbereitet in eine Vernehmung gegangen. Doch er nutzte die Zeit, um sein Gegenüber etwas mürbe zu machen. Schließlich hob er seinen Blick und sah seinen Kollegen an. „Sie sind seit über zwanzig Jahren im Dienst", fing er an.

„Wenn es da geschrieben steht."

Manuel beobachtete, wie sein Kollege versuchte, sich lässig auf dem Stuhl zurückzulehnen und dabei gelangweilt auszusehen.

„Sie sind regelmäßig befördert worden. Zumindest bis vor zehn Jahren", sagte er dann, und erhielt sofort die gewünschte Reaktion. Jacobis Körper versteifte sich, aber nur einen Sekundenbruchteil lang. Dann war er wieder der Coole.

„Ich frage mich, was damals geschehen ist. Mit wem haben Sie es sich verspielt?"

„Mit gar niemandem. So eine Schnecke von der Hochschule hat mir meine Stelle weggeschnappt."

Daher also die Wut gegen das andere Geschlecht, dachte Hendrik.

„Und das haben Sie sich gefallen lassen?"

„Was hätte ich tun sollen? Ich habe versucht, mich zu wehren, aber es hat nichts gebracht."

Seine Stimme war nicht mehr so locker, wie er es sicher gerne hätte, dachte Manuel. Er hatte den Eintrag in der Personalakte studiert. Anstatt eines förmlichen Einspruchs hatte Jacobi im Büro seines Dienststellenleiters gewettert und getobt, was zur Folge gehabt hatte, dass die nächste Beurteilung so schlecht ausgefallen war, dass in den nächsten Jahren auch nicht an eine Beförderung zu denken war. Das musste Jacobi fertig gemacht haben, schlussfolgerte Manuel.

„Sie haben viele Qualifikationen", sagte Inna jetzt, die bis dahin ruhig gewesen war.

„Hast du damit ein Problem?", fauchte Jacobi sie an.

„Sicher nicht. Ich frage mich nur, warum Sie auf der Stelle, auf der Sie sind, sitzen geblieben sind. Haben Sie sich nie wegbeworben?" Sie wusste, dass er das hatte, doch sie wollte seine Reaktion sehen. Außerdem war ihr nicht entgangen, dass er sie geduzt hatte. Sie überging es. Es würde sie nicht weiterbringen, wenn sie hier einen auf Lehrmeister machen würde.

„Natürlich habe ich das."

„Sie haben mehrere IT Schulungen absolviert. Zum Teil sogar in der Freizeit. Hat es Sie nicht zum Dezernat für Cybercrime gezogen?"

„Wenn du meine Akte gelesen hättest, hättest du sicher gesehen, dass ich mich dorthin beworben habe", sagte Jacobi und sprach jedes Wort langsam und deutlich aus, als würde er zu einem Menschen sprechen, der schwer von Begriff war.

„Warum wurden Sie abgelehnt?"

„Als ob die eine Begründung nennen würden!"

Sein Zorn begann langsam Oberhand zu nehmen, stellte Inna fest. Noch eine oder zwei Fragen, dann würde Manuel wieder übernehmen.

Was nicht ausgesprochen wurde war, dass die Leitung des Dezernates für Cybercrime seinerseits ebenfalls von einer Frau geleitet worden war. Er war also wieder an einer Beamtin gescheitert.

„Und dann haben Sie sich damit zufriedengegeben? Ich will ja nicht sagen, dass der Bereich, in dem Sie arbeiten, langweilig ist, aber für den Rest seiner Dienstzeit Daten in einen Computer zu tippen, ist doch für jemanden wie Sie eine Beleidigung, oder?"

Jacobi legte den Kopf schief und sah die Frau an, die ihm gegenübersaß. Er leckte sich über die Lippen, verschränkte die Arme vor der Brust. Noch bevor er etwas sagen konnte, mischte sich Manuel ein. Er wollte, dass der Mann die Kontrolle über sich verlor. Aber noch nicht jetzt. Sie waren noch weit entfernt von dem Punkt, an den sie kommen wollten.

„Haben Sie mal daran gedacht, etwas ganz anderes zu machen? Es gibt viele Bereiche in der Polizei. Gab es da nichts, was Sie gereizt hätte?"

„Ich hab mich im letzten Jahr zum Vermisstendezernat beworben. Ihr wisst sicher, dass da eine Stelle frei geworden ist."

Das wussten sie. Manuel verdrängte den Gedanken an den Grund für die freie Stelle und fragte stattdessen: „Was geschah mit dieser Bewerbung?"

„Die Stelle ist anderweitig besetzt worden."

Die Antwort klang ruhig, doch sie war es ganz und gar nicht. Klar, war die Stelle besetzt worden. Von Natalie. Einer Frau, noch dazu einer ganz jungen mit nur wenig Erfahrung.

„Ich erinnere mich", sagte Manuel und ließ seine Stimme gleichgültig klingen. „Eine Kollegin vom Streifendienst hat sie bekommen."

„Genau. Noch grün hinter den Ohren, aber oben mitspielen wollen."

„Das ist hart."

„Hart? Ich sag dir, was das ist. Das ist gequirlte Scheiße. Dieses Weibsstück hat keinerlei Qualifikation. Wahrscheinlich hat sie Baur einen geblasen, damit sie die Stelle bekommt. Oder fällt dir ein anderer Grund ein?" Provozierend sah er Inna an.

„Nein, auf die Schnelle ist das der einzige Grund, der auch mir einfällt. Der klappt immer", antwortete Inna und hielt seinem Blick stand.

„Verstehe. Hast du auch schon gemacht, wie?", fragte Jacobi. Seine Wangen färbten sich leicht rot und an seiner Stirn trat eine Ader hervor. Er legte beide, zu Fäusten geballten Hände, auf den Tisch und stützte sich ab. Dabei beugte er sich zu Inna vor.

Inna hob nur lässig eine Schulter und widmete sich dann wieder ihrer Akte.

„Haben Sie mit Fischer gesprochen?" Manuel wusste, dass Fischer auf Hendrik nicht gut zu sprechen war. Aus der Akte ging hervor, dass Jacobi es dennoch geschafft hatte, dass Fischer Partei für Hendrik ergriff. Er fragte sich, was für einen Bock Jacobi im Büro des Leiters der Kriminalpolizei geschossen hatte, dass er den gegen sich gebracht hatte. Das ging leider nicht aus den Akten hervor.

„Jacobi?", Manuel musste ihn noch ein wenig länger bei Laune halten. Sie näherten sich ihrem Ziel.

„Was? Ja, klar hab ich mit dem gesprochen. Aber der war nicht davon zu überzeugen, dass er einen Fehler mit der Kleinen gemacht hat. Ich hab ihn gefragt, ob sie auch unter seinem Schreibtisch mal gekniet hat."

Manuel musste sich ein Lachen verkneifen. Wenn Jacobi das wirklich so gesagt hatte, wunderte es ihn, dass er nicht in ein dunkles Loch versetzt worden war und dort Akten sortieren musste. Doch zutrauen würde er es ihm. Das wäre auch eine Erklärung dafür, warum keine Aktennotiz zu diesem Gespräch zu finden war.

„Mit Baur haben Sie nicht gesprochen?"

„Warum sollte ich? Was hätte dieses Würstchen schon ausrichten können. Hat lieber Weiber in seinem Dezernat, als fähige Beamte."

„Hätten Ihre IT-Kenntnisse im Vermisstendezernat etwas ausrichten können?"

„IT-Kenntnisse helfen immer. Heutzutage bekommst du damit fast alles heraus."

„Aber im Internet kann doch jeder surfen, um sich Informationen zu beschaffen. Dafür braucht man doch keine Schulungen", warf Inna beiläufig ein.

„Du hast ja keine Ahnung. Weißt du überhaupt, was du alles herausfinden kannst, wenn du dich auf einen anderen Rechner einhackst?"

„Nein. Aber ich weiß, dass das gar nicht so einfach ist. Immerhin gibt es ja Firewalls, die das verhindern."

„Pah, dass ich nicht lache. Jedes Kind kann eine Firewall umgehen. Es muss nur wissen, wie. Glaubst du wirklich, dass ein Rechner vor einem Angriff sicher ist?"

„Ich glaube schon. Sehen Sie sich unsere Rechner an. Da bekommt keiner Zugriff drauf." Wieder widmete sie sich, beton gelangweilt, ihrer Akte.

„Das glaubst du nicht wirklich. Ich kann dir mit zwei Mausklicks zeigen, wie das geht."

Inna sah kurz auf und blickte dann, nach wie vor desinteressiert, zu Manuel. Dabei rollte sie mit den Augen. Sie vermittelte dadurch ihrem Gegenüber, dass sie der festen Überzeugung war, dass sie es mit einem Schaumschläger zu tun hatten.

„Du glaubst mir nicht, wie?"

„Stimmt."

„Was glaubst du, wie ich an meine Informationen komme?", fragte er. Sein Zorn gegenüber Inna wuchs sichtlich.

„Keine Ahnung. Sie kennen jemanden, der jemanden kennt?"

„Und wen kenn ich, der mir gesagt hat, dass die Putze die Antibabypille gefunden hat?"

„Noch mal: keine Ahnung." Inna ließ sich ihren Triumph nicht anmerken.

„Siehst du! Das kannst du nur wissen, wenn du direkt in den PC von jemandem gucken kannst."

„Interessant", sagte Manuel nur und wartete die Reaktion seines Kollegen ab. Es dauerte einen Wimpernschlag und dann noch einen, bis bei dem der Groschen gefallen war.

„Du Miststück hast mich ausgetrickst!", rief er und sprang in Richtung Inna. Die gab ihm einen Schlag auf die

Nase, was Jacobi zurück auf seinen Stuhl fallen ließ. Blut rann über seine Lippen und tropfte auf sein Hemd.

„Sieh dir an, was du getan hast, du Schlampe! Ich werde dich anzeigen. Du wirst nie wieder auf dieser Seite des Schreibtisches sitzen, wenn ich mit dir fertig bin!"

„Ich denke, dass dieses Szenario nie eintreten wird. Und wenn Sie noch einmal versuchen, meine Kollegin oder mich anzugreifen, werden wir Ihnen Handschließen anlegen", sagte Manuel

Jacobi schniefte und hielt sich die blutende Nase.

„Halten Sie das aus oder brauchen Sie einen Krankenwagen?", fragte Inna.

„Der Tag muss erst noch kommen, an dem ich wegen einem Weibsbild einen Arzt brauche", fauchte Jacobi.

„Dann lassen Sie uns weitermachen", schlug Manuel vor und klopfte in Gedanken Inna auf die Schulter. „Ich habe hier die Auswertungen Ihres Computers. Aus denen geht hervor, wann Sie angemeldet waren und worauf Sie Zugriff hatten."

„Ihr seid genauso, wie man es über euch sagt. Ihr reitet eure Kollegen in die Scheiße und habt dabei noch Freude." Jacobi sah Inna ins Gesicht. „Macht dich das feucht?" Er spie ihr die Worte entgegen.

„Ja", sagte sie schlicht und sorgte damit dafür, dass Jacobis Gesicht noch roter wurde.

„Wir halten uns nur an die Fakten", warf Manuel ein. „Der, der sich nicht an die Regeln gehalten hat, sind Sie. Sie allein haben entschieden, dass Sie Baur und seinem Team ein wenig auf den Zahn fühlen wollen. Doch damit war es nicht genug, habe ich recht?" Manuel setzte alles auf eine Karte. Was jetzt kam, konnten sie ihm bislang nicht nachweisen.

„Das stimmt. Ich habe entdeckt, dass sie bei der Durchsuchung schlampig waren. Wie kann man so etwas Elementares übersehen? Das schrie doch danach, dass man es der Welt vor Augen hielt, was für Stümper das sind, oder?"

„Das stimmt. Und es gab nur wenig Menschen, die sich dafür interessieren. Aber Sie haben herausgefunden, bei wem Sie auf offene Türen stoßen werden."

„Genau. Ich hab Waller angerufen. Ich hab ihm gesagt, wer da auf seinen Fall angesetzt wurde. Der arme Mann. Man bedenkt, dass seine geliebte Ehefrau verschwindet und eine Putze findet Beweismittel. Was für eine Polizei ist das geworden?" Jacobi lehnte sich wieder zufrieden in seinem Stuhl zurück. Er verschränkte die Arme und schlug die Beine übereinander. Triumphierend sah er von Manuel zu Inna. Als keiner etwas sagte, fuhr er fort: „Immerhin hat sie ihn beschissen, oder? Was für einen Grund hat ein Weib, die Pille heimlich einzunehmen? Und sich dann mit einem anderen Typen treffen, wo der Mann den ganzen Tag lang rackert."

„Gut, dass Sie das herausgefunden haben. Sie haben sich an den richtigen gewandt mit Ihren Erkenntnissen."

„Eben."

„Wir ergänzen die Liste der Straftaten, die Ihnen zur Last gelegt werden, um den Tatbestand des Geheimnisverrates. Sie müssen nichts sagen, was Sie belasten kann. Wenn Sie doch einen Anwalt möchten, dann sagen Sie das. Haben Sie das verstanden?"

„Du Schwein!", schrie Jacobi. Spucke, vermischt mit dem Blut aus seiner Nase, flog dabei über den Tisch und landete auf der Akte.

„Stellt sich die Frage, wer hier das Schwein ist. Wir werden sehen, in welchen Punkten wir Sie der Beihilfe zu diversen Straftaten dranbringen werden. Es dürfte Ihnen nicht entgangen sein, dass Frau Waller nach wie vor vermisst wird und MacMillan auf der Intensivstation um sein Leben ringt."

„Das könnt ihr mir nicht anhängen."

„Das tun wir auch nicht. Noch nicht. Wenn Sie Ihren Mund gehalten hätten, wäre es ganz sicher aber nicht so weit gekommen. Frau Waller wäre gefunden worden. Im schlimmsten Fall wäre die Ehe geschieden worden. Das wäre nicht unsere Sache gewesen. Nun sieht das Ganze aber anders aus. Und da Sie nicht dumm sind, wissen Sie das auch. Dass Sie sich vorher keine Gedanken gemacht haben, ist armselig. Man sollte eine Handlung zu Ende denken, bevor man sie ausführt. Die Konsequenzen müssen abgewogen werden. Das scheint etwas zu sein, was Sie in Ihrer Laufbahn bisher nicht gelernt haben. Vermutlich waren Sie zu sehr damit beschäftigt, wie Sie Frauen durch den Kakao ziehen können. Hätten Sie sich lieber die Zeit genommen, von ihnen zu lernen."

„Sag du mir nicht, was ich mit Frauen machen soll. Du hast doch keine Ahnung!"

„Da haben Sie recht. Wir sind soweit fertig." Manuel beendete die Aufnahme des Diktiergerätes. „Ich werde Ihnen alles zum Unterschreiben bringen. Mit Ihrem Dienststellenleiter werden wir umgehend Kontakt aufnehmen. Ihre Dienstwaffe wurde bereits in amtliche Verwahrung genommen. Bis auf Weiteres werden Sie kein Dienstgebäude mehr betreten. Wenn Sie noch etwas aus Ihrem Büro holen müssen, werden Sie dorthin begleitet, danach werden Sie nach draußen geführt. Ihren Dienstausweis werden Sie an der Pforte abgeben, dort weiß man schon Bescheid. Haben Sie noch Fragen?"

„Fahr zur Hölle und nimm diese Schlampe hier mit!", zischte Jacobi und stand auf.

33.

Manche Tage nahmen einfach kein Ende, dachte Manuel als er im sechsten Stock aus dem Aufzug stieg. Die Etage war hell erleuchtet, obwohl es bereits auf Mitternacht zuging. Hendriks Team legte offensichtlich auch Überstunden ein. Er drückte die Glastür zu dem Großraumbüro auf und stellte fest, dass die Arbeitsplätze alle leer waren. Er ging an den Schreibtischen vorbei. Alle waren peinlich genau leer geräumt. Man könnte meinen, dass hier nicht gearbeitet wurde. Er wusste es besser. Die Leute, die hier arbeiteten, hielten sich an die Hinweise, die er ihnen gegeben hatte. Sie ließen nichts offen herumliegen, wenn sie es nicht im Blick hatten. Was das für ein Aufwand war, konnte er nur erahnen. Es ließ aber auch erkennen, wie ernst sie die Sache nahmen. Manuel fand die versammelte Truppe in Hendriks Büro. Da die Tür offen stand, klopfte er an den Türrahmen und nickte dann jedem zu.

„Manuel, so spät noch im Dienst?", fragte Hendrik erstaunt.

„Wir hatten eine Vernehmung, die sich hingezogen hat", antwortete er, dabei fragte er sich, ob er genauso müde aussah, wie die Kollegen hier. Vermutlich.

„Setz dich", sagte Camilla und rutschte auf dem kleinen Sofa, auf dem sie saß, so weit zur Seite, dass er sich dazu quetschen konnte.

„Kaffee?", fragte Harald, der neben der Maschine saß.

„Nein, danke. Ich glaube ich habe heute schon vier Liter getrunken", meinte Manuel und sorgte damit dafür, dass die Stimmung sich etwas hob.

„Was hast du für uns?", wollte Hendrik wissen.

„Sagt dir Martin Jacobi etwas?"

Hendrik dachte einen Moment nach, dann nickte er.

„Klar. Jetzt weiß ich es. Er hatte sich hier auf die Stelle von Bert beworben. Er kam nicht zum Zug. Ich habe ihn nie gesprochen. Er hat es sich wohl mit Fischer verspielt, was man so hört."

„Genau. Er ist der Grund, warum ich heute immer noch im Dienst bin. Wir haben ihm nachweisen können, dass er sich in eure Rechner gehackt hat."

„Er hat was?", entfuhr es Tim.

„Wir wussten, dass es eine undichte Stelle im Präsidium gibt. Wir haben ihn im Verdacht, in mindestens sieben Fällen interne Informationen nach außen weitergegeben zu haben. Heute haben wir die letzten Beweise von der IT-Sicherheit in eurer Sache bekommen und ihn hochgenommen. Bislang haben wir ihn nur zu eurem Fall befragt. Er weiß also nichts von seinem Glück, dass die Schlinge um seinen Hals enger liegt, als er annimmt. In den anderen Fällen fehlen uns noch ein paar Puzzlestücke, bevor alles wasserdicht ist."

„So ein Schwein", sagte Max, „hat er Kohle dafür kassiert?"

„Nein. Er hat sich einfach nur rächen wollen. In den letzten Jahren ist er immer an Frauen geraten, die ihm seiner Meinung nach in die Quere gekommen sind und seiner Karriere geschadet haben. Dass es an ihm selbst lag, auf die Idee kam er bisher nicht. Jedenfalls hat er herausgefunden, dass Maria euch ein Beweisstück gebracht hat, das ihr übersehen hattet. Auf diese Weise konnte er Rache an der Ehefrau für den Verrat an ihrem Mann ausüben, aber auch an euch, weil Natalie ihm die Stelle weggenommen hatte, auf die er scharf war."

Natalie sog die Luft ein. „Ich wusste nichts von seiner Bewerbung."

„Das ist kein Vorwurf an dich. Vermutlich gab es zahlreiche Bewerber", erklärte ihr Hendrik.

„Wie sieht Jacobi aus?", fragte sie einem Impuls folgend.

Manuel beschrieb den Kollegen.

„So schließt sich also der Kreis", murmelte Natalie.

„Was meinst du damit?", hakte Hendrik nach.

„Er ist mir vor ein paar Tagen am Aufzug begegnet. Er hat mich eigentlich nur nicht gegrüßt, dabei aber so viel Feindseligkeit versprüht, dass ich lieber die Treppen gegangen bin." Natalie warf einen Blick auf Camilla, die ihr zulächelte. Dann fuhr sie fort: „Dann habe ich ihn noch mal bei den Toiletten hier gesehen. Ich habe mich gewundert, weil ich ihn hier auf der Etage noch nie gesehen habe." Sie fragte sich, ob Jacobi der Grund war, warum sie sich beobachtet gefühlt hatte, als sie in die Tiefgaragen gegangen waren.

„Er arbeitet im siebten Stock bei der Datenerfassung", klärte Manuel sie auf.

„Was macht er dann hier auf der Toilette?", fragte Tim.

„Vermutlich wollte er uns im Auge behalten. Ihm war wahrscheinlich alles recht, um an Informationen zu

kommen, die er gegen uns hätte verwenden können."
Hendrik blickte in die Runde.

„Stimmt. Jedenfalls hat er die Gelegenheit genutzt und Waller informiert", stimmte Manuel zu.

„Ach du Scheiße, also doch", entfuhr es Tim.

„Dann lagen wir also richtig", sagte Camilla zeitgleich und setzte sich aufrecht hin. „Jetzt haben wir ein verdammt großes Problem!"

„Was meinst du?", wollte Manuel wissen.

„Maria ist verschwunden."

„Die Angestellte? Shit, das ist richtig mies. Habt ihr alle Hinwendungsorte überprüft?"

„Längst geschehen", sagte Hendrik.

„Klar. Blöde Frage. Entschuldige."

„Lass stecken. Wir sind müde und drehen uns im Kreis. Eine unbeteiligte Einschätzung kommt uns wie gerufen. Wenn du also sonst noch eine Idee hast, lass hören." In den nächsten Minuten brachte Hendrik seinen Kollegen auf den aktuellen Stand.

„Seid ihr an Waller dran?", hakte Manuel nach.

„Er wird von zwei Zivilstreifen im Wechsel observiert. Zurzeit ist er bei sich zu Hause. Sobald er das Grundstück verlässt, hängen sie sich an ihn dran. Er war in seiner Firma und am Abend in einem Restaurant mit ein paar Anzugträgern. Allem Anschein nach ein Geschäftsessen."

Manuel nickte. „Handyortung von Maria?"

„Das letzte Mal, als es sich eingeloggt hatte, war in der Nähe der Wohnung, in der sie untergekommen war. Das war heute Morgen. Dann wurde es ausgeschaltet und seitdem nicht mehr ein."

„Hört sich nicht gut an. Wenn es am Akku lag, dass es ausgegangen war, hätte sie es mittlerweile geladen.

Außer sie hat Angst, dass Waller sie orten könnte und hat es deswegen ausgeschaltet. Vielleicht ist sie untergetaucht, weil ihre Angst vor Waller größer geworden ist. Ihrer Freundin hat sie vielleicht nichts gesagt, weil sie sie schützen will."

„Das hört sich gut an, aber mein Bauch sagt mir etwas anderes", sagte Hendrik, der aufmerksam zugehört hatte. Für einen winzigen Moment hatte er einen Lichtblick gesehen. Aber eben nur für einen Augenblick.

„Vielleicht solltet ihr euch eine Runde in die Betten schmeißen. Mit ausgeschlafenem Verstand arbeitet es sich effizienter", schlug Manuel vor, der selbst seine Augen kaum noch offen halten konnte. Die Vernehmung von Jacobi hatte ihm höchste Konzentration abverlangt. Das machte sich jetzt bemerkbar. Er schlug sich auf die Schenkel und stand auf. „Wenn ich etwas für euch tun kann, lasst es mich wissen."

„Danke. Für alles. Ich weiß, dass du dich weit aus dem Fenster gelehnt hast. Das wissen wir zu schätzen", sagte Hendrik.

Die beiden Männer nickten sich zu. Dann beugte sich Manuel zu Camilla hinunter und gab ihr einen kleinen Kuss auf die Wange. „Sieh zu, dass du Schlaf bekommst", flüsterte er ihr ins Ohr.

Sie lächelte ihm hinterher, als er das Büro verließ.

„Und jetzt?", fragte Max.

„Er hat recht. Machen wir hier Schluss. Auch wenn ihr mich hassen werdet, treffen wir uns um sieben Uhr morgen früh wieder hier."

„Also gleich nachher", meinte Natalie und sah auf ihre Uhr.

„Sozusagen", stimmte Hendrik ihr zu.

34.

Es ging auf neun Uhr zu, seit zwei Stunden gingen sie die kompletten Unterlagen noch einmal Wort für Wort durch, fanden jedoch keinerlei neue Ansätze. Es war zum Verzweifeln.

„Das Krankenhaus hat sich nicht wieder gemeldet?", rief Harald in Richtung der offenen Tür zu Hendriks Büro.

„Nein. Ich habe aber heute Morgen schon drei Mal dort angerufen. Ich fürchte, wenn ich sie weiter nerve, blockieren sie die Nummer", antwortete Hendrik. Er stand vor dem Whiteboard. Es war ihnen allen klar, dass Polizeiarbeit mühselig war, doch dieser Fall war von der ganz üblen Sorte. Wie sollten sie ohne weitere Anhaltspunkte hier vorankommen?, fragte er sich. Seine Leute waren gefrustet. Er hörte, wie die Glastür aufgedrückt wurde und sah auf die Uhr.

„Post!"

„Danke", konnte Natalie gerade noch hinterherrufen, doch die Beamtin, die die Post verteilte, war schon auf dem Absatz umgedreht und hob nur noch kurz die Hand. Den Stapel Briefe hatte sie auf Natalies Schreibtisch geworfen, der der Glastür am nächsten stand.

„Hat die Feierabend, sobald die Post verteilt ist?", fragte Natalie, griff nach den Umschlägen, die sich durch den Schwung, mit dem sie hingeworfen worden waren, über dem Tisch verteilt hatten und legte sie wieder auf einen Stapel.

„Könnte man fast annehmen", antwortete Max. „Was ist das alles?"

Natalie ging die Briefe durch. „Vom Gericht. Noch mal vom Gericht. Von einer Versicherung. Noch mal Gericht. Wir sollten unsere Büros nach dort verlagern, dann müssten wir nicht ständig rüberfahren", schlug sie vor und ging die anderen Umschläge durch. Plötzlich hielt sie inne. „Was ist das?", fragte sie und hob einen Umschlag so, dass Max ihn sehen konnte.

Froh über die Ablenkung, drehten sich alle zu Natalie. „Der hier ist komisch. Der Umschlag ist von Hand beschriftet. Da steht nur Hendrik Baur drauf." Sie blickte auf und sah Hendrik in der Tür stehen. Er kam ihr auf halben Weg entgegen und sie reichte ihm den Brief.

Hendrik legte die Stirn in Falten. Es kam ab und zu vor, dass er einen Brief von den Angehörigen seiner Opfer oder auch von den Opfern selbst bekam. Die waren alle von Hand beschriftet, doch die wurden auf dem Postweg verschickt. Da sich aus Sicherheitsgründen am Gebäude kein Briefkasten befand, schien dieser hier an der Pforte abgegeben worden zu sein. Hendrik ging zu ihrem Materialschrank und zog eine Box mit Einweghandschuhen heraus. Sicher ist sicher, dachte er und öffnete dann vorsichtig den Umschlag. Darin befand sich ein mit Tinte geschriebener Brief, den er herauszog. Er begann laut zu lesen:

Sehr geehrter Herr Baur,
ich weiß Ihre Arbeit sehr zu schätzen. In den letzten Jahren habe ich sie aufmerksam verfolgt. Obwohl Sie

immer wieder einmal einen Rückschlag zu verzeichnen hatten, waren Sie doch in zahlreichen Fällen auch erfolgreich. In diesem hier leider nicht. Lina Waller konnten sie nicht finden. Wie es aussieht, wollte sie zuerst auch nicht gefunden werden. Ich kann mir vorstellen, dass es dann nahezu unmöglich ist, jemanden aufzuspüren. Doch dann änderte sich die Lage. Sie können mir glauben, wenn ich Ihnen sage, dass sie jetzt gefunden werden will! Ich habe immer und immer wieder bei Ihnen angefragt, wie Sie mit Ihren Ermittlungen vorankommen. Ich wollte so gern, dass Sie sie finden. Zwei Tage sind mittlerweile vergangen. Ich kann den Druck nicht mehr aushalten.

Hendrik brach ab. Er sah seine Leute an. „Der Brief ist von Wallers Anwalt", sagte er, obwohl das wahrscheinlich jedem schon klar geworden war. „Heute ist Tag drei von Linas zweitem Verschwinden. Der Brief muss also gestern hier abgegeben worden sein", fuhr er fort. Wut keimte in ihm auf. Warum, zur Hölle, hatte es so lange gebraucht, bis der Umschlag ihn erreicht hatte? Es hätte nur einen Anruf gebraucht und er hätte ihn an der Pforte abgeholt. Damit würde er sich auf jeden Fall noch beschäftigen. Dann las er laut weiter vor:

Ich bin in etwas hineingerutscht, aus dem ich nicht mehr herauskomme. Er zwingt mich, Dinge zu tun, die ich nicht länger tun kann. Er hat, ohne mit der Wimper zu zucken, seine Frau in diesen Rohbau gesperrt. Obwohl ich nicht weiß wie, ist mir klar, dass er herausgefunden hat, wo Lina sich versteckt gehalten hatte. Wenn ich es richtig mitbekommen habe, wurde ihm ein Foto zugespielt, auf dem ein Mann abgelichtet worden war. Dieses Bild haben Sie vermutlich bei der Durchsuchung von Linas Zimmer gefunden. Maria wusste wohl davon und hat dann ein anderes Bild verschwinden lassen. Sie ging wohl davon aus, dass in den Ermittlungsakten einfach nur von einem Bild die Rede war, das die Polizei mitgenommen hat. Um von diesem Mann abzulenken, hat sie ein anderes Bild aus einem Rahmen genommen und verschwinden lassen. Ich weiß nicht, woher Maria ihre Informationen hat. Doch ich bewundere sie für ihren Mut. Sie hat geschafft, was ich nicht konnte. Ich bin schwach. Ich konnte Lina nicht schützen. Er zwingt mich, ihr mit Medikamenten versetzte Lebensmittel zu bringen. Anstatt die Sachen auszutauschen, bringe ich ihr die Sachen. Ich habe ihr gesagt, dass sie vorsichtig sein muss. Doch was bleibt ihr übrig, als zu essen und zu trinken? Immer wieder muss sie sich von dem Zeug übergeben. Sie hat Erinnerungslücken. Sie dachte doch tatsächlich, dass sie entführt wurde und ihr Mann ein Lösegeld bezahlen muss, um sie zu retten. Als ob der das machen würde! Nun erinnert sie sich wieder daran, was für einen schrecklichen Mann sie geheiratet hat. Diesem Mann entkommt man nicht. Ich habe das am eigenen Leib erfahren müssen. Ich hoffe, dass sie in Sicherheit ist, solange sie unter Drogen gesetzt wird. Aber vielleicht ist das auch nur ein Wunschdenken von mir, weil es für mich praktischer wäre.

Ich habe Lina jahrelang immer nur aus der Ferne gesehen, doch es war mir nicht entgangen, wie schlecht er sie behandelte. Auch dass er sie schlug und letztendlich in dem Haus, in dem sie wohnen, gefangen hielt, habe ich gewusst. Trotzdem habe ich nie etwas *unternommen, um dem ein Ende zu setzen. Ich habe zugesehen, weil ich Angst vor ihm hatte. Mit dem Wissen, das er über mich hat, hätte er mich vernichten können. Zu oft habe ich ihn verteidigt, als er in zwielichtige Geschäfte verwickelt war. Zu oft habe ich zugelassen, dass er Dokumente fälschte und Gutachter bestochen hatte. Dass er mich letztendlich Stück für Stück vernichtet hat, ist mir erst jetzt bewusst geworden. Das Kranke an der ganzen Sache ist, dass ich mir nie etwas zuschulden habe kommen lassen, bis ich an ihn geraten bin. Zuerst war es nur eine kleine Sache, die ich für ihn ausbügeln sollte. Nichts Großartiges. Es folgten andere Kleinigkeiten und irgendwann war ich in einem Strudel, der mich immer tiefer zog. Ich schreibe Ihnen diesen Brief, weil mir wieder einmal der Mut fehlt. Der Mut, in Ihr Büro zu treten und zu sagen, was gesagt werden muss. Ich weiß, dass Sie mich nicht mehr gehen lassen würden. Zu groß ist die Beweislast gegen mich. In den letzten beiden Tagen ist irgendwann der Tropfen gefallen, der das Fass zum Überlaufen brachte. Ich war ein letztes Mal bei Lina. Es geht ihr den Umständen entsprechend. Nein, ich mache mir schon wieder etwas vor. Es geht ihr schlecht. Sie braucht medizinische Hilfe und sie muss befreit werden!*

Hendrik sah auf. „Er hat die Adresse auf den Brief gekritzelt. Packt zusammen, wir müssen los!", rief er. Sofort waren alle auf den Beinen. Sie holten ihre Einsatztaschen und die Autoschlüssel.

„Sollten wir jemanden zu dem Anwalt schicken?", fragte Tim.

„Ich veranlasse das von unterwegs aus. Eine Streife soll an seiner Adresse und in seiner Kanzlei nach ihm suchen. Ich kümmere mich um ihn, sobald er festgenommen ist. Jetzt müssen wir Lina finden." Er konnte nur hoffen, dass sie dort noch war, an der Adresse, die in dem Brief stand. Stunden waren, seitdem er geschrieben worden war, vergangen. Stunden, in denen alles Mögliche passiert sein konnte. Stunden, in denen so viel passiert ist, dachte er. Immerhin war in diesem Zeitraum auch Maria verschwunden.

Camilla und er rannten hinunter in die Garage. Kurz fiel ihm noch ein, dass sie alle Akten offen hatten auf den Schreibtischen liegen lassen. Doch dann erinnerte er sich, dass die Gefahr aus dieser Richtung gebannt war und dankte Manuel im Stillen dafür. Der Aufzug kam gleichzeitig mit ihnen in der Garage an. Alle drei Teams sprangen in ihre Autos und fuhren mit quietschenden Reifen hinaus.

„Weißt du, wo das ist?", fragte Camilla und startete das Navi.

„Ja, das finde ich auch so", antwortete Hendrik.

„Sondersignal?"

„Nein, wir wollen niemanden aufschrecken."

Camilla setzte sich aufrecht in ihren Sitz und zog noch einmal den Gurt straffer. Sie alle waren gute Autofahrer. Doch die anderen Verkehrsteilnehmer waren immer wieder eine unberechenbare Gefahr. So schnell es ging, fuhr Hendrik durch den morgendlichen Berufsverkehr. Trotzdem dauerte es fast fünfzehn Minuten, bis sie ihr Ziel erreichten. Camilla hatte die Zeit genutzt, um zwei Streifen zu dem Rechtsanwalt zu schicken. Zudem hatte sie mit den Beamten telefoniert, die Waller observierten. Er war eine halbe Stunde zuvor direkt in sein Büro gefahren.

Der Rohbau, wie er von dem Anwalt beschrieben worden war, war in Wirklichkeit ein Bürogebäude, das gerade saniert wurde. Derzeit schienen jedoch keine Arbeiten dort im Gange zu sein. Sie würden später abklären, wem das Gebäude gehörte, doch eigentlich kannten sie die Antwort schon.

Staub wirbelte auf, als Hendrik vor den Bauzaun fuhr, der das Gelände umschloss. Direkt hinter ihnen parkten die anderen beiden Fahrzeuge.

Tim und Max schnappten sich die Einsatztaschen, während Hendrik und Harald ein Zaunelement aus der Halterung hoben, um sich Zutritt zum Gelände zu verschaffen. Am Gebäude war eine Bautür angebracht, die verschlossen war.

„Er hätte uns den Schlüssel mit in den Umschlag stecken können", sagte Tim und suchte in der Tasche nach einem geeigneten Werkzeug, mit dem er das Schloss knacken könnte. Er fand, was er suchte und Sekunden später war die Tür offen.

„Wow, das musst du mir mal zeigen", sagte Natalie anerkennend.

„Klar."

Sie rannten die Treppen hoch. Dabei achteten sie darauf, keinen Lärm zu machen. Sie wollten niemanden darauf aufmerksam machen, dass sie im Gebäude waren. Stockwerk für Stockwerk überprüften sie, bis sie an eine Tür kamen, die auch wieder verschlossen war. Ohne, dass jemand etwas sagte, ließen sie Tim den Vortritt, der auch dieses Schloss ohne Schwierigkeiten öffnete. Dabei verursachte er keinerlei Geräusche.

Sie stellten ihre Taschen zur Seite und zogen ihre Waffen aus den Holstern. Hendrik gab das Signal. Dann drückte er mit einem Schwung die Tür auf. Camilla stellte sofort ihren Fuß dagegen, um zu verhindern, dass sie wieder zuschlug. Binnen Sekunden waren sie in dem Raum. Was sie dort vorfanden, verschlug ihnen wahrhaftig den Atem. Sie prüften den Raum, fanden aber außer den beiden Personen, die aneinander gekauert, reglos auf einer Decke lagen, niemanden.

Erbrochenes und Fäkalien verursachten einen stechenden Gestank, der ihnen in der Nase brannte und Tränen in die Augen trieb.

Hendriks erster Gedanke war, dass es zwar stank, aber nicht nach Tod. Noch nicht. Er beugte sich zu den beiden Frauen hinunter und überprüfte ihre Körpertemperatur. Trotz der Kälte, die hier in dem Raum herrschte, waren beide Frauen warm. Gott sei Dank, sie kamen nicht zu spät, dachte er und nickte seinen Leuten zu. Er hörte deren Aufatmen und wandte sich wieder den Frauen zu. Obwohl er mit Maria persönlich gesprochen hatte und Lina von den Bildern, die er gesehen hatte, kannte, hätte er sie um ein Haar nicht wiedererkannt. Marias Gesicht war so verquollen, dass es fast nichts Menschliches mehr an sich hatte. Lina war noch blasser als auf den Fotos. Ihre helle Haut war so durchscheinend, dass man jede Ader in ihrem Gesicht sehen konnte. Ihr langes rotes Haar war derart verfilzt, dass wahrscheinlich nur noch eine Schere helfen würde.

„Wir brauchen zwei Krankenwagen", sagte Hendrik.

„Camilla und Tim kümmern sich um alles", sagte Harald.

Erst jetzt sah Hendrik, dass Tim bereits Fotos von dem Tatort machte und Camilla abseits stand und gerade ein Telefonat beendete. Er nickte. Dann sprach er leise zu den Frauen. Er war sich nicht sicher, ob sie aufgrund der Medikamente, die sie offensichtlich bekamen, schliefen oder ob sie bewusstlos waren. Er hätte auch nicht mehr sagen können, wie lange er leise auf die beiden einredete, doch irgendwann regte sich zuerst Maria und schließlich auch Lina.

Noch bevor die beiden Frauen die Augen richtig öffnen konnten, kam Max in Begleitung eines Notarztes und fünf Rettungssanitätern in den Raum.

Hendrik trat zurück und beobachtete, wie in Sekundenschnelle Vitalfunktionen geprüft und Zugänge gelegt wurden. Da die Rettungskräfte keine Fragen stellten, ging Hendrik davon aus, dass Max sie unten an der Straße in Empfang genommen und auf dem Weg hier hoch alle Informationen, die er hatte, weitergegeben hatte.

Camilla stand neben Hendrik. Sie hörte den Arzt, der in ruhigem Ton sagte, was er brauchte und beobachtete, wie es ihm gereicht wurde. Dieses Team strahlte eine Souveränität aus, die ihr die Hoffnung gab, dass alles gut werden würde. Zwischendurch hatte sie einmal gedacht, dass Lina zu sich kommen würde. Doch was immer ihr an Medikamenten verabreicht worden war, hielt sie in der Bewusstlosigkeit gefangen. Es brach ihr fast das Herz zu sehen, wie das Mädchen, das einst die Freundin ihrer Schwester gewesen war, darum kämpfte, wieder zu sich zu kommen. Camilla holte tief Luft und blinzelte einige Male, um wieder klar sehen zu können. Sie war froh, dass ihre Gedanken vertrieben wurden, als beide Frauen zum Abtransport auf die Liegen geschnallt wurden und der Arzt ihnen erklärte, wie der Zustand der Frauen war und in welches Krankenhaus sie gebracht werden würden.

Wenig später waren sie allein.

„Was für ein Dreck!", entfuhr es Tim. „Wie kann ein Mensch einen anderen Menschen hier gefangen halten?"

„Manche denken, weil sie Geld haben, können sie sich alles erlauben", sagte Harald und beugte sich über die provisorische Schlafstätte, wo bis vor wenigen Minuten noch die beiden Frauen gelegen hatten.

„Wir wissen noch nicht, ob Waller dahintersteckt", gab Hendrik zu bedenken.

„Klar wissen wir das. Und jetzt machen wir uns daran, so viele Beweise zu sammeln, dass dem Typ all sein schönes Geld nicht reichen wird, um seinen Hals aus der Schlinge zu ziehen", warf Natalie ein.

Hendrik sah sie an. Sie hatte recht, doch ihre Aufgabe war es, neutral zu bleiben und die Spuren reden zu lassen. Als er jedoch sah, dass sie sich schon einen weißen Anzug übergestreift hatte, um keine Spuren zu vernichten, entschied er sich, nichts zu sagen. Er wusste, dass seine Leute gute Arbeit machten. Dass sie hierbei ihre Emotionen nicht immer unter Kontrolle hatten, war nur menschlich.

„Sehen wir zu, dass wir alle in saubere Kleidung kommen und lassen dann die Spurensicherung ihre Arbeit machen", sagte Hendrik. Er nickte Harald zu, der ihm einen Overall reichte, bevor er selbst einen überzog. „Wer hat die Spurensicherung informiert?", fragte er dann.

„Ich. Zusammen mit der Anforderung des Krankenwagens", sagte Camilla. Sie hüpfte auf einem Bein, um ihr Gleichgewicht nicht zu verlieren, während sie mit dem Hosenbein des Overalls kämpfte.

Hendrik, dem es ähnlich ging, nickte ihr zu und unterdrückte dann einen Fluch, bis er es endlich geschafft hatte, den Anzug überzustreifen. Gerade als er den Reißverschluss hochgezogen hatte, klingelte sein Telefon und er zog ihn wieder hinunter.

„Baur", meldete er sich und spürte, wie der erste Schweißtropfen über seinen Rücken rann. Dabei fragte er sich, warum diese Anzüge aus Plastik sein mussten, sodass man schwitzte, selbst wenn man sich nicht bewegte. Doch dann konzentrierte er sich darauf, was der Anrufer ihm zu sagen hatte.

„Wo?", fragte er.

Natalie, die gerade Reste des Essens beschriftete und verpackte, horchte auf. An Hendriks Stimmlage erkannte sie sofort, dass etwas nicht stimmte. Sie sah, dass auch die anderen im Team ihre Arbeit eingestellt hatten und ihre Konzentration auf Hendrik richteten.

„Ich bin da, so schnell ich kann." Er legte auf und sagte zu seinem Team: „Macht Fotos und seht zu, dass keine Spuren vernichtet werden." Er steckte das Handy wieder ein und sah seine Leute an.

„Wir müssen los", sagte er zu Camilla. „Der Anwalt hat sich erhängt."

35.

Sie hatten das Seil schon durchtrennt und ihn auf den Boden gelegt, als Hendrik und Camilla eintrafen. Ein anderes Team Rettungssanitäter war mit ihnen am Tatort eingetroffen. Da es gerade nichts für sie zu tun gab, ging Hendrik durch das Haus, in dem der Rechtsanwalt gewohnt hatte. Camilla folgte ihm. Das Haus stand inmitten einer abgelegenen Wohngegend, eine Villa, umgeben von Villen. Die Grundstücke so groß, dass man den Nachbarn nicht sehen konnte. Die Hecken und Mauern so hoch, dass man nicht eben mal einen Blick auf das Haus oder den Hof dahinter werfen konnte. Das Alter des Hauses tippte Hendrik auf knappe hundert Jahre. Dem Anschein nach hatte es einige Male den Besitzer gewechselt und jeder hatte versucht, dem Gebäude seinen Stempel aufzudrücken. Anbauten waren im Laufe der Jahre hinzugekommen und hatten den Grundriss des Gebäudes verändert, ohne ihm seinen Charme zu nehmen. Altes und Neues harmonierten perfekt.

„So ein großes Haus für einen Menschen allein", sagte Camilla in beinahe ehrfürchtigem Ton.

„Stimmt, riesig ist es. Vielleicht hatte er nicht vorgehabt, hier drin alleine zu sterben", antwortete Hendrik.

Sie kamen in einen Wintergarten, der den Ausblick auf einen prachtvollen Garten preisgab. Obwohl es noch früh im Jahr war, blühten hier schon einige Blumen. Krokusse ließen die Wiese bunt erleuchten. Camilla fragte sich, wie es hier wohl im Sommer aussehen mochte. Dabei verglich sie den Garten mit dem an Samuels Haus. Im letzten Jahr war aus dem Urwald ebenfalls ein herrlicher grüner Rückzugsort geworden. Camilla freute sich schon jetzt darauf, die lauen Sommernächte dort zu verbringen.

„Er hatte alles und hat sich dann mit dem Falschen eingelassen", sagte Hendrik. Er stand am bodentiefen Fenster und ließ seinen Blick schweifen.

„Ich frage mich, wie viele Menschen dieser Kerl auf dem Gewissen hat. Ich hoffe so sehr, dass wir ihn hinter Gitter bringen können."

Hendrik sah Camilla an. Es war schwierig in einem Fall zu ermitteln, in dem man persönlich betroffen war. Aus diesem Grund hielt er Camilla auch aus allem heraus. Sie war zwar bei den Ermittlungen dabei, ihr Name tauchte aber in den Akten immer nur zweitrangig auf. Er wollte keinem Verteidiger Nahrung geben, indem er die Ermittlungsergebnisse anzweifelte und Verfahrensfehler geltend machte, weil eine Beamtin nicht neutral ermittelte, wenn man herausfand, dass die Schwester der Beamtin und das Opfer Freundinnen gewesen waren.

„Lass uns weitergehen", schlug er vor.

Camilla nickte. Sie warf noch einen letzten Blick in den Garten und wünschte sich mit einem Mal nichts mehr, als bei Samuel zu sein. Wenn dieser Fall abgeschlossen wäre, würde sie eine Woche Urlaub nehmen und nicht von seiner Seite weichen, beschloss sie und folgte Hendrik.

Sie kamen in die Küche. Auch hier mischte sich Antikes und Modernes. Hendrik pfiff leise auf, als er den großzügig geschnittenen Raum betrat. Er hatte bei seiner Küche gewiss nicht gespart, aber diese Einrichtung hier übertraf seine bei Weitem. Allein diesen Raum einzurichten, musste ein Vermögen gekostet haben, dachte er.

„Was haben wir denn hier?", fragte Camilla und zog damit Hendriks Aufmerksamkeit auf sich.

Er schaute ihr über die Schulter, als sie sich gerade über den Inhalt einer Schublade beugte. Aus ihrer Hosentasche zog sie ein Paar Latexhandschuhe und streifte sie über. Dann holte sie einige Tablettenstreifen heraus und legte sie auf die Arbeitsplatte.

„Das sind vermutlich die Medikamente, die er Lina ins Essen gemischt hat", vermutete Camilla.

„Sagt dir der Wirkstoff etwas?", fragte Hendrik und versuchte zu entziffern, was auf der Silberfolie aufgedruckt war.

„Ich kann das nicht entziffern. Sieht mir nicht nach etwas aus, was man hierzulande kaufen kann, wenn du mich fragst. Vielleicht täusche ich mich ja, aber ich wette ein Monatsgehalt, dass das hier auf der Straße oder im Netz gekauft wurde."

„Auch im Internet brauchst du dafür ein Rezept, oder?", meinte Hendrik, der sich noch immer mit dem Kleingedruckten abmühte.

„Stimmt. Ich tippe eher auf das Darknet."

„Da könntest du richtig liegen", vermutete Hendrik und gab es schließlich auf. Die Schriftzeichen würde er nicht entziffern können und was sonst noch aufgedruckt war, konnte er nicht lesen.

„Ich packe mal alles ein", sagte Camilla und verließ die Küche, um ihren Koffer aus dem Auto zu holen.

Hendrik blieb zurück. Er lauschte den Stimmen der Sanitäter. Die Kollegen von der Streife diskutierten gerade über die Ausstellung des Totenscheins. Da der Notarzt die Leichenschau nicht durchführen würde, sondern lediglich den Tod feststellte, würden die Kollegen verlieren, dachte Hendrik. Und nickte, als er hörte, wie der Notarzt sagte, dass man den Hausarzt des Verstorbenen hinzuziehen sollte. Kurz überlegte er, sich einzumischen, entschied sich dann aber dagegen. Die Kollegen vermittelten nicht den Eindruck, dass sie an den Worten des Arztes zweifelten. Sie waren einfach noch zu jung, um mit den Abläufen vertraut sein zu können. Bevor er sich weitere Gedanken machen konnte, kam Camilla wieder zurück.

„Der Notarzt scheint fertig zu sein", sagte Hendrik, „ich möchte mir den Toten noch kurz ansehen, bevor der Bestatter kommt und ihn abtransportiert."

„Ist gut. Ich mach das hier fertig und komme dann zu dir. Möchtest du hier im Haus auch die Spurensicherung?"

„Wir schauen zuerst selbst. Wenn es was geben sollte, mit dem wir nicht klarkommen, können wir immer noch alles versiegeln. Es rennt uns hier nichts mehr weg."

Er bat die beiden Streifenbeamten, einen Moment allein mit dem Toten bleiben zu können. So schnell wie die beiden den Raum verließen, waren sie darüber offensichtlich nicht allzu betrübt, dachte Hendrik.

Zunächst schaute er sich um. Der Anwalt hatte sich mit einem Seil an einem Deckenbalken in seinem Arbeitszimmer erhängt. Ein Stuhl lag umgekippt auf dem Boden. Das durchtrennte Seil war in eine Plastiktüte verpackt worden und lag auf dem Schreibtisch. Die Kollegen hatten es ordentlich beschriftet, stellte er mit einem Blick auf das Etikett fest.

Dunkles Holz dominierte den Raum, in dem an einer Seite vom Boden bis zur Decke ein Regal stand, das gefüllt mit Büchern war. Die meisten davon, waren Gesetzesbücher, erkannte Hendrik. Wie der Rest des Hauses, den sie bislang gesehen hatten, war auch hier alles tadellos aufgeräumt.

Schließlich hatte er alles gesehen. Nun ging er in die Hocke und beugte sich über den Toten. Die Strangulationsmarke um den Hals hob sich dunkelrot von der hellen Haut des Toten ab. Das Muster des Seils zeichnete sich deutlich ab.

Zum ersten Mal fiel Hendrik auf, wie jung der Mann war. Er fragte sich, warum ihm das bei ihren Zusammentreffen nie so deutlich aufgefallen war. Vermutlich, sah er in Anzug und Krawatte älter aus, überlegte er. Wie immer, wenn ein Mensch so jung aus dem Leben schied, verspürte Hendrik einen Stich im Herzen. Er konnte einfach nicht begreifen, wenn ein Mensch zum Äußersten griff. Wenn jemand einfach nicht mehr weiterwusste und sich dann, aus der Verzweiflung heraus das Leben nahm. Oft waren die Gründe, die den Entschluss gaben, für einen Außenstehenden nur schwer nachzuvollziehen. Wenn man als Unbeteiligter Probleme beleuchtete, fanden sich meistens einfache Lösungen. Man findet sie nur nicht, wenn man sich im Kreis dreht, wenn man sich im Strudel befindet, dachte Hendrik. Er fragte sich, warum diese Menschen sich nicht Hilfe und Rat bei jemandem suchten. Aus dem Brief, den er von dem Anwalt bekommen hatte, wusste er, dass er sich einiger Dinge strafbar gemacht hatte. Doch was hätte ihm passieren können? Er hätte seine Lizenz verloren. Vielleicht hätte er auch eine Haftstrafe absitzen müssen. Dann hätte er aber noch einmal von vorne anfangen können. Nicht in seinem Beruf und auch sicher nicht in diesem Haus. Bestimmt hätte es einige Tiefen zu überstehen gegeben, aber er hätte gelebt.

„Warum bist du nicht zu mir gekommen? Wir hätten sicher eine Lösung gefunden. Wenn du reinen Tisch gemacht hättest, wäre dir das strafmildernd angerechnet worden, das weiß du doch", leise sprach er zu dem Toten.

„Irgendwelche Hinweise darauf, dass hier jemand nachgeholfen hat?", fragte Camilla von der Tür her.

Hendrik sah zu ihr hinüber. „Wir müssen noch die Schließverhältnisse prüfen, ich denke aber, dass dabei nichts herauskommen wird. Allem Anschein nach, hat er eine Entscheidung gefällt und die umgesetzt."

Camilla nickte. Sie trat zu Hendrik und dem Toten. „Er ist noch so jung", sagte sie leise.

„Das war auch mein erster Gedanke."

„Dafür wird er bezahlen."

Hendrik wusste, dass sie von Waller sprach. Er nickte nur. Vor dem Toten würde er sie nicht zurechtweisen.

„Ich denke, dass es an der Zeit ist, mit dem Staatsanwalt zu reden", sagte Hendrik und stand auf.

36.

Während Hendrik mit dem Staatsanwalt telefonierte, rief Camilla die Kollegen an, die vor Wallers Bürogebäude standen. Man sagte ihr, dass Waller das Objekt bislang nicht verlassen hätte. Sie sah zu Hendrik hinüber und versuchte an seiner Mimik abzulesen, welche Wendung das Gespräch nahm, doch dem Pokerface ihres Kollegen war nichts zu entnehmen.

Gerade als Hendrik das Telefonat beendete und Camilla informieren wollte, klingelte es erneut. Er sah auf das Display und hob eine Augenbraue, bevor er das Gespräch entgegennahm. Er hatte mit vielen Anrufen gerechnet, doch nicht mit diesem.

Camilla trat näher an Hendrik heran. Ihr war der überraschte Blick nicht entgangen. Sie wollte unbedingt wissen, wer ihn da anrief. Doch noch bevor sie nahe genug heran war, beendete Hendrik das Gespräch schon wieder.

„Die Ereignisse überschlagen sich", fing er an und wurde erneut von einem Anruf unterbrochen.

Camilla hätte ihm am liebsten das Gerät aus der Hand gerissen, um zu erfahren, wer jetzt schon wieder anrief. Auch dieses Telefonat dauerte nur kurz.

Hendrik sah Camilla an, als er sein Telefon in die Tasche seines Mantels steckte. Er war froh darüber, dass er daran gedacht hatte, sich den Mantel anzuziehen, als sie heute Morgen so schnell das Büro verlassen hatten. Obwohl die Sonne langsam am Himmel höher stieg, war es noch empfindlich kalt. Der Winter schien dem Frühling an diesem Tag nicht so richtig Platz machen zu wollen. Nun musste er sich ein Lächeln verkneifen, als er in das Gesicht seiner Kollegin sah. Die Neugierde war fast zum Greifen.

„Zuerst der letzte Anruf. Der Staatsanwalt hat mit dem Richter gesprochen."

Camilla hob die Augenbraue. Das ging schnell, dachte sie, unterbrach Hendrik jedoch nicht.

„Wir haben den Durchsuchungsbeschluss."

Jetzt pfiff sie leise zwischen den Zähnen hindurch. Das ging sogar sehr schnell. „Gut, ich habe gerade mit den Kollegen vor dem Bürogebäude gesprochen. Er ist dort gegen neun Uhr eingetroffen und hat das Gebäude seitdem nicht mehr verlassen." Sie schaute auf die Uhr. Es war fast elf Uhr. Nicht einmal zwei Stunden waren vergangen, seit sie im Büro den Brief des Anwalts gelesen hatten. Erst zwei Stunden, es kam ihr vor, als wäre eine Ewigkeit vergangen.

„Das ist gut", meinte Hendrik.

„Fahren wir direkt zu ihm?", hakte Camilla nach.

„Nein."

„Nein?" Was war denn jetzt los?, fragte sie sich. Sie mussten dem Kerl nur noch Handschließen anlegen und Hendrik zögerte! So kannte sie ihren Chef nicht.

„Der andere Anruf war vom Krankenhaus. Luan ist wach."

„Ach was", sagte Camilla und starrte Hendrik mit offenem Mund an. Sie hätte nie gedacht, dass sich jemand aus dem Krankenhaus bei ihnen melden würde.

Offensichtlich hatte man ihr ihren Wutausbruch verziehen.

„Wir treffen uns alle kurz und teilen die Aufgaben zu", unterbrach Hendrik ihre Gedanken.

Camilla sah ihm hinterher, als er zu einem der Beamten ging, die das Wohnhaus des Anwalts absicherten und mit ihm sprach. Der Kollege nickte einige Male bevor Hendrik wieder zurückkam.

„Lass uns fahren", sagte er, „und ruf die anderen an. Wir treffen uns im Stadtpark. Das Präsidium ist zu weit entfernt."

Keine zehn Minuten später, standen alle sechs Beamte des Vermisstendezernats um die betonierte Tischtennisplatte des Stadtparks versammelt. Der Himmel hatte sich zugezogen, und einige Schneeflocken rieselten zu Boden, wo sie sofort schmolzen.

Natalie zog ihren Schal über das Gesicht, sodass nur noch Nase und Augen freiblieben. Sie fragte sich, warum sie sich nicht in einem Café hatten treffen können. Doch die Antwort kannte sie eigentlich. In einem Café waren zu viele Menschen, die ihnen zuhören konnten. Bei diesem Wetter waren sie im Stadtpark jedoch nahezu alleine. Einzig ein paar hartgesottene Hundebesitzer eilten mit ihren Vierbeinern über die Wege.

„Wir werden uns aufteilen", fing Hendrik an. Alle nickten zustimmend. Zwar wäre jeder von ihnen gerne dabei, wenn sie Waller gleich den Durchsuchungsbeschluss unter die Nase hielten, doch die Informationen, die MacMillan ihnen geben könnte, waren für den Fall eventuell entscheidend.

„Natalie und Max, ihr geht ins Krankenhaus. Ich hätte gerne eine Frau, die bei der Vernehmung dabei ist. Vielleicht macht MacMillan das einfacher zu sagen, was geschehen ist. Wir anderen gehen zu Waller." Hendrik machte eine Pause und sah Max an. „Sobald ihr etwas Brauchbares habt, gebt ihr Bescheid."

Max nickte. Da der Rest der Besprechung für sie nicht mehr so wichtig wäre, gab er Natalie ein Zeichen und sie brachen auf.

Natalie passte ihre Schritte Max an, der mehr rannte, als dass er ging. „Ich wäre gerne bei Waller dabei gewesen", sagte sie.

„Ich auch, aber so ist es entschieden worden", antwortete Max.

Natalie blies sich in die kalten Finger. Sie schalt sich in Gedanken eine vergessliche Ziege, weil sie ihre Handschuhe im Dienstwagen hatte liegen lassen. Dieser Fehler würde ihr sicher kein zweites Mal passieren, dachte sie und blickte voller Neid auf die schwarzen Lederhandschuhe ihres Kollegen.

Max hob erstaunt eine Augenbraue, als man ihnen die Tür zur Intensivstation öffnete, nachdem er an der Sprechanlage gesagt hatte, wer sie waren. Er hatte sich auf eine längere Diskussion eingestellt. Auf dem Flur kam ihnen eine Schwester entgegen. „Ich bringe Sie zu dem Patienten", sagte sie und wies mit der Hand den Weg. „Ich muss Sie aber bitten, Rücksicht zu nehmen. Er ist noch sehr schwach. Wenn er nicht darum gebeten hätte, dass Sie kommen, wären Sie jetzt nicht hier."

Obwohl ihr Ton freundlich war, wusste Max nun, woher der Wind wehte. Er warf einen schnellen Blick auf

Natalie und sah, dass seine Kollegin sich ein triumphierendes Lächeln verkniff. Einzig den Muskel ihres linken Mundwinkels hatte sie nicht unter Kontrolle, dachte er und sah wieder mit strengem Blick nach vorne.

„Sie können so lange bleiben, wie es dem Patienten gutgeht. Wenn er sich aufregt, sind Sie weg." Die Schwester war vor einem Zimmer stehen geblieben, aus dem das Piepsen von Maschinen zu ihnen hinausdrang.

„Wir werden ihn nicht aufregen. Wir sind da, um ihm zu helfen, auch wenn das für Sie anders aussehen mag", erklärte Max in ruhigem Ton.

Die Schwester lächelte ihn an und nickte. „Wenn Sie etwas brauchen, klingeln Sie einfach", fügte sie hinzu, drehte sich um und verschwand in einem anderen Zimmer.

„Hmmmm", machte Natalie. Sie wusste, dass man sich dem Charme von Max nur schwer entziehen konnte, obwohl sie noch nicht so lange zusammenarbeiteten, hatte sie das oft genug erlebt. Sie lächelte ihren Kollegen an und betrat hinter ihm das Krankenzimmer.

Luans Augen waren geschlossen. Dennoch musste er gespürt haben, dass jemand den Raum betrat, dachte Natalie, die beobachtete, wie seine Augenlider flackerten, bevor sie sich langsam öffneten.

„Sind Sie von der Polizei?", fragte Luan.

Natalie und Max mussten sich hinunterbeugen, um ihn verstehen zu können, so schwach war seine Stimme. Max stellte sich vor und zog sich und Natalie einen Stuhl heran, dass sie sich, jeweils rechts und links vom Bett, setzen konnten.

„Nicht dieselben wie beim letzten Mal", gab Luan leise von sich.

Max hoffte, dass diese Tatsache nicht so bedeutend für Luan war, dass er keine Angaben machen wollte. Die Schwester hatte nicht gesagt, dass er einen bestimmten Beamten verlangt hatte. Oder war man hier nur nicht davon ausgegangen, dass dieser Wunsch von Seiten der Polizei respektiert und beachtet wurde?, fragte er sich.

„Nein", sagte er behutsam. „Wie fühlen Sie sich?"

„Wie von einem Güterzug überrollt."

Man konnte förmlich sehen, wie Luans Zunge am Gaumen kleben blieb und ihm dadurch das Sprechen noch schwerer fiel. „Dürfen Sie etwas trinken?", fragte Natalie und sah sich im Raum um. Auf dem Fensterbrett sah sie einen Becher mit einem Strohhalm. Sie wusste aber nicht, ob es erlaubt war, ihm einfach etwas zu geben.

„Ja. Nur alleine schaffe ich es nicht. Wären Sie wohl so freundlich?", bat Luan. Natalie holte den Becher und hielt ihn so, dass Luan trinken konnte. Obwohl sein Gesicht so übel zugerichtet war, konnte sie verstehen, dass Lina gefallen an ihm gefunden hatte. Derzeit hatte der Mann allerdings nicht mehr viel gemein mit dem Mann, den sie von dem Foto kannte.

„Was ist mit Lina?", fragte er, als er genug getrunken hatte.

„Wir haben sie gefunden", antwortete Max.

Sie sahen zu, wie Luan die Augen schloss. Für einen Moment waren nur die Geräusche der Monitore im Raum zu hören.

„Wie geht es ihr?", fragte Luan, wobei er nach wie vor die Augen geschlossen hielt.

„Es geht ihr nicht gut", antwortete Natalie und erntete damit einen erstaunten Blick von Max. Sie würde jedoch einen Teufel tun, hier einen schwer kranken Menschen anzulügen.

Luan drehte den Kopf leicht in die Richtung, in der Natalie saß. Dann öffnete er die Augen. Natalie erschrak, als sie den Kummer und die Angst darin erkannte. Sie war froh, dass sie die Wahrheit gesagt hatte. Luan hätte es sofort gemerkt, wenn sie gelogen hätte, dessen war sie sich sicher. Spontan griff sie nach seiner Hand und hielt sie fest. Dann erzählte sie ihm, wie sie Lina gefunden hatten und wo sie jetzt war. „Sie ist auch hier im Krankenhaus. Wenn es Ihnen beiden besser geht, werde ich dafür sorgen, dass Sie sich besuchen dürfen", schloss sie. Als sie die Tränen sah, die sich in Luans Augen sammelten, musste sie mehrfach schlucken, um nicht mit ihm zu weinen. Um sich abzulenken, sah sie über das Bett zu Max.

Max hatte Luan beobachtet, während Natalie mit ihm gesprochen hatte. Er gratulierte ihr im Stillen für ihr Einfühlungsvermögen. Hendrik hatte recht gehabt, als er sich entschieden hatte, eine Frau an das Krankenbett zu schicken. Jetzt nickte er ihr aufmunternd zu. Es war ihm nicht entgangen, dass sie den Fall zu nahe an sich herankommen ließ. Es war nicht immer einfach, Distanz zu wahren. Auf lange Sicht würde sie sich jedoch eine Schutzmauer errichten müssen, sonst würde der Job sie zugrunde richten, dachte er.

„Luan", begann Natalie vorsichtig, „Sie haben zu meiner Kollegin gesagt, dass Sie wissen, wer in ihre Wohnung eingedrungen ist."

Da die Herzfrequenz von Luan sich sofort veränderte, brach Natalie ab und betrachtete besorgt den Monitor.

Wenn er Alarm auslösen würde, wäre ihre Zeit hier um. Sie musste behutsamer vorgehen, mahnte sie sich.

„Es war Robert. Ihr Mann." Natalie hörte die Worte, doch es dauerte noch einige Sekunden, bis sie deren Bedeutung erfasste. Mit angehaltenem Atem löste sie den Blick vom Monitor und sah Luan an. Er erwiderte ihren Blick.

„Sind Sie sicher?", fragte sie leise, aus Angst, sich selbst aus diesem Traum aufzuwecken.

„Ja. Ich bin mir sicher", antwortete Luan, dessen Stimme mit einem Mal fest geworden war. Er richtete sich ein kleines Stückchen auf.

„Woher?", war alles was Natalie herausbekam.

„Ich kenne ihn gut genug. Schließlich bin ich ihm oft genug begegnet. Außerdem treffen Sie sich nicht mit der Frau eines anderen und planen mit ihr die Flucht, ohne ihren Gegner zu kennen." Müde sank Luan in sein Kissen zurück.

Natalie sah, wie seine Kiefer mahlten. Sie spürte die Wut und den Frust, die sich in Luan angestaut hatten. Er hatte die Frau, die er liebte, nicht schützen können. Was bedeutete das für ihn?, fragte sie sich. Vielleicht wollte er Waller auch nur aus dem Weg räumen und nutzte den Überfall in der Wohnung, um ihn ans Messer zu liefern und so weg von Lina bringen zu können?

„Sie hassen Linas Ehemann", sagte Natalie leise. Es war keine Frage.

„Das tue ich", bestätigte MacMillan.

„Er ist der Mann, zu dem die Frau gehört, die Sie lieben."

Wieder beschleunigte sich der Ton am Monitor.

„Das müssen Sie mir nicht sagen", stieß Luan zwischen zusammengebissenen Zähnen hindurch.

„Wie weit würden Sie gehen, um diese Frau zu bekommen?", fragte Natalie noch immer leise.

Max lauschte dem Schauspiel mit angehaltenem Atem. Er hatte schnell begriffen, worauf seine Kollegin hinauswollte. Jeder Feld- und Wiesenanwalt würde diese Begründung nutzen, um den Verdacht von Waller zu nehmen.

Luan versuchte, sich aufzurichten, scheiterte dieses Mal jedoch. Natalie hätte ihm gerne geholfen, hielt sich aber zurück. Einzig ihre Hand auf Luans Hand zeigte ihm, dass sie nicht seine Gegnerin war, diese Fragen jedoch stellen musste. Er sah sie wieder an. Sein Kopf pochte und sein Körper schrie nach einer Auszeit, eigentlich wollte er nur schlafen. Dennoch sagte er: „Ich wäre weit gegangen. Sehr weit. Doch Lina hat mich zurückgehalten. Trotz allem, was er ihr angetan hat, wollte sie nicht, dass ihm etwas zustößt. Sie wollte ein neues Leben mit mir anfangen. Dieses Leben sollte nicht auf die Erinnerung an etwas Hässliches gründen. Ich habe mich darauf eingelassen. Und dann hat er meine Tür eingetreten."

Natalie reichte ihm noch einmal den Becher und sah zu, wie er gierig an dem Halm saugte.

„Fragen Sie Lina, sie wird Ihnen bestätigen, was ich gesagt habe."

Das würden sie, keine Frage. Doch derzeit konnten sie das nicht tun, weil Lina nicht ansprechbar war. Zuerst musste das Gift aus ihrem Körper. Auch Maria musste es erst wieder besser gehen. Dann hätten sie drei Zeugen, die Waller belasten würden. Vier, wenn man den toten Anwalt und dessen letzten Brief mitrechnete.

Natalie sah Max hinterher. Er verließ das Krankenzimmer und griff dabei nach seinem Handy. Sie wusste, dass er Hendrik über den neuesten Stand in Kenntnis setzen würde. Bis er wieder zurück war, würde sie weiter mit Luan reden. Sie drehte sich zu ihm und strich ihm über die Stirn. Dabei beobachtete sie, wie zeitgleich seine Augen zufielen. Nun, von ihm würden sie erst einmal keine Informationen mehr bekommen, dachte sie und hielt weiter seine Hand.

„Sie haben ihn erschöpft."

Die leise Stimme ließ Natalie herumfahren. Am Bettende stand die Schwester, die sie zuvor zum Krankenzimmer geführt hatte. Sie hatte sie nicht hereinkommen hören. Für einen Moment fragte sie sich, ob sie Luans Hand loslassen sollte. Was für ein Bild gab sie hier ab? Doch dann entschied sie sich dagegen. Stattdessen antwortete sie: „Ja. Sieht so aus. Das Thema, über das wir gesprochen haben, war nicht einfach."

Die Schwester ließ ihren Blick von der Polizistin zu dem Patienten gleiten. Als sie gesehen hatte, dass der Polizist das Zimmer verlassen hatte, war sie eingetreten. Sie hatte beobachtet, wie die Beamtin sich um den Mann, der hier lag, kümmerte. Da sie das nicht erwartet hatte, war sie zunächst im Hintergrund geblieben. Sie hatte damit gerechnet, dass sie den Mann wieder wecken würde, dass sie ihm zahllose Fragen an den Kopf werfen würde. Dann zu beobachten, wie sie ihm über die Stirn gestreichelt hatte und seine Hand hielt, hatte sie kurz aus dem Konzept gebracht. Selbst jetzt, hielt die Frau noch die Hand des Patienten.

„Kennen Sie sich?", fragte sie.

„Nein, ich habe bislang nur ein Bild von ihm gesehen. Aber auf dem sieht er nicht annähernd so aus, wie jetzt gerade", sagte Natalie und blickte wieder zu Luan.

Die Schwester war erneut irritiert. Ihre Ablösung hatte sie auf das Übelste vorbereitet. Man hatte ihr gesagt, dass die Beamten rücksichtslos und skrupellos seien. Dass man sie auf keinen Fall unbeaufsichtigt lassen dürfe. Sie nahm sich vor, sich in Zukunft selbst ein Bild von den Menschen zu machen und nicht alles zu glauben, was man ihr sagte.

Wenig später betrat Max wieder das Zimmer. Er sah die beiden Frauen, die sich leise miteinander unterhielten. „Lassen wir ihm seinen Schlaf", sagte er mit einem Blick auf ihr Opfer. „Wir haben einen Auftrag", fügte er an Natalie gewandt zu. Dann nickte er der Schwester freundlich zu und verließ mit Natalie die Station.

Die Schwester sah den beiden hinterher. Sie fragte sich, ob der Mann wohl noch frei war. Dann seufzte sie und sagte sich selbst, dass alle guten schon vergeben waren. Sie prüfte die Werte ihres Patienten und trug sie in die Akte ein.

37.

Zu der Zeit, als Max und Natalie im Krankenhaus eintrafen, betraten Hendrik und sein Team die Etage, in der Waller sein Büro hatte. Bei den vorangegangenen Besuchen hatten Hendrik und Camilla die Treppen genommen. Doch nun hatten sie einen konkreten Auftrag, der schnellstens über die Bühne gebracht werden musste. Zudem waren sie jetzt zu viert, und sie konnten Harald nicht zumuten, all die Treppen hinaufzusteigen. Sie waren nun gezwungen, mit dem Aufzug zu fahren. Obwohl sich Schweißperlen auf ihrer Stirn gebildet hatten, war Camilla eingestiegen, als die Türen sich im Erdgeschoss geöffnet hatten. Es war keinem entgangen, wie blass Camilla war und wie ihr Atem sich beschleunigt hatte, je höher sie kamen. Als der Fahrstuhl mit einer leisen Melodie zum Stehen kam, griff Hendrik ihren Arm und führte sie in den Flur. Sie bildeten einen Halbkreis um sie, um sie vor neugierigen Blicken zu schützen und ihr ein paar Sekunden zu geben, um sich wieder zu fangen. Das wäre allerdings nicht nötig gewesen, da außer ihnen niemand hier war. Auf der linken Seite befand sich die Milchglastür, hinter der sie auf den Empfang zu den Heiligen Hallen Robert Wallers stoßen würden.

„Danke", sagte Camilla leise und atmete tief ein. Wieder einmal rechnete sie es dem Team, von dem sie ein Teil war, hoch an, dass niemand ein Wort verlor. Sie musste sich nicht rechtfertigen.

„Bereit?", fragte Hendrik und richtete die Frage an alle. Sie nickten ihm zu und er trat durch die Tür. Die blonde Frau, die am Empfang saß, blickte erstaunt auf. „Wie kann ich Ihnen helfen?", flötete sie in übertrieben freundlichem Ton.

„Gar nicht", erwiderte Hendrik und ging einfach an ihr vorbei. Camilla, Harald und Tim folgten ihm, ohne die Dame eines Blickes zu würdigen.

„He! Das geht so nicht!", rief sie und versuchte ihnen hinterherzurennen, was ihr aufgrund ihrer Schuhwahl sehr schwerfiel.

Am Schreibtisch der Assistentin von Waller blieb Hendrik stehen. Ihm fiel auf, dass es eine andere Frau war, wie bei ihren vorherigen Besuchen, und er fragte sich kurz, was der Grund hierfür sein konnte. „Wir haben einen Durchsuchungsbeschluss für sein Büro", er deutete mit dem Kopf in Richtung der Tür, hinter der Wallers Büro lag. Gleichzeitig zeigte er der Frau seine Dienstmarke „Wenn Sie mir Ihre Faxnummer geben, werde ich dafür sorgen, dass er den Beschluss unverzüglich erhält."

Die Frau sah Hendrik mit großen Augen an. Es war ihr deutlich anzusehen, dass sie nicht wusste, was sie tun sollte. Hendrik beugte sich über den Monitor des Computers, der zwischen ihnen stand und fand, wonach er suchte. Er griff nach einer Visitenkarte und tippte eine Nummer in sein Handy. Sekunden später brummte das Faxgerät, das hinter der Frau stand.

„Bringen Sie es herein, sobald es durch ist", sagte er und ging auf die Tür zu.

Inzwischen war auch die Empfangsdame eingetroffen.

„Das können Sie hier nicht so einfach machen!", rief sie.

„Sie sehen doch, dass ich es kann. Wenn Sie mich jetzt entschuldigen." Er schob die Frau sanft zur Seite, öffnete die Tür und stand in Wallers Büro.

Waller saß an seinem Schreibtisch und blickte verwundert auf. Er wollte seine Assistentin gerade zurechtweisen, als er Hendrik erkannte. „Was soll das?", fragte er und stand auf.

Die beiden Männer maßen sich mit Blicken. Bevor Hendrik den Grund seines Kommens nennen konnte, kam die Assistentin ins Büro. Sie hielt ein paar Blätter in den Händen. Hendrik nahm sie ihr ab und sagte: „Danke, Sie werden hier nicht mehr gebraucht. Machen Sie für heute Feierabend."

„Was fällt Ihnen ein?", brüllte Waller jetzt. „Sie werden einen Teufel tun und über mein Personal bestimmen!" Er kam mit hochrotem Kopf um seinen Schreibtisch herum und ging auf Hendrik zu.

„Das hier ist ein Durchsuchungsbeschluss für Ihre Geschäfts- und Büroräume sowie Ihre Fahrzeuge. Sie haben das Recht, einen Zeugen zu der Durchsuchung hinzuzuziehen."

„Geben Sie mir den Quatsch", sagte Waller und riss Hendrik die Blätter aus der Hand. Er überflog sie und warf sie auf den Boden. „Gequirlte Scheiße. Ich werde meinen Anwalt anrufen, der wird sie in der Luft zerreißen und dann rufe ich Ihren Vorgesetzten an. Sie werden Ihre Marke nie wiedersehen, ist Ihnen das klar?" Waller war mit wenigen Schritten an seinem Schreibtisch und griff nach seinem Handy.

„Ich fürchte, Sie müssen sich einen anderen Anwalt suchen. Ihren haben wir gerade von einem Balken an der Decke seines Büros abgehängt, der wird Ihnen nicht mehr helfen", sagte Hendrik ruhig und sah dabei zu, wie Wallers Gesichtszüge entglitten und er die Hand sinken ließ, in der er sein Handy hielt.

„Sie lügen."

„Ich kann Ihnen ein Bild zeigen, aber es ist kein schöner Anblick."

Wieder versuchte Waller, Hendrik mit seinem Blick zu verunsichern. Doch an Hendrik prallte der Versuch ab.

„Wollen Sie nun einen Zeugen hinzuziehen oder können wir anfangen?", fragte er seelenruhig.

Wallers Kiefermuskeln arbeiteten. Man konnte sehen, wie er versuchte, seine Wut in Zaum zu halten.

„Was werfen Sie mir vor?", wollte Waller wissen.

„Das steht in dem Beschluss, den sie auf den Boden geworfen haben. Aber ich werde es Ihnen sagen. Wir gehen davon aus, dass Sie mit dem Verschwinden Ihrer Frau zu tun haben", klärte Hendrik auf.

„Das ist das Dümmste, was ich je gehört habe! Was glauben Sie, dass ich sie im Wandschrank hier eingesperrt habe?", fuhr Waller Hendrik an und deutete auf eine Schranktür, die sich kaum von der Vertäfelung der Wand abhob.

„Wer weiß. Wollen Sie noch jemanden anrufen?", fragte Hendrik.

„Niemanden. Fangen Sie an", stieß Waller hervor.

„Der Beschluss ist auf ihre elektronischen Geräte ausgedehnt", sagte Hendrik, nahm Wallers Handy von der Schreibtischplatte und packte es in eine Plastiktüte.

Waller wäre dem Polizisten am liebsten an den Hals gesprungen. Doch er musste einen kühlen Kopf bewahren, sagte er sich. Die Nachricht vom Tod seines Anwalts hatte ihn eiskalt erwischt. Er überlegte, was das für ihn bedeuten würde. Während er alle möglichen Szenarien in seinem Kopf durchspielte, sah er zu, wie diese Leute sein Büro auf den Kopf stellten. Es gab nichts, was sie nicht in die Finger nahmen. Sie überflogen seine Akten, hoben die Kissen seines Sofas hoch und rochen an seiner Zahnpasta. Er fragte sich, was sie eigentlich suchten. Sie würden nichts finden. Dessen war er sich sicher. Oder?

Eine Stunde verging, in der Robert Waller zusah, wie die peinliche Ordnung in seinem Büro sich in Luft auflöste.

Irgendwann klingelte Hendriks Handy und unterbrach die Totenstille in dem Raum. Hendrik sah, dass Max ihn anrief und nahm den Anruf vor dem Büro entgegen.

„Was ist unser nächster Auftrag?", fragte Natalie auf dem Weg von der Intensivstation hinunter zum Parkplatz. Sie hatten sich für das Treppenhaus entschieden, weil sie nicht auf den Aufzug warten wollten.

„Sie sind mit der Durchsuchung des Büros fast fertig. Wie zu erwarten war, war dort nichts, was Waller belasten könnte. Aber Hendrik meinte, dass ihn die Information über den Tod seines Anwalts von seinem hohen Ross heruntergeholt hat. Wir treffen sie am Haus von Waller."

Natalie freute sich, dass sie doch noch bei der Durchsuchung dabei sein konnte.

„Wie durchsucht man ein so großes Haus?", fragte sie, als sie ihren Wagen erreichten.

„Gute Frage", meinte Max und sah sie über das Autodach hinweg an.

Sie rutschten beide auf ihre Sitze und gurteten sich an.

„Wenn jemand in seinem Haus etwas so versteckt, dass es nicht gefunden werden soll, dann findet man es auch nicht", fügte er dann hinzu.

„Das dachte ich mir schon." Es war ja nicht so, dass sie Drogen suchten und einfach einen Hund die Arbeit machen lassen konnten, überlegte Natalie.

Die restliche Fahrt verlief schweigend. Als sie in die lange Zufahrt von Wallers Grundstück fuhren, standen dort schon die beiden anderen Fahrzeuge des Dezernats. Zusätzlich zählte Max vier Streifenwagen.

„Hendrik hat uns Verstärkung organisiert", sagte Max. Er war froh darüber. Bei der Größe des Hauses hätten sie es tagelang durchsuchen können. Auch mit der Verstärkung würden etliche Stunden vergehen, bis sie fertig sein würden. Sehnsüchtig dachte er an Melanie. Es war lange her, dass er sie gesehen hatte. Er vermisste sie beinahe schmerzlich. Dass es jemals wieder einen Menschen in seinem Leben geben würde, für den er so empfand, hätte er sich nicht zu träumen gewagt.

Es waren gut zwölf Stunden vergangen, seit sie Wallers Haus betreten hatten. In mehreren Kartons waren Computer, Notebook und schriftliche Unterlagen verpackt worden, die zur Auswertung ins Präsidium gebracht werden würden. Sie waren alle müde.

„Ich weiß, dass es viel verlangt ist", sagte Hendrik. Er hatte sich Max zur Seite genommen.

„Oh nein, ich weiß, was du jetzt sagen wirst."

Hendrik grinste seinen Kollegen kurz an. Dann erklärte er ihm, was er vorhatte.

Max hörte zu. Als Hendrik fertig war, nickte Max und ging davon.

Hendrik hörte noch, wie Natalie etwas sagte, doch Max wies sie zurecht und die beiden verließen das Anwesen.

Nach und nach packten auch die anderen Beamten zusammen.

Waller hatte sich den Rest des Tages erstaunlich ruhig verhalten. Er hatte einen anderen Anwalt angerufen. Von dem, was Hendrik mitbekommen hatte, wollte dieser sofort vor Ort kommen und dem ganzen Treiben ein Ende setzen. Doch Waller pfiff ihn zurück. Hendrik war klar, dass sie in diesem Haus nichts finden würden, was dem Mann schaden konnte. Bestimmt waren unter den Unterlagen Akten, die seinen Anwalt ruiniert hätten. Doch dieser konnte nicht mehr zur Rechenschaft gezogen werden, also machte es derzeit auch keinen Sinn, nach solchen Unterlagen zu suchen. Sie hatten andere Prioritäten.

Als sie im Auto saßen, sah Camilla Hendrik mit großen Augen an. „Sag mal, kann es sein, dass du etwas Wichtiges vergessen hast? Warum nehmen wir diesen Scheißkerl nicht fest? Wir haben drei Opfer im Krankenhaus und eines im Leichenschauhaus. Warum, um alles in der Welt, sitzt er nicht in Handschließen auf der Rückbank eines Streifenwagens?"

Hendrik erklärte Camilla, was er vorhatte.

„Verstehst du, warum wir ihn nicht gleich eingepackt haben?", fragte Tim Harald. Sie saßen in ihrem Fahrzeug und fuhren Hendrik hinterher.

„Nicht ganz. Aber ich denke, dass der Chef seine Gründe hat", antwortete Harald.

Ihm waren heute mehrere Punkte aufgefallen, die sich von sonstigen Einsätzen unterschieden. Aber er schwieg. Hendrik tat nie etwas ohne Grund. Zudem wäre es einfacher für alle, wenn sie Waller befragen würden, wenn sie ausgeschlafen waren. Da der Kerl einen Wohnsitz und eine Firma hatte, würde kein Richter der Welt ihn einsperren. Also würden sie vermutlich alle erst einmal schlafen und ihn sich dann aufs Präsidium holen. Wenn die Beweislast ihn erdrückte, würde er ein Geständnis ablegen. Sollte er dennoch schweigen, würden sie auch ohne seine Aussage, mit dem, was sie bisher hatten, zu einem Haftrichter gehen. Zuerst würden sie aber alle schlafen müssen, dachte Harald. Er gähnte und streckte sich in seinem Sitz aus, so gut der beengte Raum in dem Auto es zuließ.

„Komisch. Wir hätten hier abbiegen müssen, wo fährt der denn hin?", fragte Tim.

Harald richtete sich wieder etwas auf und sah sich um. Tim hatte recht. Entweder machten sie einen Umweg, oder ihr Chef hatte noch nicht vor, Feierabend zu machen. Ihm schwante Böses. Mitternacht war durch. Sie waren seit siebzehn Stunden im Dienst. Sie waren hungrig und müde. Doch beide Bedürfnisse schienen auf absehbare Zeit nicht gestillt zu werden, dachte Harald, als Tim erneut abbog und somit noch weiter von der Dienststelle wegfuhr.

Robert Waller lief in seinem Haus auf und ab. Sie hatten wirklich alles auf den Kopf gestellt, dachte er. Sein Personal war schon dabei aufzuräumen. Sie würden die ganze Nacht dafür brauchen. Nicht, dass ihn das belastete. Sie hatten nichts gefunden. Sollten sie doch seinen Rechner mitnehmen. Morgen früh würde er einen neuen in Betrieb nehmen. So etwas warf ihn nicht aus der Bahn. Der Tod seines Anwaltes war da schon eine andere Sache. Nach wie vor wusste er nicht, wie er mit dieser Tatsache umgehen sollte. Der Polizist hatte nichts gesagt. Konnte er also davon ausgehen, dass sie nichts wussten? So musste es sein, dachte er. Wenn sie von ihren Spielchen erfahren hätten, hätten sie ihn festgenommen. Doch eine Sache war da noch, um die er sich jetzt kümmern musste. Das konnte nicht bis zum nächsten Tag warten. Robert Waller nahm seinen Autoschlüssel und verließ das Haus.

38.

Er hatte sich dafür entschieden, kein Licht einzuschalten. Er wollte auf keinen Fall das Risiko eingehen, gesehen zu werden. Deshalb fluchte er leise, als er über etwas stolperte und sich gerade noch abfangen konnte. Es hatte eine Weile gedauert, bis er alles beisammenhatte, was er brauchte. Doch jetzt trug er die Plastiktüte, die er dabeihatte, die Treppen hinauf.

Vor der Tür blieb er stehen. Er suchte in seinen Taschen nach dem Schlüssel und dann tastete er nach dem Schlüsselloch. Bevor er aufschloss, lauschte er. Von drinnen war nichts zu hören. Das wertete er als gutes Zeichen. Bestenfalls waren sie schon tot, dachte er und ein Lächeln huschte über sein Gesicht, als er den Schlüssel umdrehte und die Tür aufdrückte.

Er hatte alles präpariert. Wenn sie jetzt noch lebten, wäre es eine Frage der Zeit. Spätestens nach ihrem Frühstück wäre auch dieses Problem gelöst. Einige Stunden später würde er sie loswerden. Über das Wie musste er sich noch Gedanken machen, doch dafür blieb ihm ja noch etwas Zeit. Im schwachen Lichtschein des Mondes sah er die beiden Körper nebeneinander liegen. Er trat an sie heran und trat mit dem Fuß gegen die am Boden liegenden Menschen.

Die einzige Reaktion, die folgte, war ein kurzes Aufstöhnen. Waller stellte die Tüte ab. Er überlegte, ob er das Essen herausholen sollte, entschied sich aber dagegen. Er war ja nicht der Kellner, dachte er. Während der die beiden Frauen ansah, die vor ihm lagen, überlegte er, warum er bis zum morgigen Tag warten sollte. Er griff in seine Hosentasche und zog ein Messer heraus. Als er die Klinge herausschnappen ließ, erfüllte das leise Klicken die Stille des Raumes. Das Mondlicht spiegelte sich in der Klinge. Mit einem Ruck riss er die Decke beiseite, in die die Frau gehüllt war. „Guten Morgen, Lina", sagte er laut.

Im selben Augenblick wurde der Raum taghell erleuchtet. Die beiden Frauen, die am Boden lagen, hatten ihre Waffen gezogen und Waller blickte in die Mündungen, bevor er begriff, was überhaupt geschah.

„Polizei! Messer fallen lassen!", rief Hendrik. Auch seine Mündung zielte auf Waller, der ihn erstaunt ansah. Nun traten auch Max, Tim und Harald aus ihren Verstecken.

Als er realisierte, dass sechs Waffen auf ihn gerichtet waren, ließ Waller das Messer fallen. Das Klirren, mit dem es auf dem Boden aufschlug, durchschnitt die Stille, die für den Bruchteil einer Sekunde geherrscht hatte.

Camilla und Natalie waren aufgestanden, ohne ihr Ziel aus den Augen zu lassen. Da Camilla Waller am nächsten stand, kickte sie das Messer zu Tim, der es an sich nahm. „Schön die Hände oben lassen!", wies sie Waller an.

„Robert Waller, Sie sind festgenommen", erklärte Hendrik und sah zu, wie Max und Tim ihm Handschließen anlegten und dann gründlich durchsuchten. Sie fanden lediglich die Autoschlüssel bei ihm.

Waller sah Hendrik an. Ein Lächeln umspielte seine Mundwinkel, das schließlich zu einem Lachen wurde.

„Damit kommt ihr nicht durch", sagte Waller und lachte weiter.

„Das werden wir sehen", war alles, was Hendrik dazu sagte.

Eine weitere Stunde verging, bis Waller in einer Zelle untergebracht war. Hendrik hatte Harald, Tim, Max und Natalie nach Hause geschickt. Es war unnötig, dass sie alle wach blieben. Die nächsten Tage würden noch schwer werden. Sie brauchten jede Stunde Schlaf, die sie bekommen konnten.

Um drei Uhr trat Camilla aus dem Präsidium hinaus auf den Parkplatz. Sie war so müde, dass sie sich kaum noch auf den Beinen halten konnte. Die Kälte der Nacht ließ sie kurz aufschrecken. Es war noch einmal deutlich abgekühlt in dieser Nacht. Eine dünne Schneedecke bedeckte den Boden. Sie sehnte sich nach ihrem Bett, wie schon lange nicht mehr. Hendrik hatte ihr hinterhergerufen, dass sie um neun Uhr wieder da sein sollte. Wenn es nach ihr ginge, würde sie drei Tage durchschlafen und dann um neun Uhr auf der Matte stehen, doch das hatte er sicher nicht gemeint, dachte sie, während sie durch die Nacht zu ihrem Auto schlurfte. Sie zuckte zusammen, als sie neben sich eine Autotür hörte.

„Wenn du dich so hinter das Steuer setzt, werden deine Kollegen dir den Führerschein abnehmen müssen."

Die Stimme brachte sie zum Lächeln, obwohl sie erschrocken war.

„Entschuldige, ich wollte dich nicht erschrecken." Samuel war ausgestiegen und hielt sie fest. Er hätte sich ohrfeigen können, dafür dass sie doch erschrocken war.

Was hatte er sich nur gedacht? Er hatte sie zu spät gesehen, weil er wohl eingenickt war.

„Du hast mich nicht erschreckt", log Camilla.

„Lügnerin. Steig ein, ich fahr dich nach Hause."

Camilla hätte vor Freude weinen können. Die Vorstellung nicht selbst fahren zu müssen, war wundervoll. Bevor sie einstieg, ließ sie sich küssen. Wie sie das vermisst hatte, dachte sie. Mit einem Mal waren Müdigkeit und Kälte vergessen. Sie spürte die Wärme des Mannes mit dem sie alt werden wollte und ihre Welt war wieder in Ordnung.

„Wie kommt es, dass du hier bist?", fragte sie, ohne den Kuss ganz zu beenden.

„Du hast mir geschrieben, dass du demnächst Feierabend hast, erinnerst du dich."

„Damit wollte ich dir sagen, dass du dir keine Sorgen machen musst", meinte Camilla.

„Über den Punkt war ich hinaus", sagte er.

„Das tut mir leid." Jetzt sah sie ihn an. Sie sah, dass auch er müde war. Und sie sah die Angst, die noch in seinem Blick lag. Es war neu für sie, dass sich jemand um sie sorgte. Sie musste erst noch lernen, damit umzugehen.

„Na komm, lass uns fahren", sagte Samuel noch einmal und löste sich aus der Umarmung. Er hatte sich in den letzten Stunden große Sorgen gemacht. Drei Mal hatte er den Wachhabenden angerufen und gefragt, ob die Leute des Vermisstendezernats auf der Dienststelle eingetroffen waren. Doch das würde er ihr erst morgen beichten.

Samuel hatte den Parkplatz noch nicht verlassen, da war Camilla schon an seiner Schulter eingeschlafen.

Hendrik verließ als Letzter die Dienststelle. Mit seinem Atem blies er weiße Wölkchen in den Nachthimmel, als er auf den Parkplatz trat. Sein Körper lechzte nach Schlaf, und gleichzeitig war er so unter Hochspannung, dass er nicht wusste, ob er überhaupt würde einschlafen können.

Während er allein durch die Straßen in Richtung seines Hauses fuhr, machte er sich in Gedanken Notizen für den nächsten Morgen. Mit einem Blick auf die Uhr stöhnte er auf. Es blieben ihm keine vier Stunden mehr, bis er wieder im Büro sein musste.

Schritt für Schritt ging er die Beweise durch, die sie hatten. Der Fall war eigentlich glasklar. Doch er wusste auch, dass Waller, hatte er heute noch auf den Beistand seines neuen Anwaltes verzichtet, später bei der Vernehmung, mit einer ganzen Reihe von Anwälten antanzen würde. Er durfte sich keinen Fehler erlauben.

Lina und Maria hatten bislang noch nicht vernommen werden können. Er hoffte, dass dies noch erledigt werden konnte, bevor die Vernehmung am Morgen stattfand. Er würde auf jeden Fall zwei Leute ins Krankenhaus schicken, die in Habachtstellung wären, wenn die Ärzte ihre Freigabe erteilten.

An den Weg nach Hause konnte er sich nicht mehr erinnern. Bevor es ihm richtig bewusst wurde, parkte er sein Auto neben dem von Hannah. Ein Lächeln umspielte seine Lippen, als er an die Frau dachte, die in seinem Bett lag und dafür sorgte, dass es warm wäre, wenn er gleich neben sie schlüpfen würde.

39.

Es waren gleich drei Anwälte, die neben Robert Waller in dem kleinen Vernehmungsraum saßen und dafür sorgten, dass man sich kaum noch bewegen konnte. Hendrik und Camilla betraten den Raum. Er nickte den Männern zu, legte einen Stapel Akten auf den Tisch und zog sich einen Stuhl heran.

Camilla nahm neben Hendrik Platz. Das Bild, das sich ihr bot, wirkte geradezu lächerlich. Sie fragte sich, ob Waller zu viel fernsah oder wie er auf die Idee kam, drei Anwälte zu einer Vernehmung hinzuzuziehen.

Bevor Hendrik anfangen konnte, meldete sich der älteste der drei Anwälte zu Wort. „Ich hoffe, Sie können uns etwas Handfestes vorweisen und vergeuden hier nicht nur unsere Zeit."

Hendrik sah den Mann einige Sekunden lang an und wandte sich dann an Waller, ohne auf den Mann einzugehen. Dass ihm das nicht passte, konnte der Anwalt nicht verbergen. Aus dem Augenwinkel sah Hendrik, wie er die Zähne zusammenbiss. Es waren ihm einige Bemerkungen auf der Zunge gelegen. Doch in den Jahren als Polizist hatte er gelernt, dass man sein Gegenüber am einfachsten aus der Fassung brachte und ihm zeigte, wer das Gespräch führte, wenn man solche Aussagen ignorierte.

„Ihre Rechte wurden Ihnen gestern schon vorgelesen. Haben Sie die verstanden oder soll ich Sie ihnen noch einmal sagen?", fragte er an Waller gerichtet.

„Ich habe sie verstanden. Ich gehe davon aus, dass wir hier recht schnell fertig sind, da ich nichts zu sagen habe außer, dass ich sie für die Nacht hier drin verklagen werde."

„Wir werden sehen, wie schnell wir fertig sind. Einer Ihrer Anwälte kann ja schon einmal einen Schriftsatz fertigen, in dem Sie mich verklagen. So lange reden wir darüber, was in den letzten Tagen geschehen ist."

„Was soll geschehen sein? Meine Frau ist innerhalb einer Woche zwei Mal verschwunden und Sie drehen Däumchen, übersehen Beweise und sperren unschuldige Steuerzahler ein." Waller baute sich in seinem Stuhl auf und beugte sich zu Hendrik über den Tisch. Die letzten Worte schleuderte er ihm ins Gesicht.

„Mit Ihrer Steuererklärung befassen wir uns später", sagte Hendrik. „Erzählen Sie uns doch erst einmal, was Sie gestern Abend in dem leerstehenden Firmengebäude gemacht haben."

Waller wurde von dem Anwalt, der rechts neben ihm saß, zurückgehalten. Stattdessen antwortete der Anwalt: „Wenn Sie Ihre Hausaufgaben richtig gemacht haben, werden Sie wissen, dass dieses Gebäude meinem Mandanten gehört. Es befindet sich derzeit im Umbau. Zu seinen Aufgaben gehört es, sich über die Baufortschritte zu informieren. Da Sie ihn den ganzen Tag aufgehalten hatten, konnte er die Überprüfungen erst spät in der Nacht vornehmen."

Hendrik sah den Anwalt an. Er machte ihm nicht den Eindruck, dass es sich um einen Hinterhof-Advokaten handelte. Was ihn zu der Frage brachte, ob der Mann wirklich glaubte, was er da sagte. Hatte Waller ihm diese Geschichte erzählt? Hatten diese drei Männer überhaupt auch nur einen Blick in die Akte geworfen?

Schließlich sagte Hendrik: „Die Arbeiten in diesem Gebäude wurden vor vier Tagen eingestellt. Ohne erkennbaren Grund, hat Ihr Mandant alle Arbeiten auf Eis gelegt. In der Akte finden Sie im dritten Teil die Vernehmungen des Vorarbeiters und des Bauleiters." In Gedanken klopfte Hendrik Natalie auf die Schultern. Die hatte heute Morgen bei der Besprechung den Vorschlag vorgebracht, das zu überprüfen. Sie und Max waren sofort losgefahren und hatten die Männer angehört. „Es gab also keinen Grund, gestern Abend einen Baufortschritt zu begutachten, den es nicht schlicht nicht geben konnte." Hendrik sah, wie der Anwalt schluckte.

„Sie können meinem Mandanten keinen Vorwurf machen, dass er sich in seinem Gebäude aufhält."

„Das tun wir auch nicht. Oder haben Sie das so verstanden? Ich werde mich einfacher ausdrücken", sagte Hendrik und sprach dabei jedes Wort langsam und deutlich aus. Er wusste, dass er damit den Zorn aller drei Männer auf sich zog. Doch er würde ihnen klar machen, dass man mit ihm diese Spielchen nicht spielte. „Ihr Mandant wurde festgenommen, nachdem er zielgerichtet zu zwei Menschen ging, die in einer dunklen Ecke, in hilfloser Lage, in einem Rohbau lagen. Dabei hatte er kein Licht gemacht, was merkwürdig ist, wo es fast dunkel war und er sich doch ein Bild von den Fortschritten machen wollte. Er begrüßte eine der Frauen mit dem Namen Lina. Ist es ein Zufall, dass er diesen Namen gewählt hatte oder benutzt er diesen

Namen für alle Frauen, mit denen er es zu tun hat? Oder kann es nicht vielmehr sein, dass er mit seiner Frau sprechen wollte? Hinzu kommt, dass er ein Messer in der Hand hielt, als er sich über die Frau beugte. Die Tatsache, dass er das Messer nicht Lina, sondern meiner Kollegin hier an die Kehle hielt, brachte ihn doch aus dem Konzept und wir konnten ihn festnehmen, bevor etwas passierte, was nicht mehr rückgängig gemacht werden konnte. Zudem hatte der Beschuldigte Lebensmittel bei sich. Wir gehen, nach derzeitigem Stand der Ermittlungen davon aus, dass er kein Picknick im Mondschein machen wollte. Aber um ganz sicher zu gehen, sind die Sachen derzeit im Labor, wo wir nicht nur nach dem Vitamingehalt schauen werden."

„Die Tüte mit den Lebensmitteln hat er im Treppenhaus gefunden. Er hat sich nichts dabei gedacht und sie mitgenommen, um sie später zu entsorgen, bevor sich Ratten im Gebäude breitmachen." Der dritte Anwalt, der bislang noch gar nicht gesprochen hatte, schien der einfallsreichste von dem Gespann zu sein, dachte Hendrik.

„Das ist gut. So eine Ungezieferplage braucht keiner in seinem Gebäude", stimmte Hendrik zu, dabei lächelte er den Anwalt an. Alle drei Anwälte nickten bestätigend.

„Nicht so gut wäre es natürlich, wenn sich an den Sachen *in* der Tüte Fingerabdrücke des Beschuldigten finden würden. Oder vielleicht sogar ein Haar", sagte Hendrik leise und tippte sich dabei mit dem Zeigefinger ans Kinn. Sein Blick war kurz in die Ferne gerichtet, bevor er sich wieder an den dritten Anwalt wandte und sagte: „Denn, wenn das der Fall wäre, müsste man sich eine andere Geschichte ausdenken, oder?"

Dieses Mal nickte keiner zustimmend.

„Was werfen Sie unserem Mandanten jetzt eigentlich vor?", fragte der erste Anwalt.

„Wenn Sie die Akte, die sie in Mehrfertigung erhalten haben, aufschlagen, sehen Sie auf der ersten Seite die Auflistung der Straftaten. Wir haben neben Einbruch, Körperverletzung in mehreren Fällen, sowie Bedrohung auch noch Freiheitsberaubung und Entführung auf der Liste. Die weiteren Vorwürfe können Sie selbst nachlesen." An Waller gerichtet sagte er: „Sie sollten Ihre Anwälte besser bezahlen und darauf bestehen, dass sie sich mit der Aktenlage vertraut machen. Sonst wird das nicht so richtig was mit der Verteidigung."

Waller biss die Zähne zusammen und starrte ihn hasserfüllt an. „Ich bin hier wieder raus, bevor Sie bis drei gezählt haben."

Hendrik lächelte ihm freundlich zu und zog dann sein Handy aus der Tasche, da es in diesem Moment anfing zu klingeln. „Sie entschuldigen mich, da muss ich dran", sagte er und nahm das Gespräch entgegen. Die nächsten Minuten lauschte er nur und legte dann auf. Er nickte Camilla zu und lächelte dann jeden Einzelnen der Männer vor ihm an. „Ich denke, dass wir jetzt langsam zum Schluss kommen werden. Sie verschwenden hier meine Zeit", fing er an. Bevor der zweite Anwalt etwas sagen konnte, fuhr er aber schon fort: „Das waren meine Kollegen. Sie sind gerade im Krankenhaus. Dort wurden die Aussagen von Lina Waller, Maria Sanchez und Luan MacMillan aufgenommen. Wenn Sie jetzt noch etwas sagen wollen, dürfen Sie das tun." Er sprach jetzt direkt Waller an. „Ansonsten brechen wir hier ab und ich lege den Vorgang, zusammen mit meinem Abschlussbericht der Staatsanwaltschaft vor."

„Ich bin fertig mit Ihnen", zischte Waller und stand auf. In Windeseile packten die Anwälte ihre Sachen zusammen.

Hendrik und seine Leute saßen in seinem Büro.
„Hat der Chef sich eigentlich bei dir gemeldet?", fragte Tim.
„Bislang nicht", antwortete Hendrik.
„Typisch. Wenn er uns etwas anhängen kann, ist er schnell am Hörer, aber ein Lob wirst du von dem nie bekommen", meinte Max.
„Ich lege keinen Wert auf sein Lob. Es wäre nur leichter, wenn er uns einfach in Ruhe unsere Arbeit machen lassen würde", erklärte Hendrik.
„Apropos Arbeit", warf Harald ein, „wir haben die Aussagen von allen drei Opfern jetzt schriftlich."
„Geht daraus ganz klar hervor, dass Waller der Täter ist?", hakte Hendrik nach. Er hatte bislang keine Zeit gehabt, die Berichte zu lesen. In der letzten Stunde hatte er mit dem Staatsanwalt und dem Richter telefoniert. Waller befand sich wieder in einer Zelle im Keller des Gebäudes. Gegen Mittag würde er ins Gefängnis überstellt werden und dort seine Untersuchungshaft antreten. Hendrik hallte das Gezeter noch immer in den Ohren nach, das von Waller und seinen Anwälten auf ihn eingeprasselt war, nachdem er verkündet hatte, dass Waller dieses Gebäude nicht mehr als freier Mann verlassen würde.
„Alles wasserdicht", beantwortete Harald seine Frage.

„Dann würde ich vorschlagen, wir machen uns an die Schreibarbeit."
Wenig später war das Großraumbüro erfüllt von dem Klackern der Tastaturen und dem Summen der Rechner.

Zwei Monate später
40.

Der Sommer war schnell gekommen in diesem Jahr. Hendrik kniff die Augen zusammen, als sie das Gerichtsgebäude verließen. Er zog seine Sonnenbrille aus der Tasche seines Sakkos. Dann waren sie auch schon von Reportern umzingelt. Unzählige Fragen wurden zeitgleich gestellt. Kurz überlegte Hendrik, ob sie sich einfach einen Weg durch die Menge bahnen sollten und nichts sagen. Dann blieb er aber doch stehen. „Bitte verstehen Sie, dass wir im Moment keine Stellung zu dem Urteil beziehen. Sie können sich an unsere Pressestelle richten, dort wird man Ihnen gern Ihre Fragen beantworten."

Für den Bruchteil einer Sekunde war es still, dann setzte die Kakophonie erneut ein und er fragte sich, warum er sich überhaupt dazu hatte verleiten lassen, etwas zu sagen. Er hob seinen Arm etwas an und bahnte ihnen so einen Weg zu ihren Fahrzeugen. Sie würden jetzt alle zurück ins Präsidium fahren. Die letzten Wochen hatten an ihnen gezehrt.

„Mit diesem Urteil hätte ich nicht gerechnet", sagte Natalie. Sie saßen alle beisammen und aßen Pizza, die Hendrik zur Feier des Tages spendiert hatte.

„Sechs Jahre ist eine gerechte Strafe. Trotzdem finde ich, dass der Typ für immer weggesperrt gehört", meinte Camilla.

„Das wirst du nicht erleben. Noch ist das Urteil auch gar nicht rechtskräftig. Ich gehe davon aus, dass es zu einer Berufungsverhandlung kommen wird. Ich denke aber, dass sie es annehmen werden, wenn sie schlau sind. Sechs Jahre sind keine lange Zeit und doch sind es sechs Jahre", gab Hendrik zu bedenken.

„Ist euch aufgefallen, wie Lina ausgesehen hat? Zuerst dachte ich, dass sie im Zeugenstand zusammenbricht. Nachdem Waller sie dann so eingeschüchtert hatte, dass der Richter dazwischen gegangen ist, ist sie förmlich aufgeblüht. Alle Achtung. Sie hat wirklich Eindruck hinterlassen, als sie ihr Martyrium geschildert hat", sagte Max.

„Das stimmt. Auch Maria hat sich gut gehalten. Ach, alle Zeugen waren überzeugend. Deshalb auch die hohe Strafe", meinte Harald.

„Weiß jemand, wie es mit Lina weitergeht?", wollte Camilla wissen.

„Ich hab mit ihr gesprochen", antwortete Natalie. „Ich hab sie auf der Toilette getroffen. Sie hat mir gesagt, dass sie die Scheidung eingereicht hat. Der Ehevertrag, den sie unterschrieben hat, sorgt dafür, dass ihr nach der Scheidung nicht viel zusteht. Allerdings wird ihr Anwalt Waller auf Schmerzensgeld verklagen. Mit dem Geld möchte sie mit Luan einen Neuanfang machen. Sie wollen nach Kanada. Weit weg von hier und in die Abgeschiedenheit. In den letzten Wochen haben sie schon einiges in die Wege geleitet. Sie hoffen, dass sie noch in diesem Jahr hier ihre Zelte abbrechen können.

Sie haben sogar mit dem Gedanken gespielt, Luans Sohn mitzunehmen."

„Wow", entfuhr es Tim. „Ein großer Schritt. Aber wahrscheinlich der beste, den sie tun können. Hier wären sie immer mit der Vergangenheit konfrontiert."

„Maria hat mir erzählt, dass sie im Herbst ein Studium anfängt. Sie wird nie wieder für andere Menschen putzen. Auch sie hat alles gut überstanden. Sie hofft, dass sie, sobald das Urteil gesprochen ist, auch nachts wieder mehr Ruhe findet", sagte Max.

„Das hoffe ich für sie. Sie hat wahren Mut bewiesen", sagte Natalie.

Hendriks Telefon unterbrach die Unterhaltung. Nach einem kurzen Gespräch sagte er in die Runde: „Sieht so aus, als hätten wir einen neuen Fall."

Printed in Poland
by Amazon Fulfillment
Poland Sp. z o.o., Wrocław

53682046R00176